Sibylle Weischenberg

# Brauchen Sie eine Tragetasche?

Liebe Leser,

kennen Sie das auch? Eigentlich läuft alles wie geschmiert und Sie haben Ihr Leben fest im Griff. Aber manchmal, da will man einfach alles verändern: neue Wohnung, neues Auto, neue Figur und Frisur – und am besten auch gleich neue Freunde.
Denn das letzte Jahr hat mich schwer gebeutelt. Alle um mich herum haben sich auf geheimnisvolle Art verändert: Neue Busen, plötzlich Kinder, neue Lieben. Für mich schien Aufbruch jetzt das Gebot der Stunde. Doch die Realität holte mich schnell ein: noch die sechste Besichtigung einer angeblichen Traumwohnung – eine Pleite. Ein Kurztrip nach London entpuppte sich als Shopping-Horror und, nicht zu vergessen, der gemeinsame Urlaub mit meiner Mutter auf einem Kreuzfahrtschiff …
Ich erzähl Ihnen offen und ehrlich von meinem Kauf der teuersten Tragetasche der Welt, dem Kampf meiner Freundin Nessi um eine ganz spezielle Abwrackprämie und meinem subtilen Fight mit meinem Vermieter. Begleiten Sie mich!

*Ihre*
*Sibylle Weischenberg*

*Autorin*

Millionen Fernsehzuschauer kennen Sibylle Weischenberg: Die renommierte Society-Expertin steht täglich für die Promi-Magazine nahezu aller TV-Sender vor der Kamera. In ihrem eigenen TV-Format »W.I.P.« (»Weischenbergs Important People«) verrät die Journalistin und Modedesignerin jeden Donnerstagmorgen im SAT.1-Frühstücksfernsehen live Unterhaltsames aus dem schillernden Leben der aktuellen Top-Prominenz. Ihr Berufsweg führte die Kennerin des nationalen und internationalen Jet-Sets und Hochadels u. a. zu Stationen beim Polit-Magazin »Der Spiegel«, als Korrespondentin der britischen Nachrichtenagentur Reuter, als Persönliche Pressereferentin von Johannes Rau sowie als Ressortleiterin bei den People-Magazinen »Bunte« und »Gala«. Außerdem ist Sibylle Weischenberg seit Jahren beliebt als tägliche Radio-Kolumnistin zahlreicher Sender im In-und Ausland.

*Liste lieferbarer Titel*

Ich hasse den Sommer (36721) · Meine 30 Lippenstifte und ich (37059)

Sibylle Weischenberg

# Brauchen Sie eine Tragetasche?

Aus dem Leben einer gebeutelten Frau

blanvalet

FSC
Mix
Produktgruppe aus vorbildlich
bewirtschafteten Wäldern und
anderen kontrollierten Herkünften

Zert.-Nr. SGS-COC-1940
www.fsc.org
© 1996 Forest Stewardship Council

Verlagsgruppe Random House FSC-DEU-0100
Das für dieses Buch verwendete FSC-zertifizierte Papier
*Holmen Book Cream* liefert Holmen Paper, Hallstavik, Schweden.

1. Auflage
Originalausgabe November 2009 bei Blanvalet,
einem Unternehmen der Verlagsgruppe
Random House GmbH, München.

Umschlaggestaltung: HildenDesign, München
Umschlagillustration: bortonia/iStockPhoto
MD · RF
Satz: DTP Service Apel, Hannover
Druck und Einband: GGP Media GmbH, Pößneck
Printed in Germany
ISBN: 978-3-442-37397-0

www.blanvalet.de

# 1

»Ju-hu!«, tönte es von oben.

»Wo bleiben Sie denn?«

»Pfff«, machte ich. »Ich … keuch … komme … pfff … gleich.« Ich zog mich mehr am Geländer hoch, als dass ich ging. Mein Mantel schleifte auf den Stufen. Mein Kopf hing hochrot auf meiner Brust. Keuch. Ein Blick durch meine Ponyfransen zeigte mir, dass ich noch lange nicht am Ziel war.

»Das ersetzt das Training im Fitness-Studio, nicht wahr?«, zwitscherte von hoch oben die Maklerin. Wie hatte die das nur geschafft? Als ich sie vor gefühlten zwei Stunden vor der Haustür des hochherrschaftlich anmutenden Hauses getroffen hatte, erschien sie mir wie eine Werbefigur der angesagtesten Boutique der Stadt. Im figurbetonten Kostüm, ein ultrateures Tuch kunstvoll um den Hals gezwirbelt, High Heels mit Killerabsätzen und eine Markenhandtasche vorschriftsmäßig in die Armbeuge geklemmt. Nach einer nahezu euphorisch freudigen Begrüßung eröffnete sie mir, dass der Weg zu der von mir gesuchten Dachterrassen-Traumwohnung zwar nicht steinig, aber lang werden würde.

»Die Hausverwaltung hat den Einbau eines Lifts schon abgenickt«, teilte sie mir strahlend mit, »aber es dauert halt noch ein Weilchen.«

»Wie lange?«, hatte ich wissen wollen, was sie mit einem munteren »Que sera?« quittierte. Als sie die ersten Stufen der Treppe fast hüpfend bewältigte, gab sie den Blick auf tadellose Beine in hauchdünnen, fleischfarbenen Nylons frei.

Ich folgte ihnen.

Sie schien keine Mühe mit dem Luftholen zu haben, denn während sie in rasender Geschwindigkeit Stufe für Stufe erklomm, schüttete sie ein Füllhorn voll Informationen über mir aus.

»Das Haus ist 1912 gebaut, ganz solide Grundsubstanz, alle Wohnungen wurden kernsaniert und tipptopp instand gesetzt. Die Wohnungen sind alle an 1A-Mieter vergeben. Nur beste Namen. Hier links wohnt übrigens ein Prof. Dr. Dr. und hier oben wohnt …«

Ich hatte längst den Anschluss verloren. War mir doch egal, ob der akademische Titelträger links oder rechts residierte, ich wollte nur endlich oben ankommen.

In der Zeitungsannonce war mir eine »charmante« Wohnung in Aussicht gestellt worden mit einer »sensationellen« Dachterrasse geradezu olympischen Ausmaßes, eine Einbauküche eines »exklusiven« Herstellers, eine Ankleide mit »exquisiten« Einbauten und ein Marmorkamin »traumhafter« Anmutung. Bei der ausgewiesenen Höhe des geforderten Mietzinses war ich mir völlig sicher gewesen, dass den technischen Mitarbeitern der Zeitung ein Fehler unterlaufen war und sie fatalerweise eine entscheidende Zahl zu viel gedruckt hatten. Aber so was konnte man ja richtigstellen, erst einmal wollte ich das Objekt in Augenschein nehmen.

»Pfff … hu … pfff …«

Meine Lunge schrammte kurz am Kollaps vorbei. Ich ließ mich mit einem hörbaren Plumps auf die oberste Stufe eines Treppenabsatzes fallen. Nur eine kleine Minute wollte ich mich ausruhen, als im selben Moment eine Tür neben mir geöffnet wurde. Eine Dame trat auf den Flur, gestylt von den blondgefärbten Haaren bis zur Spitze ihrer schwarzen Lackschuhe. Erschrocken zog sie die Luft ein.

»Wer sind Sie denn?«, giftete sie los. »Was machen Sie hier?«

»Ich ... pffff ... keuch ...«, versuchte ich ihr meine Anwesenheit zu erläutern.

»Max«, rief sie scharf, »kommst du bitte einmal?«

Das war keine Bitte. Das war ein Befehl. Ein etwas kurz geratener Mann mit grauen Haaren folgte ihrer Anweisung. Erstaunt nahm er meinen zusammengesunkenen Körper zur Kenntnis.

»Frag du sie mal«, forderte die gestrenge Blondine ihn auf, »was sie hier macht. Mir antwortet sie ja nicht.«

»Pffft ... keuch ... ich ...«, setzte ich meine Erklärung fort, was er mit hochgezogenen Augenbrauen zur Kenntnis nahm.

»Sie kriegt keine Luft mehr«, diagnostizierte er präzise.

»Und warum tut sie das hier?«, wollte die scharfe Lady wissen. Sie begutachtete mich, als sei ich ein lästiges Insekt, das der Wind durch die offene Haustür ins Innere geweht hatte.

»Vielleicht will sie ...«, begann der Gefragte und blickte nach oben, denn hastige Schritte übertönten mein pfeifendes Keuchen.

Meine sportive Maklerin hatte den Abstieg vom sechsten Stock in den dritten in lockerer Rekordzeit bewältigt.

»Hallöchen, Herr Prof. Dr. Dr.«, flötete sie mit lockendem Unterton.

»Prof. Dr. Dr. Dr.«, korrigierte die strenge Blondine. »So viel Respekt kann mein Gatte ja wohl erwarten. Schließlich hat er sich die Titel erarbeitet, als er ....«

»Chefarzt einer Klinik in Tübingen war«, vollendete meine Maklerin mit servilem Unterton. »Selbstverständlich. Bitte verzeihen Sie meinen Fauxpas. Wie geht es Ihnen, Frau …«

Ich konnte nicht mehr folgen. Mir war es schon peinlich genug, dass ich hier wie ein Penner auf der frisch gebohnerten Treppe in einem 1912 erbauten Prachthaus hing, aber mussten mich auch noch potenzielle Nachbarn in dieser demütigenden Schwächephase erwischen?

»… und die Dame interessiert sich für die Dachterrassen-Wohnung«, hörte ich gerade die Maklerin mitteilen.

»Pffff«, stimmte ich zu.

Der Prof. Dr. Dr. Dr. schien sich plötzlich seiner lange zurückliegenden glanzvollen beruflichen Bestimmung zu erinnern.

»Kann ich was für Sie tun?«, fragte er mich unvermittelt.

»Wasser…«, krächzte ich.

»Tut uns leid«, beschied mich Lady Gnadenlos. »Wir müssen weg.« Untermauert wurde diese Behauptung von dem Knall, den ihre tonnenschwere Tür machte, als sie das Schloss einrasten ließ.

»Das macht doch nichts«, behauptete die Maklerin, ohne mich erst einmal zu fragen. Sie zerrte an meinem schlaff herunterhängenden Arm und vermittelte so den Eindruck, sie würde mich schon wieder in die Senkrechte kriegen.

Der eigentlich zum Helfertum verpflichtete Titelträger folgte ohne Widerspruch seiner geltungssüchtigen Frau und verschwand, während ich versuchte, mich wieder hochzurappeln.

»Es sind doch nur noch ein paar Stüfchen«, verkündete meine durchtrainierte Maklerin, was sie erneut unter

Beweis stellte, da ich nur noch das Tack, Tack, Tack ihrer High Heels hörte. Sie selbst war schon wieder außerhalb meiner Blickreichweite.

Seufzend machte ich mich an den Aufstieg. Die letzten Stufen bis zur Tür der »charmanten« Dachterrassen-Wohnung kroch ich. Den noch verbliebenen Rest von Stolz hatte ich eh bei meinem Zusammentreffen mit möglichen zukünftigen Mitbewohnern verloren. Jetzt zog ich mich mit bleischweren Gliedern am Türrahmen hoch und stand schwankend im Flur.

»Ist das nicht herrlich?«, fragte mich die Maklerin jubilierend. »Schauen Sie sich in aller Ruhe um und genießen Sie das Ambiente.«

Taumelnd begann ich meinen Rundgang. Mit schwammigen Knien folgte ich dem Lichteinfall. Luft, war mein einziger Gedanke. Ich rüttelte an der Terrassentür. Nichts bewegte sich.

»Da ist ein kleiner Trick dabei«, zwitscherte die Fachfrau.

Sie schmiss ihre zart bemessenen Kilos gegen das Glas und riss gleichzeitig mit versteckter Geste am Griff. Mit einem Knarren öffnete sich die Dachterrassentür. Ich wankte ins Freie. Gierig sog ich den Sauerstoff ein. Die frische Luft tat mir gut. Als sich das Flimmern vor meinen Augen ein wenig gelegt hatte, schaute ich mich um. Die Ziegel des Dachsimses waren brüchig, die Fliesen des Bodens waren braunschwarz, die Ecken der Terrasseneinfassung mit grünstichigen Flecken übersät.

»Das sieht aber schlimm aus«, befand ich, froh, dass ich wieder Herrin über mein Sprachvermögen war.

»Das wird alles noch gemacht«, wischte die fitte Immobilienfachfrau meinen ersten Eindruck weg. »Kommen Sie doch mal rein, und sehen Sie sich die wunderbare Raumaufteilung an.«

Mit einem letzten Blick auf das Terrassendesaster folgte ich ihr in die Wohnung.

»Kommen Sie, hier ist die Küche. Eine Extra-Anfertigung vom superteuren Label …« Geschockt schloss ich die Augen. Die lilaschwarze Lacktönung der Küchenmöbel in dem schlauchartig enggeschnittenen Raum verpasste mir einen Psycho-Kick der besonderen Art. »Toll, nicht?«, forderte die Maklerin Zustimmung. »Hier die Spülmaschine und hier …«, sie riss eine abgeschrammte Riesentür auf, »hier ist ein original amerikanischer Kühlschrank mit Eiswürfelspender.«

Ihr Gesichtsausdruck war eindeutig: Er forderte begeisterten Jubel. Die Außenwände des Monstrums waren mit unzähligen Werbebildchen beklebt, und als ich entsetzt auf diese grellbunte Ansammlung zeigte, meinte sie nur munter: »Wird alles noch gemacht. Keine Sorge.«

Hastig schob sie mich Richtung Flur: »Und hier – tata – sehen Sie den Living Room.«

Ich schaute in die Runde. Das war schon imposant. Die Decke lief spitzgiebelig zu, die in der Annonce behauptete Quadratmeterzahl schien zu stimmen, nur war das Parkett in einem bemitleidenswerten Zustand. Schrammen, kleine Löcher.

»Das sieht aber …«

»Wird alles noch gemacht«, wiederholte sich die schicke Wohnungsvermittlerin.

Misstrauisch inspizierte ich die Wände. Flecken, Kratzer und vor allem große Ränder, wo früher wohl Möbel gestanden und großformatige Bilder gehangen hatten.

Als ich mit dem Finger auf einen dunklen Rand deutete,

ahnte ich schon, was kommen würde, und tatsächlich behauptete sie: »Wird alles noch gemacht. Keine Sorge. Vor allem können Sie auch noch selbst bestimmen, in welcher Farbe Sie die Wände gestrichen haben wollen. Der Vermieter hat auch nichts dagegen, wenn Sie das selbst machen wollen. Ist das nicht toll?«

Ich schüttelte entgegen ihrer Erwartung verneinend den Kopf. Nein, das fand ich wirklich nicht toll. Schließlich wollte ich mich nicht als Innenarchitektin beweisen, ich suchte einfach eine neue, schöne, selbstverständlich frisch renovierte Wohnung, um einen neuen Anfang zu wagen.

Mir schwoll der Kamm.

Als ob sie das ahnte, deutete sie mit noch strahlenderem Lächeln hinter mich. »Jetzt schauen Sie sich doch erst einmal das Bad und das Schlafzimmer an.«

Misstrauisch geworden, folgte ich ihrem Vorschlag und trat ins Schlafzimmer. Ah, ja. Der Boden war deckungsgleich mit dem Wohnzimmer, Schrammen in gewohnter Üppigkeit, die Deckenschrägen waren aus Holz, also unverdächtig in Bezug auf derben Verschleiß, aber noch ehe ich das Ambiente in näheren Augenschein nehmen konnte, lockte mich schon die Ankündigung: »Und das Bad ist ein Traum, finden Sie nicht auch?«

Nein, fand ich nicht. Urggss! Der Boden der Dusche war mit braunen Schlieren verunstaltet, die Badewanne – oh, nein danke – und die Holzbauten rund um die Waschbecken waren wahrscheinlich der Stolz des Hauserbauers im Jahre 1912 gewesen.

»Ich …«, setzte ich an, um gleich wieder unterbrochen zu werden.

»Schauen Sie erst die Ankleide an, ehe Sie sich entscheiden.«

Ich schaute. Allerdings erst, nachdem ich in stark gebückter Haltung das avisierte, von extremen Dachschrägen in Hundehütten-Format verkleinerte Ankleidezimmer betreten hatte. Völlig unterschiedliche, geviertelte Schrankelemente schienen wild durcheinandergewürfelt den Zutritt zu versperren. Wie, um Himmels Willen, sollte man an die unterschiedlichen Behälter geraten, ohne sich gefährliche Kopfverletzungen zuzufügen?

»Toll, nicht?«, fragte die wonnige Wohnungspräsentatorin.

Ich schüttelte den Kopf.

»Nee, finde ich jetzt nicht«, wagte ich den Widerspruch.

»Aber ich bitte Sie«, konterte die Meisterin aus der Makler-Zunft.

»Ein so charmantes, individuelles Domizil werden Sie kein zweites Mal in dieser Gegend finden.«

Da stimmte ich ihr innerlich zu. So eine verwarzte Wohnung fand hoffentlich keine zweite Entsprechung. Insgeheim hatte ich schon beschlossen, diesen »Traum von Dachgeschosswohnung« nicht zu mieten, aber den drohenden ellenlangen Abstieg vor Augen, zögerte ich den Schritt zu den steilen Treppen noch etwas heraus.

»Und was soll die Wohnung kosten?«, fragte ich betont geschäftsmäßig.

Ein Hoffnungsschimmer flackerte in den Augen der Maklerin auf, als sie exakt die exorbitant hohe Summe nannte, die in der Wohnungsannonce angegeben war.

Ich schluckte.

»Sind Sie sicher?«, hakte ich nach.

»Aber natürlich. Dies stand ja auch in der Anzeige.«

Also doch kein Irrtum. Ich suchte die Klärung.

»Das können Sie unmöglich ernst meinen«, beschwor ich sie.

Ihre so professionell auf Munterkeit festgetackerte Miene verdüsterte sich schlagartig. »Sie sind gut«, meinte sie pikiert. »Sie können von der Dachterrasse die Berge sehen, wenn das Wetter umschlägt, und dann dürfen Sie nicht vergessen, dass Sie ein Ankleidezimmer, quasi ein Extra-Boudoir haben, irgendwie. Außerdem steht Ihnen frei, hier alles nach Ihren Vorstellungen selbst zu gestalten, da kann man ja mit dem Vermieter reden und dann müssen Sie berücksichtigen, dass die Hausgemeinschaft den Bau eines Lifts abgenickt hat. Das sind Facilitys der Extraklasse.«

Ich hatte mich schon immer gefragt, wofür Makler eigentlich so viel Geld einstreichen, und hatte nun endlich auf wundersame, allerdings auch schmerzliche Weise eine Antwort darauf bekommen. Weil sie Ist-Zustände ausblenden und durch magische Trugbilder ersetzen können. Man konnte natürlich auch sagen, dass sie hart am Rande der Legalität Dichtung und Wahrheit miteinander vermischen. Ich wollte ja nicht generalisieren, aber im Augenblick war ich zutiefst deprimiert.

Dies war in diesem Monat meine zwölfte Wohnungsbesichtigung, und mein Elan war aufgebraucht. Ich hatte noch nie so viele »ganz besonders schöne«, »sonnige«, »helle«, »freundliche«, »wunderschöne«, »top-renovierte«, »großzügige«, »hochwertige«, »gepflegte«, in »absolut ruhiger Bestlage« liegende Wohnungen gesehen, die alle bei realistischer Betrachtung mindestens mit einem Haken belastet waren.

Immer noch extrem geschwächt von meinem Treppenaufstiegs-Marathon wich ich ganz gegen meine Natur einer

Konfrontation mit der mich herausfordernd anblickenden Vermietgazelle aus.

Feige behauptete ich, über das sensationelle Schnäppchen noch einmal nachdenken zu wollen, was sie mir aber ganz offensichtlich nicht glaubte, denn beim Herausgehen aus der Wohnung gab sie sich nicht mehr den Hauch einer Mühe, die gesellschaftlichen Mindestanforderungen an Freundlichkeit und Haltung einzuhalten, schüttelte mir knapp die Hand zum Abschied und hüpfte betont geschmeidig vor mir die Treppen herunter, nachdem sie mich in Gedanken bereits rüde aus dem Rennen geschubst hatte.

Beklommen trat ich den Abstieg an. An welcher Treppenbiegung in welchem Haus hatte ich eigentlich meine Power verloren? Und warum wollte ich umziehen?

Erst als ich auf der Straße stand, streifte mich der Hauch der Erinnerung.

Ich hatte die Faxen dicke gehabt. Das vergangene Jahr war nicht meins gewesen. Alle um mich herum hatten sich auf geheimnisvolle Art und Weise verändert. Neue Busen, plötzlich Kinder, neue Lieben.

Ich hatte nach und nach das ein wenig beängstigende Gefühl entwickelt, ich sei in Wahrheit ganz auf mich allein gestellt. Ich hatte es sattgehabt, mir die ewig gleichen Histörchen und Problemchen meiner Freundinnen anzuhören, die ja doch nach den von mir geforderten Ratschlägen exakt das Gegenteil taten. Um dann wieder auf der Matte zu stehen, um sich über ihre eigene Dummheit zu beklagen, an der aber natürlich nicht sie, sondern die anderen Schuld hatten. Meistens ich.

Ich wollte ausbrechen. Und wenn ich schon nicht die Welt verändern konnte, dann wenigstens mich. Neue Wohnung, neue Ziele, neue Freunde.

»Und ich?«, hatte Tony angstvoll gefragt. Ich hatte ihn in den Arm genommen und ihm inbrünstig versichert, dass er niemals auf den Resten meiner Vergangenheit landen würde, sondern immer Teil meines Lebens bleiben würde.

»Du hast 'ne klassische Lebenskrise«, hatte mir Sunny, meine studierte Psychologen-Freundin, als Gratisanalyse an den Kopf geknallt, und da sie, wie immer brutal abgeklärt, meine inneren Ängste noch vergrößerte, beschloss ich auf der Stelle, sie auch in Zukunft weiter aufzusuchen, um mich ordentlich quälen zu lassen.

Man kann halt nicht gegen seine Natur.

Aber Tatzis neueste Erzählchen über vermutete amouröse Verstrickungen ihres ebenfalls schönheitschirurgisch aufgemöbelten Göttergatten Bernd – no way.

Was genug war, war genug.

Ich hatte nicht vergessen, wie sehr sie samt neuer Oberweite nur noch um sich selbst kreiste und kein bisschen Anteil an meinen Wehwehchen genommen hatte.

Mit einem tiefen Seufzer trat ich aus der Haustür. Als ich bei meinem geparkten Auto ankam, klemmte ein Strafzettel hinter dem Scheibenwischer. Toll. Passte zu meiner negativen Grundstimmung. Ich zog mein Handy aus der Tasche. Ganz automatisch wollte ich Hannis Nummer drücken, bis mir wieder einfiel, dass ich ja alle vertrauten Nummern in einem heroischen Akt der Selbstkasteiung gelöscht hatte. Mist. Schließlich war ihr Onkel ein hohes Tier in irgendeiner städtischen Verwaltung und hätte vielleicht helfen können, mein Knöllchen verschwinden zu lassen.

Ich ermahnte mich selbst. So etwas war illegal. Pfui!

Während ich an der ersten Ampel auf Grün wartete, klingelte mein Handy. Tony.

»Und, wie war's?«, wollte er wissen.

»Was?«, fragte ich.

»Die Wohnung? Ist sie ein Traum?«

»Nee«, stöhnte ich. »Ein Albtraum.«

»Aber sie war doch so charmant«, feixte er.

»Charmant heißt immer verwarzt«, klärte ich ihn auf.

»Ich verstehe sowieso nicht, warum du umziehen willst«, stellte Tony zum x-ten Mal fest. »Du hast so eine schöne Wohnung. Es gibt überhaupt keinen Grund, was Neues zu suchen.«

»Ich …«, begann ich, als hinter mir ein Hupen erklang.

Grün. Ich stieg aufs Gaspedal und legte einen rasanten Start hin.

»Ich …«, setzte ich ein zweites Mal an, als ich durch eine Sirene aufschreckte. Polizei. Ein Beamter winkte mit einer Kelle aus dem runtergekurbelten Beifahrerfenster.

»Tony, ich muss aufhören«, rief ich ins Handy und fuhr rechts ran.

Ein junger Beamter stieg aus der Beifahrertür seines Fahrzeugs und kam auf mich zu.

»Na«, meinte er gönnerhaft, »was haben wir denn falsch gemacht?«

»Ich konnte nichts dafür«, behauptete ich rasch.

»Irgendein Idiot hinter mir hat so laut gehupt, da bin ich so erschrocken, dass ich ganz schnell losgefahren bin. War das zu schnell?«, wollte ich noch wissen.

Ich kam mir ganz schön clever vor.

»Immer was anbieten, wenn die Polizei dich anhält«, hatte mir Bernd mal erklärt. »Da zeigt man sich prima kooperativ. Kommt immer gut.«

Der Polizist schien anders gestrickt. Er sah mich streng an.

»Der Idiot waren wir«, klärte er mich auf.

Oh.

»Ist das denn erlaubt?«, wollte ich wissen. Ich war echt interessiert.

»Zeigen Sie mal Ihre Fahrzeugpapiere und den Führerschein, bitte«, verlangte er.

Ich kramte in meiner Handtasche. Verflixt, wo hatte ich die Papiere?

»Vielleicht im Handschuhfach?«, schlug er vor.

Ich öffnete die Klappe. Heraus fielen meine steinhart gewordenen Lederhandschuhe, die ich bei einer improvisierten Schneeballschlacht mit Tatzis Kindern ruiniert hatte, Sonnenbrillen ... »Da ist sie ja«, erklärte ich begeistert dem Beamten beim Fund des hell getönten Schmuckstücks mit dem beigen Rand, »wenn Sie wüssten, wie lange ich die schon gesucht habe.«

Verständnislos schaute er mich an.

»Die Papiere«, mahnte er unerbittlich.

Ach ja. Ich kramte weiter. Zog eine Ersatzstrumpfhose raus, einen Schmink-Vergrößerungsspiegel mit einem Sprung quer über dem Glas, den ich eigentlich schon längst hatte entsorgen wollen, zwei Batterien, drei Knöllchen, deren Fund ich hastig vor dem Beamten zu verstecken suchte, mehrere Zeitungsseiten, die ich heimlich aus Hochglanz-Magazinen bei meinem Friseur herausgerissen hatte, um mir die darauf abgebildeten Produkte zu kaufen.

»Gucken Sie mal, das Papierstück ist schon zwei Jahre alt«, teilte ich aufgeregt dem Polizisten mit und hielt ihm das Foto einer Lipgloss-Werbung hin. »Der hätte so gut zu meinem pinkfarbenen Pullover gepasst«, klärte ich ihn auf. »Aber ich hab den Schnipsel nicht mehr gefunden.«

Eine kleine Ader an der Schläfe des Beamten begann, gut sichtbar zu pochen.

»Haben Sie die Papiere bei sich oder nicht?« Der Ton wurde rauer. Mit ganz unbewussten Versuchen, ihn abzulenken, kam ich offensichtlich nicht weiter.

»Ich weiß nicht«, gab ich deshalb kleinlaut zu. »Ich finde sie nicht.«

»Dann fahren wir jetzt zu Ihnen nach Hause«, befahl er. »Dort werden sie ja wohl sein. Wie lautet die Adresse?«

Ich gab sie ihm, und er wies mich an, hinter ihm herzufahren.

Eins stellte sich heraus: Gute Autofahrer waren sie jedenfalls nicht. Ich zuckelte im Schneckentempo hinter ihnen her und war auch von der Route, die sie wählten, überhaupt nicht überzeugt. Da kannte ich aber ganz andere Schleichwege, um schneller zu mir nach Hause zu kommen.

Mir wurde langweilig.

Ich drückte wieder Tonys Nummer auf meinem Handy.

»Und, guckst du dir schon wieder eine neue Butze an?«, wollte er ansatzlos wissen.

»Nee, ich schleiche hinter der Polizei her …«

»Überhol sie bloß nicht«, lautete prompt sein Rat. »Die wollen dich nur provozieren.«

»Die fahren mit mir nach Hause«, klärte ich ihn auf. »Die wollen meine Papiere sehen.«

»Oh Gott, wieso das denn?«

»Weil ich sie nicht bei mir habe«, lautete meine Erwiderung.

»Ja, wieso denn nicht?«, fragte er.

»Du, ich … wir sind da. Ich muss aufhören«, rief ich hastig.

Vor der Haustür nahmen mich die beiden Beamten in die Mitte. Logisch, dass genau in diesem Moment gleich zwei

Familien aus der Nachbarschaft in voller Personenstärke aus der Tür traten.

Haltung bewahren, ermahnte ich mich selbst, indem ich freundlich grüßte und den Massen die Haustür aufhielt. Das einsetzende Gewisper ignorierte ich tapfer und betrat mit den Beamten den Fahrstuhl.

»Kennen wir eigentlich die aktuellen Verhaltensregeln im Straßenverkehr?«, fragte mich der zweite Beamte, der vorhin im Polizeiwagen geblieben war.

»Ich schon«, versuchte ich aufzumucken.

Er verzog keine Miene, der jüngere Beamte dagegen zeigte zumindest den Anflug eines Lächelns.

Gut gemacht, lobte ich mich selbst. Erst mal die Einheit der Übermacht zerteilen.

In meiner Wohnung angekommen, wurde mir siedend heiß. Zum einen hatte ich immer noch einen großen Teil meiner Weihnachtsdeko stehen gelassen, zum anderen vermittelte mein Wohnzimmertisch den Eindruck, als habe hier eine Orgie stattgefunden. Vier Rotwein-Flaschen und drei Wodka-Exemplare beträchtlicher Übergröße plus eine Unzahl von benutzten Gläsern ließen eigentlich keinen anderen Schluss zu.

»Wir haben hier gestern einen kleinen Test durchgeführt«, stammelte ich, ohne gefragt zu werden.

Der ältere Polizist zog eine Augenbraue hoch, während er gleichzeitig einen ostentativen Blick auf seine Armbanduhr warf. Unwillkürlich tat ich es ihm nach.

Viertel nach zehn Uhr.

»Gehst du bitte mal runter und holst das Gerät«, forderte der ältere den jüngeren Beamten auf.

Der nickte und wandte sich zum Ausgang.

»Was für ein Gerät?«, wollte ich angstvoll wissen.

»Ganz simpel«, lautete die Antwort. »Sie müssen pusten.«

»Ich?«, fragte ich. »Wieso denn? Ich bin doch nüchtern.«

»Das werden wir ja gleich sehen«, lautete die Antwort.

In Gedanken rechnete ich hektisch zurück. Ich versuchte, mich krampfhaft daran zu erinnern, wie lange Tony und ich gestern zusammengehockt waren.

Zwei Uhr? Oder drei?

Hatte ich eigentlich auch den Wodka probiert oder war ich nur beim Rotwein geblieben?

Schuld an meiner Situation hatte nur die Maklerin. Wieso hatte ich auch ganz gegen meine Gewohnheit einem so frühen Besichtigungstermin zugestimmt?

Ach ja.

»Ich habe so viele Anfragen für diese Dachterrassen-Traumwohnung, da will ich Ihnen die Chance geben, die Erste zu sein«, hatte sie gesülzt, und ich Depp war natürlich darauf reingefallen.

Wie viel Restalkohol konnte man denn wohl noch feststellen? Und jetzt wusste ich auch, warum ich bei der Treppenbesteigung heute Morgen so eklatant schlappgemacht hatte.

»Wollen Sie einen Kaffee?«, fragte ich kleinlaut den älteren Polizisten.

»Nein, danke«, wehrte der knapp ab. »Suchen Sie lieber Ihre Fahrzeugpapiere und Ihren Führerschein.«

Ach ja, da war ja noch was.

Ich ging in mein Arbeitszimmer und dachte scharf nach. Wo konnten die denn sein? Krampfhaft versuchte ich mich zu erinnern, welche Handtasche ich eigentlich zuletzt getragen hatte. Das war die einzige Lösung. Das ewige Umpacken ging mir sowieso gehörig auf den Keks. Irgendetwas vergaß ich immer.

Es klingelte.

»Ich mach schon auf«, rief der Polizist.

Mit zitternden Händen riss ich nacheinander fünf Taschen auf, die ich in der letzten Zeit benutzt hatte.

Nichts.

»Wer sind Sie denn?«, kam die Stimme des Polizisten aus dem Nebenraum.

»Tony«, hörte ich. »Und wer bist du?«

»Vorsicht«, mahnte der Beamte, »vergreifen Sie sich nicht im Ton.«

Ich sauste rüber.

»Tony, was machst du hier?«, fragte ich entgeistert.

»Ich spüre einfach, wenn bei dir was nicht stimmt«, behauptete er. »Was ist los?«

Im Eiltempo berichtete ich ihm, was mir passiert war. »Und jetzt glauben die Beamten, ich sei noch knülle.«

»Nein«, wehrte Tony ab, »glaubt mir, sie ist sauber.«

Ganz kurz wunderte ich mich doch sehr über den Jargon, mit dem Tony mein Befinden skizzieren wollte.

»Ich hab gestern viel mehr gesüppelt«, behauptete er jetzt.

»Sie stehen hier nicht zur Disposition«, stellte der Beamte fest.

Die Klingel ertönte erneut. Der andere Beamte. Mir wuchs die ganze Situation über den Kopf.

Tony wedelte mit den Händen. Ich sah zu ihm hin. Er rollte mit den Augen und versuchte gleichzeitig, mir zuzuzwinkern.

»Was ist?«, fragte ich konsterniert. Der ältere Beamte drehte sich um. Tony fiel förmlich in sich zusammen.

»Nichts«, murmelte er. »Ich mach mal eben einen Kaffee.«

Der jüngere Beamte hielt mir das Teströhrchen hin.

»Und jetzt mal ordentlich reinblasen«, wies er mich an.

Ich holte tief Luft und tat, wie mir geheißen. Mir wurde schwarz vor Augen.

»Hoppla«, machte der jüngere, während er mich vorsichtig zum Sessel führte.

»Alles, o.k.?«, fragte er.

Ich schüttelte mit dem Kopf.

»Mir ist schlecht«, verkündete ich.

»Hey«, rief Tony, der in der Küchentür stand. »Anfassen ist nicht.«

»Tony …«, murmelte ich matt.

»Folter ist verboten«, rief Tony pathetisch in den Raum.

»Jetzt aber mal ganz langsam«, verlangte der ältere Polizist aufgebracht.

Als er zwei Schritte auf Tony zumachte, kreischte der, wie in Panik, auf.

»Kommen Sie mir nicht zu nahe«, rief er. »Ich schreie um Hilfe.«

Die Situation lief aus dem Ruder. Tony rannte zurück in die Küche und verriegelte die Tür.

»Machen Sie auf«, verlangte der ältere Polizist.

»Wieso eigentlich?«, ging ich dazwischen. »Tony ist mein bester Freund, der darf in meiner Wohnung machen, was er will. Ich habe hier das Hausrecht.«

Wie zur Bekräftigung schnaubte ich vor mich hin.

»Behalten Sie bitte die Ruhe«, bat der jüngere Polizist.

»Ja, und was jetzt?«, wollte ich von ihm wissen.

»Ihre Werte sind völlig in Ordnung«, sagte er beschwichtigend. »Alles im grünen Bereich.«

Ich kam mir vor wie beim Arzt bei der alljährlichen Kontrolluntersuchung.

»Ja, und was wollen Sie dann noch?«, fragte ich.

»Wo sind Ihre Papiere?«, fragte er zurück.

Mist. Warum hatte er das jetzt nicht einfach mal vergessen?

»Ich find Sie nicht«, gab ich zu.

»Dann müssen Sie innerhalb von drei Tagen aufs Präsidium kommen und Ihre Fahrerlaubnis vorlegen«, klärte mich der Beamte auf, während sein Kollege immer noch an meiner Küchentür rüttelte und Tony zum Rauskommen aufforderte.

»Was hat denn Tony damit zu tun?«, verlangte ich von ihm zu wissen.

»Es gibt Klärungsbedarf«, behauptete der aufgebrachte Ordnungshüter.

»Tony«, rief ich, »komm raus, sonst eskaliert hier die ganze Situation.«

Zu meiner Erleichterung hörte ich, wie der Schlüssel aufreizend langsam im Schloss umgedreht wurde. Mit einigem Schwung drückte der Polizeibeamte daraufhin die Tür auf. Seine Dienstmütze fiel zu Boden, als Tony ihm wie ein nasser Sack in die noch ausgebreiteten Arme fiel. Der Beamte wich mit seiner schweren Fracht verschreckt ein Stück zurück und drehte angewidert den Kopf zur Seite.

»Der ist ja blau«, lautete seine Expertenmeinung.

»Sach ich doch«, lallte Tony. »Isch bin besoffen, nit die Kleine da …«

»Tony«, rief ich total überrascht, »was ist denn mit dir los?«

»Dat is der Restalkohol«, behauptete Tony, der vom Polizisten auf einen meiner Esszimmerstühle abgesetzt wurde. »Und du bist ’ne Knalltüte«, befand Tony in seine Richtung, »aber der andere is en janz Süßer ...«

»Hast du noch einen Tester?«, fragte der Beamte seinen Kollegen.

Der nickte.

»Hier, pusten Sie mal rein«, wurde Tony aufgefordert.

»Näh«, wehrte der ab. »Dat jeht misch nix an.«

»Wie sind Sie denn hierhergekommen?«, wollte der Beamte wissen.

»Dat sach ich nisch«, wurde er beschieden. Tony nickte zu seiner Weigerung bekräftigend mit dem Kopf.

»Wissen Sie, wie er hierhergekommen ist?«, wurde nun ich ins Gebet genommen.

Ich schüttelte den Kopf. »Keine Ahnung. Mit dem Taxi vielleicht?«

»Das glaube ich aber eher nicht«, wischte der Polizist meine Vermutung vom Tisch. »Als er reinkam, hatte er einen Autoschlüssel in der Hand.«

Guter Beobachter, das musste man ihm lassen. Mir war wieder nur die schicke Henkeltasche eines ultrateuren Labels aufgefallen, die wie immer an Tonys Arm baumelte. Allerdings wusste ich aus Erfahrung, dass Tony tatsächlich jederzeit den Fahrzeugschlüssel in der Hand hielt. »Da kann ich mich bei Bedarf mit verteidigen«, hatte er mir mal erklärt, »wenn ich auf dem Weg von der Garage nach Hause überfallen werden sollte.«

Im Augenblick hatte Tony jedenfalls ganz andere Probleme. Er hing mehr auf dem Stuhl, als dass er saß. Der Polizist bemühte sich immer noch, ihn zum Pusten zu bewegen, aber Tony kicherte stattdessen vor sich hin.

»Nit«, bat er, »isch bin kitzelisch.«

»Kommt Ihr Freund aus dem Rheinland?«, fragte der jüngere Polizist interessiert.

»Nein«, antwortete ich. »Nicht, dass ich wüsste. Ich dachte immer …«

»Liebelein«, rief Tony in meine Richtung, »du biss nit zur Auskunft verpflischtet.«

Ich wusste gar nichts mehr.

Tony schäkerte mit dem jüngeren Polizisten rum und machte ihm immer eindeutigere Avancen, während dessen älterer Kollege hektisch in sein Funkgerät sprach und einen Sanitäter anforderte.

Sanitäter?

»Er hat Ihnen doch gar nichts getan«, stellte ich empört fest. »Wollen Sie jetzt hier einen handgreiflichen Widerstand gegen die Staatsgewalt draus drehen?«

Mir konnten die nichts vormachen. Durch meine jahrelange Krimilektüre ausreichend geschult, spielte ich in Gedanken verschiedene Szenarien durch.

»Wir brauchen einen Sanitäter, um eine Blutabnahme durchführen zu können«, informierte mich der jüngere Beamte, dem sichtlich unwohl war. Er schien genau wie ich nicht mehr so genau zu durchschauen, wie sich die Situation so hatte zuspitzen können.

Plötzlich hatte ich eine Idee. Ich griff zu meinem Handy.

»Wen wollen Sie anrufen?«, fragte mich der ältere Beamte.

»Das geht Sie nichts an«, behauptete ich. »Ich brauche jetzt einen Rat, sozusagen, eine fast anwaltliche Unterstützung.«

In meinem Nummernspeicher suchte ich wie hektisch herum.

Mist.

Ich hatte ja auch Bernds Nummer gelöscht.

»Sag mal, hast du Bernds Nummer in deinem Speicher?«, fragte ich Tony, der sich köstlich zu amüsieren schien.

»Sischer, aber du willst doch nischt mehr mit ihm reden«, antwortete er.

»Quatsch«, entgegnete ich. »Ich will nur nicht mehr dauernd mit ihm zu tun haben.«

»Klar habbe ich dat – hicks – unter K wie ...«

»Wen rufen Sie an?«, fragte der ältere Beamte aufgeschreckt.

Ich wiederholte den vollen Namen. Schweißperlen erschienen auf der Stirn des Polizisten. Hektisch winkte er seinen Kollegen zu sich rüber. Während die beiden miteinander tuschelten, kramte ich in Tonys Luxusbag nach seinem Handy herum.

»Ist ja irre«, rief ich plötzlich aus. »Du hast meine Fahrzeugpapiere und meinen Führerschein. Wieso eigentlich?«

»Wegen deiner Täsch«, antwortete Tony prompt.

»Was sagt er?«, fragte der gestresst wirkende ältere Beamte.

»Er meint, dass ich vorgestern nur meine kleine Handtasche mithatte, als wir ins Kino gefahren sind. Und da meine Papiere nicht hineinpassten, war Tony so nett und hat sie in seiner Tasche untergebracht. Und dann hab ich vergessen, sie wieder an mich zu nehmen. So einfach ist das«, erklärte ich den Sachverhalt und hielt dem jüngeren Beamten die gewünschten Papiere entgegen.

»Und wo sind Ihre?«, fragte er Tony, während er die Dokumente prüfte.

»In de Täsch«, behauptete der.

»Können Sie mal nachschauen?«, bat mich der Beamte.

Ich stöberte in Tonys Luxustasche. Das Handy steckte in einem Seitenfach, eingehüllt in ein Lederetui derselben Luxusmarke und Lederfärbung wie die große Tasche. Schließlich hielt ich seine Geldbörse in der Hand, auch ein Utensil mit der noblen Luxus-Prägung. Einige Scheine, diverse Quittungen, aber kein Führerschein und keine Fahrzeugpapiere.

»Wo hast du die denn immer?«, fragte ich in Tonys Richtung.

»In meiner Dokumentenmappe, ratzetürlisch, Liebelein«, gab er an.

Ich versenkte meine Hand wieder in seinem Shopper. Was ich schließlich herauszog, erinnerte beim ersten Blick nur entfernt an eine Dokumentenmappe. Ich öffnete den luxuriösen Lederbehälter und stieß auf Tonys Schminkutensilien. Puder, Abdeckstift, Lipgloss, einen Anti-Pickelstift, getränkte Papiertüchlein, mit denen man den Schweißglanz im Gesicht trocknen konnte – »dat pudert auch gleisch«, erklärte Tony mir lallend den vorschriftsmäßigen Gebrauch.

»Ich find nichts«, flüsterte ich in seine Richtung.

»Tja, dann würd isch mal sagen – verhaften Sie misch«, forderte Tony den Beamten auf und hielt ihm schon mal vorsorglich seine beiden Handgelenke über Kreuz hin.

»Und ruf den Jiorgos an, versprochen?«, fragte er mich. »Sach ihm, ich komm heut nischt nach Hause, isch bin im Knast.« Er schüttelte sich fast aus vor lauter Lachen. Wenigstens einer hatte hier Spaß.

Allerdings wirkten die beiden Beamten nicht mehr ganz so cool wie zu Beginn unseres Kennenlernens. Immer wieder diskutierten sie leise im Hintergrund miteinander. Schließlich trat der offensichtlich ranghöhere Beamte auf mich zu und sagte: »Also, wir wollen jetzt nicht überreagieren. Wir warten hier auf den Sanitäter, der eine Blutprobe bei ihrem Freund entnehmen wird, und dann bekommt er eine schriftliche Aufforderung von uns mit, damit er sich innerhalb …«

»… von drei Tagen bei Ihnen mit den Papieren meldet«, unterbrach ich ihn. »Ich kenne mich ja jetzt schon mit den Bestimmungen aus. Und das war's dann aber auch, oder?«

»Leider nicht«, verneinte der jüngere Beamte, »Sie müssen ein Bußgeld zahlen …«

»Wofür denn?«, ging Tony aufgebracht dazwischen. »Die hat doch keinen Alhoholl mehr drin.«

»Darum geht es gar nicht mehr. Sie hat aber ihre Papiere nicht bei sich gehabt, das macht schon mal zehn Euro Strafe aus, und sie hat im Auto mit dem Handy telefoniert, das macht vierzig Euro, und wenn sie Pech hat, bekommt sie auch noch einen Punkt in …«

»Ruf an«, wies mich Tony erstaunlich klar an.

»Lassen Sie mal«, unterbrach der ältere Beamte meine Suche nach Bernds Nummer in Tonys Handy-Speicher. »Das tut ja jetzt nicht not. Gib mal eben durch, dass wir keinen Sani brauchen. Hat sich erledigt.«

Sein junger Kollege sah ihn verständnislos an.

»Los, mach schon«, wurde er aufgefordert, und er sprach widerstrebend in das Funkgerät.

»Und jetzt?«, fragte er seinen Kollegen, ganz offensichtlich ratlos.

»Versprechen Sie mir«, forderte mich der ältere Polizist auf, »dass Sie Ihren Freund mit seinen Papieren zur Wache schicken?«

Ich nickte. »Klar mache ich das.«

»Gut, dann ist jetzt die Sache hiermit erledigt«, befand er. »Sie haben keinen Restalkohol mehr, ihre gültigen Papiere haben wir auch prüfen können, und ob Ihr Freund vorhin mit dem Auto gekommen ist, können wir nicht feststellen, wir haben ja keine Zeugen. Die Tatsache, dass er einen Fahrzeugschlüssel in der Hand hatte, ist kein Beweis. Er kann ja auch mit dem Taxi gekommen sein. Vielleicht trägt er den Schlüssel ja nur als … ähm, Schmuckstück in der Hand. Komm, wir gehen.«

»Aber, ich bin doch gefa…«

Mit einem gezielten Griff hielt ich Tony den Mund zu. Jetzt war nicht die Zeit, um irgendwelche Geständnisse abzulegen. Ich dankte den Beamten geradezu überschwänglich, bis sich die Wohnungstür hinter ihnen geschlossen hatte.

»Sag mal, bist du irre?«, fuhr ich Tony an. »Sei froh, dass die aufgegeben haben. Du hättest deinen Führerschein verlieren können.« Verwundert sah ich ihn an. »Wieso bist du eigentlich so besoffen? Du warst doch vorhin völlig nüchtern?«

»War isch ja auch«, antwortete Tony. »Aber ich hab vorhin in der Küsche das ganze Glas mit in Rum eingelegten Früchten verputzt und die halbe Flasche Gin runtergestürzt. Boah, ist mir schlescht.«

»Und warum hast du das getan?«, wollte ich wissen.

»Um von dir abzulenken«, enthüllte er mir. »Wenn isch viel besoffener bin, bist du gerettet.«

Ich brauchte erst mal eine Weile, um ihn so richtig abzuknuddeln. Ich war zutiefst gerührt. Was für ein Freund. Ich half ihm rüber zur Couch, drückte ihm mehrere Kissen in den Rücken und holte ein nasses Tuch, das ich ihm auf die Stirn legte.

»Hast du eine Ahnung, warum die aufgegeben haben?«, wollte ich schließlich von ihm wissen.

»Wegen Bernd«, antwortete er, halb eingenickt.

»Wegen Bernd?«, fragte ich ungläubig. »Was hat der denn damit zu tun? Der ist doch gar kein Anwalt. Der weiß nur immer, wie man sich aus brenzligen Situationen rauslügt.«

»Der schpielt mit dem Vorgesetzten von den beiden Golf, das hab isch gehört, als sie sisch das aufgeregt zugeflüstert haben. Und das war ihnen zu heiß. Da drohte ein Anschiss.«

»Sag mal, wieso sprichst du eigentlich im rheinischen Dialekt?«, wollte ich noch wissen.

»Weil ich dachte, wenn die denken, dass ich aus dem Rheinland stamme, sind sie für mich nicht zuständig, verstehst du? So eher Ausländer und so.« Endlich sprach er wieder in seinem gewohnten Sprachstil. Wie süß. Als ob die Gesetze an den Grenzen der Bundesländer variieren.

»Aber du hattest doch eigentlich gar nichts zu befürchten?«, hielt ich ihm entgegen.

»Doch. Mir war nämlich bei dem ganzen Palaver um deine Papiere eingefallen, dass ich meine Papiere gestern Jiorgos gegeben habe, weil ich meine kleine Handtasche mithatte und da passt doch nichts Großes rein. Du weißt doch, die von Cha…«

Ja, ich wusste, welche und vor allem wie viele Taschen unterschiedlicher Größe Tony von unzähligen sauteuren Luxus-Labeln hatte. Neid war in diesen Fällen kein Fremdwort für mich.

Erschöpft hockte ich neben Tony auf meinem Sofa. Sogar der Anblick meiner Weihnachtsdeko spendete mir in diesem Augenblick keinen Trost. Die goldgerandeten Engelchen schienen diesmal an mir vorbeizublicken, der Kranz, verziert mit einer silbernen Kordel mit dicken Troddeln an den Enden, schien schlappzumachen und sein Funkeln verloren zu haben, und der Plüschelch in meinem Kamin schien sich schier angstvoll zu ducken bei all den katastrophalen Ereignissen, die sich in dem Raum abgespielt hatten.

Es klingelte.

Tony fuhr aus seinem Halbschlaf hoch. »Mach nicht auf«, beschwor er mich. »Die kommen mit einer Hundertschaft eines Spezial-Einsatzkommandos wieder und verhaften mich.«

»Wieso denn?«, fragte ich amüsiert.

»Wegen Vorspiegelns falscher Tatsachen. Ich bin doch gar kein Rheinländer.«

Lachend ging ich zur Tür. Als ich sie öffnete, stand mein Vermieter vor mir. Sein grimmiger Gesichtsausdruck verhieß nichts Gutes.

Trotz seiner massigen Gestalt drückte er sich erstaunlich behände an mir vorbei ins Wohnzimmer. Was er sah, ließ ihn mitten in der Bewegung erstarren. Ich folgte seinem Blick und musste mir innerlich eingestehen, dass die Szenerie an einen in Schwarz-Weiß gedrehten drittklassigen Problemfilm erinnerte.

Tony mit wirrem Haar auf meinem Sofa, davor der Couchtisch, zugestellt mit Flaschenbatterien, dreckigen Gläsern mit Alkoholrändern, die schon eklig eingetrocknet waren, verschrumpelten sauren Gürkchen auf meinen Desserttellern und ein voller Aschenbecher. Wer hatte denn gestern geraucht?

»Es ist nicht so, wie Sie denken«, beschwor ich den Koloss.

»Sie …« begann er schnaubend.

»Isch bin krank«, tönte es von der Couch. Tony versuchte es wieder mit seiner falschen Identität.

»Ich ... ich wollte es ja nicht glauben, als man mich informierte«, begann mein Vermieter-Hulk. »Ich dachte immer, Sie wären eine anständige Person.«

»Bin ich«, versuchte ich eilig, ihn in diesem Glauben zu bestärken.

»Aber was ich hier sehe, schlägt dem Fass den Boden aus. Erst werden Sie verhaftet ...«

»Ich wurde nicht verhaftet«, widersprach ich vehement. »Die Beamten haben mich nur begleitet, weil ich ...«

»Ach, hören Sie doch auf mit Ihren falschen Erklärungen«, unterbrach er mich aufgebracht. »Erst werden Sie verhaftet, man muss sich das mal vorstellen, Polizei in meinem Haus. Und dann erlebe ich hier eine Orgie mit einem Kerl, der besoffen hier rumlungert ...«

»Moment mal«, fuhr ich dazwischen. »Das geht aber jetzt zu weit. Es geht Sie gar nichts an, was ich in meinen vier Wänden tue ...«

»Dat is 'ne klassische Verletzung von deinen Persönlischkeitsräschten ...« versuchte mir Tony beizuspringen.

»Sie haben hier gar nichts zu melden«, wurde er von meinem Vermieter-Schreck abgebürstet. »Mit Ihnen rede ich überhaupt nicht.«

Tony versuchte sich mühsam aus seiner Lage aufzurappeln.

»Boah«, hörte man ihn stöhnen. »Ist mir schlecht.«

Auf allen vieren robbte er Richtung Bad.

»Der kennt sich ja hier aus«, stellte mein Vermieter ungeheuer scharfsinnig fest.

»Ja, und?«, fragte ich. »Was gibt es dagegen zu sagen?«

Mr. Massig ließ sich nicht verunsichern. Er streckte seine 1,90 Meter zu angedeuteten 1,98 Meter hoch und verkündete mit drohendem Unterton: »Sie suchen sich mal besser eine neue Bleibe. Das hier ist ein anständiges Haus. Da dulde ich keine …«

»Überlegen Sie sich jetzt ganz genau, was Sie sagen«, unterbrach ich ihn. »Das wird teuer.«

Ein Schnauben voll mühsam unterdrückter Wut war seine Antwort. Während er sich zur Tür wandte, skizzierte er dezidiert seine Zukunftspläne. »Ich werde schon was finden, um Sie hier rauszukriegen. Verlassen Sie sich drauf.« Und als er die Tür öffnete, hörte ich ihn noch durch zusammengepresste Zähne murmeln: »Ich hasse Rheinländer.«

# 2

»Und wenn ich es dir doch sage. Nessi macht eine Secondhand-Boutique auf.« Tony versenkte seine Hand in einer Schüssel voller Popcorn. Während er den größten Teil der herausgefischten Portion in seinen Mund stopfte, forderte er Jiorgos auf, diese Nachricht zu bestätigen: »Sag ihr, mmmhhh, dass es wahr ist.«

Jiorgos nickte.

»Ssstimmmmampf«, lautete seine gekaute Zustimmung. Wir drei hatten es uns auf meiner großen Couch bequem gemacht. Unser obligatorischer DVD-Abend. Früher ein geliebtes Privileg von Tony und mir. Seit geraumer Zeit war aus unserer Zweisamkeit sozusagen ein flotter Dreier geworden. Tonys große Liebe, Jiorgos, hatte uns komplettierte.

Tony hatte die ersten drei Staffeln von »Sex and the City« in einer pompös aufgemachten Schmuckkassette mitgebracht, Jiorgos den Filmklassiker »Sonntags nie« mit Melina Mercouri und ich kämpfte darum, das Schlagerspiel der Champions League sehen zu können. Ich war sofort abgeschmettert worden mit dem Hinweis, dass dies ja wohl ein klassisches Männervergnügen wäre und nichts für uns Mädels und darüber hinaus eine Live-Veranstaltung, was nicht ins gewohnte Konzept unserer Traditionstreffen passte.

»Aber wir könnten doch wenigstens mal in die erste Halbzeit reinschauen«, hatte ich meine Gäste beschworen, aber die hatten abgewinkt.

Aber da sie ihre Lieblingsserie nach gefühltem hundertmaligem Abspielen schon auswendig kannten, sprachen sie jeden Satz mit und konnten auch bei Stellen, die ihnen nicht so wichtig waren, den neuesten Klatsch aus dem alten Bekanntenkreis anbringen.

»Ja, und was macht sie dann mit den Zwillingen?«, wollte ich jetzt wissen.

»Sie will ... mampf ... dass Maxi eine Elternzeit oder wie das heißt, nimmt«, erläuterte Tony Nessis Lebensplanung.

»Aber das ist doch Blödsinn«, widersprach ich. »Als Schönheitschirurg verdient der doch ein Schweinegeld. Warum will sie denn, dass ihr Mann mit Einbußen pausiert?«

»Sssie will ssich verwirklichen«, erklärte Jiorgos in seinem unnachahmlichen deutsch-griechischen Sprachcocktail. Tony, in seiner Rolle als richtungweisender Lebensabschnittsgefährte, wedelte hektisch mit den Händen.

»Außerdem geht es den Schönheitschirurgen gar nicht mehr so gut«, behauptete er. »Die Leute haben kein Geld mehr für Botox und so. Die sparen jetzt und setzen schon mal eine Behandlung aus.«

»Du ja wohl nicht«, mutmaßte ich.

»Natürlich nicht«, bestätigte er mich. »Ich lass mir jetzt auch noch die Lippen aufspritzen.«

»Bist du verrückt?«, entfuhr es mir.

»Was glaubst du, wie sexy ich dann aussehe?«, versuchte er, mir die bevorstehenden Unternehmungen schmackhaft zu machen.

»Und cchhön for küssen«, mutmaßte Jiorgos in edler Vorfreude.

»Guck, guck«, meinte ich schnell und zeigte mit dem Finger auf eine Protagonistin auf dem Bildschirm. »So ein Schlauchboot-Monster bist du dann auch.«

»Nie im Leben. Ich hab mich übrigens – auch in deinem Namen – bei Bernd bedankt«, versuchte Tony abzulenken.

»Wofür denn?«, fragte ich konsterniert.

»Na, weil allein schon deine Ankündigung, ihn anzurufen, uns beide vor dem Knast bewahrt hat«, formulierte er mit Nachdruck. »Und Bernd und Tatzi haben sich daraufhin beschwert, dass du dich so rar gemacht hast«, setzte er mit vorwurfsvollem Blick auf mich hinzu.

»Und du hast ihnen doch sicher klargemacht, dass ich furchtbar viel zu tun habe und deshalb nicht mehr ganz so viel Zeit habe wie früher, oder?«

»Ich habe ihnen erzählt, dass du eine neue Wohnung suchst, furchtbar viele Pleiten erlebst und deshalb richtig zickig sauer bist«, berichtete er mit sichtlichem Behagen.

»Das ist unfair«, protestierte ich.

Ungerührt fuhr Tony fort: »Und sie sind übrigens mit mir einer Meinung, dass sie diesen Plan überhaupt nicht verstehen, weil du doch so eine schöne Wohnung hast.«

Ich war platt. Die beiden hatten gut reden in ihrem luxuriösen Walmdach-Landhaus mit kilometergroßem Garten inkl. beheiztem Outdoor-Pool, einem schmucken Gartenhaus, das einer vierköpfigen Familie ausreichenden Wohnraum bieten würde, dem aufwendig gestalteten Spa-Bereich, in den Tatzi regelmäßig einen Masseur, einen Personal Trainer und einen Visagisten zu ausufernden Verschönerungsaktionen bestellte.

»Übrigens«, formulierte Tony zwischen markanten Kaubewegungen weiter, »sie hat uns eingeladen zu einem kleinen Get together am nächsten Samstag. Dich inklusive.«

Das passte ja mal wieder zu meiner aufstiegsorientierten Freundin Tatzi. Ein Get together.

»Ging's nicht eine Nummer kleiner?«, fragte ich Tony süffisant.

»Bloß kein Neid«, erwiderte er. »Ich finde es wirklich nett, dass sie dich jedenfalls nicht vergessen hat.«

Ich griff mir die Fernbedienung und schaltete ins laufende Programm, wo gerade die Kicker über den Rasen rannten. Ich erwartete wütende Proteste von Tony und Jiorgos, doch zu meiner Überraschung blieben die aus.

»Der ist ja süß«, befand Tony und zeigte auf den Rechtsaußen mit wildem Lockenkopf. »Oh, und guck mal, den mit dem Haarreifen. Richtig schick. Ich wusste ja gar nicht, dass die Jungs so gut aussehen.«

»Top!«, stimmte ihm Jiorgos mit vor Überraschung offen stehendem Mund zu. Zwanzig Minuten lang analysierten die beiden aufgeregt schnatternd die Farbwahl der Trikots der gegnerischen Mannschaften, bewerteten kennerisch den Body-Mass-Index beider Mannschaftskapitäne und konnten sich nicht beruhigen, wenn einer ihrer ad hoc erklärten Lieblinge wüst gefoult wurde. Meine Regelerklärungen interessierten sie nicht die Bohne, und sie jubelten hellauf begeistert, als ihre Favorites am Ende des Spiels die Trikots mit ihren Gegnern tauschten und mit schweißnassen, nackten Oberkörpern zur Ehrenrunde durch's Stadion aufbrachen.

Ich hatte mich längst innerlich vom Geschehen verabschiedet und dachte an Tatzi, Nessi & Co. Wahrscheinlich war mein Rückzug von den üblichen Treffen wirklich ein wenig überstürzt gewesen. Ich hatte ja längst gemerkt, dass ich doch ganz froh war, von Tony auf dem Laufenden gehalten zu werden.

Auch mein Herzensmann hatte mich schon damit aufgezogen, dass ich es ein wenig übertrieb.

»Mal wieder, wie immer, übrigens«, hatte er sich nicht

verkneifen können hinzufügen. »Auch Freunde sind ein Teil deiner Wurzeln«, hatte er mir, wie ich fand, ein bisschen gönnerhaft erklärt und hinzugefügt: »Und wenn man Wurzeln ausreißt, verliert man ein wenig von seinem Stand, verstehst du?«

Hatte ich natürlich nicht zugegeben, aber im Augenblick war ich so weit, ihm zumindest in Teilen Recht zu geben.

»Wie ist denn das Spiel ausgegangen?«, fragte ich Tony und Jiorgos.

Sie schauten mich verständnislos an.

»Wissen wir doch nicht«, wies mich Tony zurecht.

»Aber ihr habt doch …«

Das klingelnde Telefon unterbrach meine Ausführung.

»Sie sind wohl von allen guten Geistern verlassen«, dröhnte es aus dem Hörer.

Mein Vermieter.

»Ich grüße Sie auch schön«, setzte ich dagegen. Die freundliche Ansprache schien ihn noch mehr in Rage zu bringen.

»Schenken Sie sich Ihre Schleimerei«, fuhr er mich an und fällte das kategorische Urteil: »Sie feiern schon wieder eine Orgie.«

Ich sah mich kurz um. Tony und Jiorgos saßen wie die Schulbuben nebeneinander auf der Couch und sahen mich gespannt an. Vor ihnen die inzwischen leere Schüssel, um sie herum auf den Fliesen Kaskaden von heruntergefallenem Popcorn. Jeder hielt ein halbvolles Glas mit Prosecco in der Hand. Gemeinsam hatten wir noch nicht mal eine Flasche geleert.

Eine Orgie sah anders aus, da war ich mir sicher.

»Wie kommen Sie denn auf den Blödsinn?«, wollte ich wissen.

»Man hat sich bei mir beschwert«, behauptete der Vermieterkoloss. »Die Mieter unter Ihnen haben lautes Gestöhne und Geschrei gehört und fühlen sich von solchen Ferkeleien belästigt.«

Gestöhne und Geschrei?

Ach so, die beiden Fußballneulinge hatten beim Anblick der durchtrainierten Kicker in unterschiedlicher Klangfärbung ihrer Begeisterung Ausdruck verliehen, das war aber auch schon alles gewesen.

»Wir haben Fußball geguckt«, erklärte ich dem Telefon-Shrek. »Mehr nicht.«

»Das können Sie Ihrem rheinländischen Chaotenfreund erklären, aber nicht mir. Ich sag's Ihnen zum letzten Mal, suchen Sie sich eine neue Wohnung. Sonst …«

»Was sonst?«, wollte ich wissen.

Er legte auf.

Tony und Jiorgos reagierten voller Empörung auf die Anschuldigungen meines Vermieters. Unter lautem »unglaublich« und »unmöglich« suchten sie nach psychologischen Erklärungen für das Rambo-Gehabe dieses »schrecklich brutalen Typen«.

»Ich will ja sowieso hier weg«, versuchte ich, den Diskurs über psychologische Fehleinstellungen bei einem mir eigentlich fremden Menschen abzukürzen.

»Jetzt ja wohl erst recht n i c h t«, widersprach Tony. »Die Genugtuung darfst du ihm nicht geben.«

Zum wiederholten Mal versuchte ich ihm zu erklären, dass ich mich selbst verändern wollte, dass es mir nicht um Prestige ging wie unserer gemeinsamen Freundin Tatzi, die ihren Hollywood-Lifestyle eigentlich nur als Auslöser für den Neid anderer lebte, und dass ich schon gar nicht irgendwo wohnen bleiben wollte, um meinen Vermieter zu ärgern, sondern dass ich mich im übertragenen Sinne häuten wollte.

»Oh, CchGott, oh, CchGott«, stammelte Jiorgos, der wohl aufgrund seiner eingeschränkten Sprachkenntnisse glaubte, in einem Horror-Splatter-Film gelandet zu sein.

Wir beeilten uns, ihm zu erklären, dass wir nicht vom Thema abgekommen wären und auch nicht beschlossen hatten, uns beim nächsten DVD-Abend »Das Schweigen der Lämmer« anzuschauen.

Erschöpft lauschte ich anschließend den beiden, wie sie mit vertauschten Rollen die Dialoge von »Sex and the City« mit solcher Inbrunst wiedergaben, dass ich darüber einschlief.

Am darauffolgenden Samstag stand ich mit einigem Unbehagen vor Tatzis prachtvollem »Dallas«-Imitat von schmiedeeiserner Toreinfahrt. Nichts hatte sich seit meinem letzten Besuch verändert. Auch ihr maliziöses »Schau an. Schau an«, mit dem sie mich durch die Sprechanlage bedachte, war mir sehr vertraut.

Aber als ich dann vor ihr stand, überwog doch die Freude, sie zu sehen. Wir waren einfach durch zu viele Täler des Lebens gemeinsam geschritten, als dass ich sie nur auf ihre, ohne Zweifel vorhandenen, Fehler reduzieren konnte.

»Gut schaust aus«, bewertete sie, zu meiner Überraschung, mein Erscheinungsbild und zog mich ins Innere des Prachtbaus.

»Na, alles fit?«, fragte mich Bernd, um sich anschließend in Positur zu werfen, als er mich kurz daran erinnerte, dass er mich vor dem Knast bewahrt habe.

Ich rollte nur mit den Augen.

Im hallengroßen Wohnbereich waren sie dann fast alle

versammelt. Nessi, Hanni, Melli, Elli, Gundi, Sunny – dass Doro fehlte, bedauerte ich am meisten. Mit großem Hallo wurde mein Erscheinen gewürdigt, und jedes Mal wurde ein vorwurfsvolles »Lange nicht gesehen« angehängt.

Als ich schließlich mit einem Glas in der Hand Platz genommen hatte, fragte ich Tatzi: »Wieso nennst du so ein Treffen eigentlich ›Get together‹? Ist doch eigentlich alles wie immer. Früher hättest du dazu Party gesagt.«

»Früher ist nicht heute«, klärte sie mich auf. »Heute, in diesen Zeiten, ist alles ein bisschen mehr low key. Down to earth, verstehst du?« Mein verständnisloser Gesichtsausdruck brachte sie dazu, hinzuzufügen: »Schlicht ist die Devise.«

»Versteh ich nicht«, gab ich zu.

Sie rückte näher an mich heran und flüsterte verschwörerisch: »In Zeiten der Krise ist protzen nicht angesagt.«

»Welche Krise meinst du denn?«

Sie schaute mich verblüfft an.

»Ja ... weiß ich ... jetzt auch nicht«, gab sie zögernd zu. Sie verzog das Gesicht. »Aber alle reden doch davon.«

Das war ja mal wieder typisch Tatzi. Völlig unverdächtig, die Schlagzeilen der vorderen Zeitungsseiten, geschweige denn den Wirtschaftsteil zu lesen, schwamm sie einfach im Smalltalk-Mainstream mit. Und wenn dort von einer Krise gesprochen wurde, war Tatzi gleich als Allererste, ganz weit vorne, mit dabei.

Denn: »Dabeisein« war für sie alles.

»Ja, und wie kommst du mit der Krise klar?«, versuchte ich mehr zu erfahren.

»Ja, also, ich hab jetzt nicht mehr jede Woche den Masseur oder Idi, meinen Visagisten, da. Nur noch alle vierzehn Tage«, berichtete sie mir ganz ernsthaft.

»Da sparst du aber eine Menge«, lobte ich sie.

»Ja, und ich trage auch, wenn wir hier unter uns sind, Haushaltshandschuhe …«

»Wie, du hast keine Hausangestellten mehr?«, fragte ich verblüfft.

»Doch, natürlich«, korrigierte sie meinen Eindruck. »Aber mit den Gummihandschuhen schone ich meine Maniküre, verstehst du? Dann bleibt der Nagellack tadellos. Bisher habe ich den doch jede Woche neu auftragen lassen.«

Ich musste mir ein Lachen verkneifen, denn ich sah vor meinem geistigen Auge Tatzi und Bernd abends vor dem Kamin sitzen, ein Glas edlen Champagner schlürfen, und Tatzi hielt den Glaskelch gar zierlich mit einer gummibehandschuhten Hand in die Höhe.

Zigarettenrauch kroch in meine Nase. Elli.

»Worüber redet ihr denn?«, wollte sie, wie üblich in einen Schwall von Rauch eingehüllt, wissen.

»Über die Krise«, antwortete ich.

»Welche Krise?«, fragte sie postwendend zurück.

»Na, die wegen dem Bon«, antwortete Tatzi ein wenig gereizt.

»Der Jon Bon Jovi kommt?«, fragte Hanni begeistert. »Da will ich hin.«

»Nein«, wehrte Tatzi ab, »es geht um die Bons …«

»Haben sie bei dir auch versucht, dir die Sache mit den Bons schmackhaft zu machen?«, wollte jetzt Melli wissen.

Ohne dass ich es bemerkt hatte, waren Tatzi und ich zum Mittelpunkt eines Kreises geworden. Hanni, Melli, Elli, Nessi, Conny und Sunny hörten uns aufmerksam zu.

»Welche Bons?«, tönte es jetzt von Nessi.

»Na, die beim Discounter«, erklärte Melli. »Den mit den drei Buchstaben.« Wir schauten sie verständnislos an.

»Also, wenn du da drei Mal eingekauft hast und mehr als hundert Euro ausgegeben hast, bekommst du einen Gutschein …«

»Über wie viel?«, ließ sich Sunny streng vernehmen.

»Fünf Euro«, verkündete Melli mit Nachdruck.

»Ha«, machte Sunny. »So ein Schwachsinn.«

»Nein«, widersprach Melli. »Das ist doch toll. Immerhin kriegst du überhaupt irgendetwas. Das ist heute schon was«, versuchte sie, Sunny und uns zu überzeugen.

»Und was hat das mit den Bons zu tun?«, fragte Nessi.

»Damit du beweisen kannst, dass du da warst«, gab Melli die Regeln bekannt. »Ist doch klar.«

»Autsch«, schreckte uns Elli auf. »Ich hab mich verbrannt«, lautete ihre Eigendiagnose.

Offensichtlich hatte sie der Gesprächsverlauf so gefesselt, dass sie das Herunterbrennen ihrer Zigarette ignoriert hatte. Wir wandten uns wieder Melli zu.

»Und was hast du da alles gekauft?«, erfragte Iris.

Melli war mit einer beeindruckenden Liste sämtlicher Artikel, die sie käuflich erworben hatte, um in den Genuss der Gutschriften zu kommen, noch lange nicht am Ende, als sie von Sunny schnöde unterbrochen wurde. »Und was haben jetzt deine Bons mit der Krise zu tun?«

Alle Köpfe drehten sich Richtung Tatzi.

Das musste ich Sunny mal wieder lassen. Sie konnte, selbst bei noch so ausufernd verlaufenden Gesprächen, alles wieder auf Anfang stellen. Und das mit nur einer Bemerkung.

Tatzis Wangen nahmen eine leichte Roséfärbung an. Offensichtlich suchte sie nach den richtigen Worten. Hilfesuchend blickte sie mich an.

Ich hob abwehrend die Hände. Jetzt war ich aber mal richtig gespannt.

»Na«, begann sie, als sie merkte, dass sie ganz auf sich allein gestellt war. »Diese Bons ... also, da regen sich doch alle so drüber auf ...«

Unterstützung heischend, blickte sie in die Runde. »Diese Bons kriegen doch die Manager.«

Verständnislos schauten wir uns an.

Sunny rollte genervt mit den Augen.

»Du meinst Boni«, stellte sie fest.

»Sag ich doch«, meinte Tatzi erleichtert. »Und wegen denen sind wir doch in der Krise. Stimmt's?«

Nessi, Hanni, Melli, Elli, Iris, Gundi, Conny schauten jetzt gespannt zu Sunny. Die schürzte die Lippen. Oha, jetzt wurde es ungemütlich. Diese Anzeichen von äußerster Genervtheit kannte ich bei ihr.

»Hat dir das Bernd erzählt?«, fragte sie mit beunruhigend leiser Stimme.

»Der ist raus aus der Nummer«, beeilte sich Tatzi, eifrig zu erklären. »Der hat gesagt, er kriegt in diesem Jahr keine. Dem kannst du keine Schuld geben«, setzte sie noch kämpferisch nach, offensichtlich aus der Erfahrung heraus, dass Sunny schon immer gnadenlos auf Bernds ohne Zweifel vorhandene Verfehlungen und Defizite hingewiesen hatte.

»Also daher weht der Wind. Keine Fleißkärtchen in diesem Jahr. Nix mit Super-Rendite, Gewinnausschüttung und Extra-Überweisung«, stellte Sunny, nicht ohne ein gewisses Behagen, fest.

»Und jetzt wird's knapp bei euch? Diesmal keine teuren Boxenstopps beim Schönheits-Doc?«, fragte sie.

Tatzi zog, so weit es ihre aufgepolsterten Lippen gestatteten, eine Flunsch.

»Jetzt weiß ich überhaupt nicht, wovon du redest«, behauptete sie beleidigt.

»Also hast du doch nicht genügend Bons zusammen?«, fragte Melli, ganz verständnisvoll.

»Nein«, schaltete sich Nessi ein. »Darum geht es doch gar nicht. Sunny meint den Bonus. Und das ist das, was du immer bei den DVD-Dingern kriegst«, verkaufte sie uns ihr Wissen. »Wenn du die Gesamtausgabe kaufst. Hab ich auch gemacht. Ich hab die ›*Sex And The City*- Essentials Collection‹ gekauft im exquisiten Schuhkarton. Ganz stylisch in Pink und Schwarz«, berichtete sie aufgeregt. »Gibt es auch in der superschicken Shopping-Bag mit Booklet und Bonus-Disc halt. Versteht ihr? Auf der Bonus-Disc sind auch Interviews und nie gesendete Szenen. Und wieso kriegt Bernd so eine Extra-DVD?«

Sunny stand auf.

»Das tut mir jetzt leid«, lautete ihr Fazit. »Aber ich kann es einfach nicht verantworten, euch aus eurer kindlichen Einfalt herauszureißen. Es ist besser, ihr zehrt von euren infantilen Erkenntnissen. Realität und Wahrheit würden euch überfordern.«

Ich konnte ihre tiefe Erschütterung gut verstehen, allerdings hing ich selbst in Gedanken noch Nessis Erläuterungen nach. Jetzt wusste ich endlich, woher Jiorgos das pinkfarbene T-Shirt hatte, das er bei unserem DVD-Abend so stolz zur Schau getragen hatte. Die Aufschrift »Sexiest in the City« hatte mich schon sehr beeindruckt, aber von den Ereignissen des Abends überrollt, war ich gar nicht dazu gekommen nachzufragen, wie und wo er es erstanden hatte. Jetzt fragte ich Nessi, ob so ein Teil auch zum Bonus-Material der Gesamt-Schmuckkassette gehörte.

»Klar«, bestätigte sie meine Vermutung, »super-süß ist das.«

Ihr Fachwissen rief mir wieder den von Tony übermittelten Plan ins Gedächtnis, dass sie eine Secondhand-Boutique eröffnen wolle.

»Und, stimmt das?«, fragte ich jetzt nach.

»Ja«, lautete ihre Antwort. »Und ihr müsst alle kommen und bei mir kaufen. Versprecht ihr mir das?«

Der Zustimmung nach, die jetzt von allen Seiten erfolgte, würde Nessis Shop-Eröffnung zum überwältigenden Erfolg führen. Das stand fest.

Sunny war aus dem Essbereich zurückgekehrt, die Augen misstrauisch auf ihren Teller gerichtet.

»Seit wann hast du so banale Dinge wie Brühwürstchen in deinem Büfettangebot?«, wollte sie von Tatzi wissen.

»Bescheidenheit heißt die neue Devise«, lautete ihre Erklärung. »Das Thema hatten wir ja gerade«, setzte sie in spitzem Tonfall hinzu und ergänzte noch: »Ich will Zeichen setzen. Ich will mich verändern.«

Sunny grinste.

»Du brauchst dich gar nicht so zu amüsieren. Mit dieser Einstellung steh ich nicht allein. Du willst dich doch auch verkleinern, nicht wahr?«, rief Tatzi plötzlich in meine Richtung.

Alle Augen wurden auf mich gerichtet. Mir wurde siedend heiß. Ich war mir zwar keiner Verfehlung bewusst, aber irgendwie lief hier was aus dem Ruder.

»Wer hat dir denn das erzählt?«, erkundigte ich mich schweißgebadet.

»Na, Tony«, kam prompt zurück.

Na, super. Ich war wieder mittendrin. Genau das hatte ich eigentlich hinter mir lassen wollen. Diese ganze Abfolge von Erzählchen, Behauptungen, verfälschtem Wissen. Irgendwie beinhalteten langjährige Freundschaften auch eine Art von Kontrollmechanismus. Man durfte sich nicht zu weit entfernen, schon gar nicht irgendetwas Neues ausprobieren. Man wurde gnadenlos zurückgepfiffen. Ein Versuch, mal die ausgetretenen Pfade zu verlassen und etwas zu tun, was man vielleicht früher kategorisch für sich ausgeschlossen hatte, war nicht möglich. Man hatte schön so zu bleiben, wie man war.

»Da hast du etwas falsch verstanden ...«, versuchte ich richtigzustellen.

»Mal wieder«, ergänzte Sunny, während sie beherzt in die Wurst biss.

»Pöh«, machte Tatzi beleidigt.

Alles lief nach dem wohlbekannten Drehbuch unserer langjährigen Treffen.

Sunny behielt die Übersicht, setzte ihre Expertisen genau im richtigen Augenblick und Tatzi & Co gingen wie von der Tarantel gestochen in die Luft.

Hastig versuchte ich, die Situation zu entschärfen. »Ich will mich nicht verkleinern«, sagte ich. »Ich will mich verändern ...«

»Endlich«, jubelte Tatzi. »Genau wie ich. Und bei dir wurde es ja auch mal Zeit.«

Erschrocken hielt ich inne. Wie, ausgerechnet von Tatzi bekam ich jetzt Unterstützung? Genau die Freundin, die so gerne dominierte und nichts so sehr hasste, als wenn man eigenmächtig aus dem Trott ausscherte?

»Das finde ich jetzt aber lieb von dir, dass du mich so unterstützt«, lobte ich sie, zutiefst verunsichert angesichts ihrer wundersamen Wandlung.

»Na ja, ich wollte es dir immer nicht so direkt sagen«, gestand sie. »Aber ich finde schon, dass du was machen solltest ...«

Sunnys Grinsen wurde breiter.

»Aber du bist da nicht so einfach. Ich weiß noch ganz genau, wie ablehnend du reagiert hast, als ich dir sagte, dass ich plane …«

»Du willst umziehen?«, unterbrach ich sie, total überrascht. Hatte ich da was in der jüngsten Vergangenheit, in der ich Tatzi aus dem Weg gegangen war, verpasst? Waren die finanziellen Einbußen bei ihr und Bernd tatsächlich so gravierend, dass sie ihre Traumvilla verlassen mussten?

»Wieso umziehen?« Tatzi sah mich mit großen Augen an.

Sunny stellte ihren Teller auf die Anrichte.

»Ihr sprecht aneinander vorbei«, diagnostizierte sie den Gesprächsverlauf. »Mal wieder«, fügte sie hinzu, ehe sie die Situation klärte. »Tatzi meint, dass es Zeit wird, an dir was machen zu lassen. Und da sie ja so zartfühlend ist, wollte sie dir das nie so platt sagen. Stimmt's, Tatzi?«

»Ja, jetzt weiß ich überhaupt nicht mehr, wo das Problem ist«, erwiderte die. »Was hast du denn gedacht?«, bekam ich von ihr wieder die Gelegenheit, am Gespräch teilzunehmen. »Ich dachte, dass du Verständnis dafür hast, dass ich mal was Neues ausprobieren will …«, begann ich, als sie dazwischenrief: »Ja, hab ich doch auch.«

»Aber …«, stotterte ich, inzwischen total verwirrt. »Wieso …«

»Sie meinte, dass du vorhast, dich absaugen zu lassen«, erklärte Sunny. »Das heißt bei ihr verkleinern.«

# 3

Schweigend saß ich auf dem Beifahrersitz. Sunny schien die ausbleibende Konversation nicht zu vermissen. Sie war wie immer darauf konzentriert, sämtliche Verkehrsregeln zu missachten. Normalerweise machte ich sie darauf aufmerksam, wenn sie mal wieder jemandem die Vorfahrt nahm, aber im Augenblick war ich viel zu sehr damit beschäftigt, den nachmittäglichen Gesprächsverlauf zu rekonstruieren.

»Was glaubst du eigentlich, was so über einen geredet wird?«, unterbrach ich schließlich die schon eine halbe Stunde andauernde Sprachlosigkeit, nachdem Sunny mir freundlicherweise angeboten hatte, mich nach Hause zu fahren.

»Im Besonderen oder im Allgemeinen?«, wollte Sunny wissen.

»Na, so bei Freunden«, versuchte ich, meine Frage zu präzisieren. »Ich habe mir nämlich nie Gedanken gemacht, was da so abgeht«, fügte ich noch hinzu.

»Kluges Kind«, befand Sunny.

»Ja, aber, wenn ich das so höre, dass Tony mit Tatzi geredet hat und was dann dabei herauskommt …«

»Das weißt du doch gar nicht«, meinte Sunny. »Du hast doch nur mitbekommen, was Tatzi aus einem Gespräch mitgenommen hat. Und wenn du dir jetzt noch einmal vor Augen führst, wie sie die derzeitige Krisenlage begründet, nein, ich muss mich korrigieren, was sie überhaupt ansatzweise unter möglicherweise ähnlich klingenden Begriffen ... ach, was ...«

Überrascht sah ich Sunny von der Seite an. Ich hatte noch nie erlebt, dass meine studierte Psychologenfreundin um Worte rang.

Ein außergewöhnlicher Vorgang.

»Guck nicht so«, befahl sie kurz. »Das, was ich heute über die aktuellen wirtschaftspolitischen Vorgänge zu hören bekam, sprengt jede menschliche Vorstellungskraft. Und damit sind auch jedwede, fachlich fundierte, psychologische Ansätze obsolet.«

Wow! Das war ja mal eine Abrechnung der besonderen Art. Ich fühlte mich ein wenig getröstet.

Ich setzte noch mal an. »Aber davon jetzt mal abgesehen«, kreiste ich meine Überlegungen ein, »normalerweise sitzt man mit einem oder mehreren Freunden zusammen und dann gehen sie nach Hause ...«

»Und?«

»Dann bleibt man zurück und setzt sein Leben fort und denkt überhaupt nicht darüber nach, was der andere aus dem Zurückliegenden, also dem gemeinsam Erlebten, macht. Verstehst du? Wie er darüber denkt oder noch schlimmer, wie er darüber mit anderen spricht.«

»Durchhecheln nennt man das vulgärsprachlich«, informierte mich Sunny, ohne dass ich sie darum gebeten hatte.

»Wenn ich mir das vorstelle ...«, begann ich vehement, wurde jedoch sofort von Sunny gestoppt.

»Tu's lieber nicht«, meinte sie knapp. »Dann würdest du dich nicht mehr selbstbestimmt in deinem Leben bewegen. Du hättest nur noch mögliche Variationen über dich und dein Leben im Kopf, und du würdest dich unbewusst vorauseilend nach den Kriterien deiner Freunde und Bekannten verhalten. Du würdest also sozusagen ein fremdbestimmtes Leben führen. Und das wäre das Ende deines selbstbestimmten Ichs.«

Ich brauchte zehn Minuten, um darüber nachzudenken. Sunny flitzte gerade bei Rot über die Ampel der Kreuzung, was ihr ein wüst klingendes Hupkonzert empörter Verkehrsteilnehmer einbrachte.

»Tust du das denn nicht?«, wollte ich schließlich wissen.

»Was?«

»Über mich ratschen?«, fragte ich ganz beklommen.

Sunnys Mimik blieb undurchdringlich.

»Oder dir Gedanken über mich machen?«, setzte ich nach.

»Doch, das tue ich schon«, gab sie zu. »Manno, du Pissnelke«, brüllte sie unvermittelt in Richtung einer Latzhosenradfahrerin, die mitten auf der Fahrbahn mit gefühlten 0,2 Stundenkilometern dahinzuckelte. »Schleich dich«, kommandierte Sunny laut, was mich bewog, die Öko-Braut entschuldigend anzulächeln, als sie von Sunny in Rennfahrermanier überholt wurde.

Verschreckt kam die Frau mit ihrem Rad ins Schlingern, wobei ich mir nicht sicher war, ob es Sunnys riskantes Fahrmanöver oder mein Lächeln war, dass sie aus ihrer mantraartigen Beschaulichkeit gerissen hatte.

Vor uns ließ ein entgegenkommender PKW-Fahrer warnend sein Fernlicht aufblinken, was Sunny mit einem »Angeber« quittierte.

»Der war aber im Recht«, erläuterte ich Sunny die weltweit geltenden Verkehrsregeln. »Hey, du fährst hier mitten in der Stadt auf der Gegenfahrbahn.«

»Feigling«, verurteilte mich Sunny streng.

Ich schaute mich kurz um. Gleich waren wir bei mir zu Hause und mir blieb dementsprechend nicht mehr viel Zeit, um eine Antwort auf meine Frage zu erhalten.

»Ja, und wie sehen die so aus?«, insistierte ich rasch.

»Wer?«, fragte Sunny.

»Na, deine Gedanken über mich«, versuchte ich, ihr auf die Sprünge zu helfen.

»Mmhh«, machte sie kurz versonnen. »Ich versuche, nicht zu viel berufliches Wissen in Bezug auf deine Person anzuwenden.«

»Wieso denn nicht?«, reagierte ich beleidigt.

»Das geschieht zu deinem Vorteil«, beschied sie mich.

»Das finde ich aber jetzt irgendwie ehrabschneidend«, ereiferte ich mich. »Dein wertvolles Wissen ist wohl zu kostbar für meine unbedeutende Person, wie?«

Ich hatte mich so richtig schön in Rage geredet und dabei überhaupt nicht bemerkt, dass wir vor meinem Haus zum Stehen gekommen waren.

Sunny blickte mich versonnen an. »Stimmst du mir nicht auch zu«, begann sie schließlich mit geschmeidiger Intonation, »dass es von Vorteil ist, dass ich deine fast ganzjährliche Weihnachtsdekoration als liebenswerte Marotte einstufe und mir keine Gedanken darüber mache, welche tiefliegenden Mankos in deiner frühkindlichen Erlebniswelt dich emotional so verkrüppelt haben?«

Mein Mund stand noch offen, als ich fassungslos im Aufzug nach oben fuhr. Erst als ich den Schlüssel in meine Wohnungstür steckte, kam ich wieder zu mir.

Ich griff zum Telefonhörer.

Das Schöne an Telefonaten mit Tony war immer, dass er beim ersten Läuten seines Apparats dranging.

»Jaaaaa«, tönte es aus dem Hörer.

»Tony, jetzt sagst du mir sofort, was du Tatzi erzählt hast«, verlangte ich aufgebracht.

Schweigen.

»Tony, mach keine Sperenzchen, sag mir sofort, was du gesagt hast«, wiederholte ich.

»Ich kann dich nicht verstehen«, behauptete er. »Die Verbindung ist so schlecht.«

»Lüg jetzt nicht rum. Du kannst mich glasklar verstehen. Mach keine Spielchen.«

Tony seufzte.

»Hätte aber doch sein können, dass ich wo bin, wo die Verbindung schlecht ist, oder?«, fragte er mich.

Ich versuchte, mich zu beruhigen. Bei dem Versuch, eine Kurzzusammenfassung meiner Erlebnisse bei Tatzi zu berichten, fiel mir auf …

»Wo warst du eigentlich?«, wollte ich wissen. »Du hast mir doch die Einladung zu Tatzis Get together eingebrockt. Du hattest mir doch gesagt, ihr wärt auch da …«

»Hab ich nicht«, widersprach er. »Ich hab nur gesagt, dass wir alle eingeladen sind, aber ich hab nicht gesagt, dass wir auch hingehen.«

»Tony, wie kannst du mich nur so reinlegen?«, wollte ich entnervt wissen. »Ich bin natürlich ganz fest davon ausgegangen, dass ihr auf jeden Fall auch da seid.«

»Ich fand's ganz passend, dass ihr mal wieder Gelegenheit habt, ein bisschen ausführlicher zu reden. Jiorgos fand das auch.«

»Hast du mal versucht, mit Tatzi und der Girlie-Gang über die Finanzkrisen-Problematik zu sprechen?«, wollte ich wissen.

»Welche Krise?«, lautete seine Gegenfrage.

»Ach, lass mal«, resignierte ich. »Was hast du ihr denn nun von mir erzählt?«

»Wann?«

»Wieso? Sprichst du so oft von mir?«

»Na ja … schon hin und wieder«, kam es zögerlich von ihm.

»Und, habt ihr über meine Figur gesprochen?«, forschte ich nach.

»Wieso Figur? Ich hab ihr erzählt, dass du umziehen willst …«

»Du musst ja wohl irgendwas von verkleinern gesagt haben«, insistierte ich.

»Glaub ich aber eher nicht«, beharrte er. »Ich weiß ja gar nicht, wie viel Quadratmeter du suchst. Und ich weiß schon überhaupt gleich gar nicht, wie viel du jetzt hast. Also kann ich gar keine Vergleiche gezogen haben.«

»Und hast du dann irgendetwas über meine Figur gesagt?«, wiederholte ich mich.

»Ich doch nicht«, wies Tony meinen Verdacht zurück.

Ich kam mir ziemlich bescheuert vor. Niemals war ich eine von denen gewesen, die über Diäten, Kiloreduzierungen oder Körpermaße geredet hatte. Ich hatte mich immer fein rausgehalten, wenn über anzustrebende Jeansgrößen, kaschierende Blazerschnitte oder hüftstabilisierende Körperverrenkungs-Programme gesprochen wurde. Und jetzt hockte ich in meinem Wohnzimmer und forschte meinen besten Freund aus, ob er vielleicht ein Verräter in Bezug auf meine Körper-Detailabmessungen sei.

»Hör mal«, begann ich, »da kommt Tatzi wirklich daher und schlägt mir indirekt vor, ich solle mich absaugen lassen.«

»Nein, das glaub ich ja wohl nicht«, empörte sich Tony,

um nach einer kleinen Weile hinzuzufügen: »Und, willst du?«

»Geht's noch?«, versuchte ich, ihn in scharfem Ton zur Ordnung zu rufen. »Du hast sie doch wohl nicht mehr alle.«

»Ja, wieso? Was ist denn dabei? Ich will das machen lassen«, lautete seine Antwort.

Jetzt war es an mir, eine Pause aufkommen zu lassen.

»Findest du nicht, dass ich einen Bauch habe?«, wollte er von mir wissen.

»Was sagt denn Jiorgos?«, wich ich aus.

»Der findet, dass ich spinne. Der meint, alles sei perfekt.« Tony schien aufrichtig enttäuscht von so viel Mangel an Kritik.

Inzwischen milder gestimmt, wagte ich mich in für meine Person gefährlicheres Terrain.

»Sag mal, findest du, dass ich einen Knall habe, weil ich immer so viel Weihnachts-Schnickschnack-Deko rumstehen habe?«, traute ich mich zu fragen.

»Das finde ich gemütlich«, gab er seine Meinung zum Besten. »Toll. So anheimelnd. So entspannend. Wie kommst du denn darauf, dass irgendwas mit dir nicht stimmt?«

»Na ja, so ganz normal ist das ja nicht«, gab ich zögerlich zu. »Ich meine, andere Leute packen halt nach dem Kalender ihre Sachen aus und wieder ein. Aber ich mag mich eben nicht von allem trennen. Ich finde, dass die Engelchen in den Regalen …«

»… und das Plüsch-Rentier im Kamin und der Glitzerkranz mit den kleinen Disco-Kügelchen und die silbernen, dicken Kerzen auf dem Stechpalmengesteck und die Schoki-Weihnachtsmänner von vor drei Jahren im Geschirrschrank richtig schön auch im Sommer zur Geltung kommen«, vollendete Tony meinen Satz.

Ich musste lachen. Mir ging es schon viel besser. Ich hatte wenigstens meinen Humor wiedergefunden.

»Andere haben erst recht einen Knall«, fuhr Tony jetzt verschwörerisch fort. »Immerhin muss der arme Gärtner von Tatzi immer den Rasen mit der Gartenschere auf exakt dreieinhalb Zentimeter schneiden …«

»Nein«, ging ich dazwischen, »das ist ja wohl verrückt. Vielleicht braucht der jetzt nicht mehr Hand anzulegen …«

»Wieso?«, fragte Tony gespannt.

»Weil sie doch …« Und ich war mittendrin im Genatter. Erzählte Tony brühwarm von Tatzis Sparplänen, den Gummihandschuhen zum Schutz der Maniküre und, und …

»Siehst du«, lautete Tonys Fazit nach circa anderthalb Stunden munteren Plauschens. »Es war doch wieder mal richtig gut, dass du die anderen getroffen hast. Man muss immer mal wieder über den Tellerrand gucken. Bewusstseinserweiterung würde Sunny dazu sagen.«

Den Rest des Abends verbrachte ich entspannt vor dem Fernseher. Ich liebte es, herumzuzappen und mich in die unterschiedlichsten Programmangebote zu versenken. Eine Doku über London hatte es mir besonders angetan. In gemächlichem Erzählfluss wurden die Sehenswürdigkeiten der Metropole vorgestellt mit allem, was man schon x-mal vorgeführt bekommen hatte. Erst als die Shopping-Qualitäten der Weltstadt angepriesen wurden, kam Hektik ins Bild. Mit dreigeteiltem Bildschirm wurde die Vielfalt der Boutiquen und Kaufhäuser demonstriert.

Ich kam auf den Geschmack.

Das wär doch nicht schlecht. Tony hatte erst kürzlich rumgemosert, dass ihm die Kaufmöglichkeiten unserer City zu begrenzt seien. Zwar stand unser geplanter gemeinsamer Besuch des neuen Premium-Kaufhauses in der Innenstadt noch aus, aber Tony dachte schon in größeren Dimensionen.

»Lass uns doch für einen Tag zum Shoppen nach Dubai fliegen«, hatte er vorgeschlagen, aber in mir keine Gleichgesinnte gefunden.

Aber London?

Ich wechselte den TV-Kanal. Aufgeregt erläuterte eine Expertin den Verfall internationaler Währungssysteme.

»Und so erreicht das Pfund einen historischen Tiefstand …«, lautete ihre Einschätzung, die sie mit Besorgnis dokumentierender Runzelstirn vortrug. Ihr Wissen erreichte mein Unterbewusstsein.

Tiefstand? Pfund? London!

Es war doch immer wieder schön, wenn das Fernsehen knallharte Realitäten vermittelte.

Ich setzte mich vor den Computer und rief ein Flugangebot auf. Viel zu teuer. Und die Konkurrenzangebote?

Mein Jagdinstinkt wurde geweckt. Ich kämpfte mich durch die Lockangebote.

Die Augen fest auf das Display gerichtet, wählte ich Gundis Nummer. Sie war Computerspezialistin, also musste sie mir die so dringend benötigten Tipps geben können.

Sie meldete sich.

»Gundi, ich bin's«, begrüßte ich sie.

»Wer ist ich?«, fragte sie.

»Na, ich«, betonte ich.

»Kann es sein, dass da die Frau ist, die sich schon seit einer Ewigkeit nicht mehr gemeldet hat?«, formulierte sie spitz.

»Ach, komm«, versuchte ich, mit betont munterem Tonfall, die Situation runterzuspielen. »Ich kannte deine Nummer jedenfalls noch auswendig.«

»Ah, ja, hast du sie gar nicht mehr gespeichert?«, lautete sofort ihre richtige Schlussfolgerung.

Ich hatte sie immer wegen ihrer schnellen Auffassungsgabe bewundert, hätte mir aber in diesem speziellen Fall etwas weniger Durchblick bei ihr gewünscht. Ein wenig umständlich versuchte ich, ihr den Wind aus den Segeln zu nehmen. Beschwor lange Perioden intensivster Beschäftigungsbelastungen meinerseits, berichtete von langen Abwesenheitszeiten ...

»Und wieso hast du dann meine Nummer gelöscht? Gerade dann, wenn ich viel unterwegs bin, telefoniere ich nämlich am häufigsten«, klärte sie mich auf. »Ich versuche dann, den Kontakt zu meinen Freunden zu halten.«

Bingo. Sie ließ mir kein Schlupfloch. Mir blieb nichts anderes übrig, als mich zu entschuldigen.

»O.k., was willst du?«, entließ sie mich schließlich gnädig aus der peinlichen Situation.

Ich informierte sie rasch über meine Suche nach günstigen Flügen, und sie unterbrach mich knapp: »Und was soll ich dabei?«

»Du bist doch ein Computer-As. Du kannst mir doch sicher sagen, wo ich die finde?«

»Wie kommst du denn darauf?«, fragte sie, ehrlich überrascht. »Was hab ich denn mit dem Inhalt von den Dingern zu tun?«

»Aber ...«, stammelte ich, ehrlich überrascht. »Ich meine, du sitzt doch den ganzen Tag vorm Schirm ...«

»Ich installiere und optimiere«, klärte sie mich auf. »Aber ich registrier doch nicht, worum es in den Angeboten geht. Da würde ich ja irre.«

Die nächsten zehn Minuten verbrachte ich damit, einen Smalltalk zu konstruieren, der jedoch schnöde abgewürgt wurde, als mich Gundi fragte: »Und du willst dich tatsächlich absaugen lassen?«

Ich schluckte. Welche Buschtrommel hat ihr denn die Falschmeldung untergejubelt?

»Ich hab mit Elli telefoniert, die hat's mir erzählt«, berichtete Gundi ganz selbstverständlich.

Ich korrigierte deren Interpretation.

»Ach so«, nahm Gundi diese Richtigstellung kühl auf. »Ich fand's aber gut.«

»Wieso?«, wollte ich aufgeschreckt wissen.

»Ich fand schon, dass deine Taille im Vergleich zu deinen Hüften unproportional wirkt«, erfuhr ich ihre Meinung.

»Gundi, das find ich nicht in Ordnung«, lautete meine lahme Erwiderung.

»Das ist Realität«, gab sie zurück. »Erinner dich doch mal an deinen Trip mit Conny nach Monaco. Wie du dich angestellt hast, als du in den Pool gehen musstest …«

Allein bei der Erinnerung an das monströse Sommer-Ambiente und die damit verbundenen unvermeidlichen Horrorszenen in Wassernähe brach mir der Schweiß aus.

»Das hatte doch ganz andere Gründe«, behauptete ich aufgebracht. »Wer hat denn meinen Pareo haben wollen, na?«

Gott sei Dank hatte sich dieser, mich entlastende Erlebnissplitter wie ein Blitz aus meiner Erinnerungsmottenkiste ins Hier und Jetzt katapultiert. Schön, dass auch mühsam verdrängte Episoden aus vergangenen Geschehniswelten bei dringend benötigtem Bedarf wieder zur Verfügung standen.

»Pfff«, machte sie angesäuert, »Conny hatte im Pool ihre Bikinihose verloren und brauchte deshalb dringend deinen Pareo. Das ist ja wohl etwas anderes? Da musste sie sich ja verhüllen.«

Ihrem aufgebrachten Tonfall nach zu urteilen, hatte sie ganz offensichtlich von Conny viele eindeutige Informationen bekommen, die darauf schließen ließen, dass die Blessuren von Connys Eitelkeit in der von mir so verhassten Sommerzeit ebenfalls noch nicht vollständig verarbeitet waren.

»Das war für Conny ein elementarer Notfall«, lautete Gundis Fazit.

Ich bemühte mich um Ablenkung.

»Spürst du als Selbstständige eigentlich auch schon die Krise?«, fragte ich.

»Welche Krise?«

Ich behauptete, dass es an meiner Tür klingelte, und beendete das Gespräch, nicht ohne zuvor anzukündigen, dass ich mich ganz bald wieder melden wolle. Die Schuld lag eindeutig bei mir, schalt ich mich selbst. Man konnte ja nicht einerseits ein bisschen Abstand zu seinen Freundinnen halten und andererseits davon ausgehen, dass sie genau wie früher, bei jedem Wehwehchen zur Verfügung standen.

Doro. Auf deren großzügiges Verständnis konnte ich mich immer verlassen. Seitdem sie sich von der Steuerberaterin zur hauptberuflichen Domina hatte umschulen lassen, war sie selbst selten direkt erreichbar. Aber das Schöne war, dass sich mit ihrem neuen Aufgabengebiet eine schon immer vorhandene Weltläufigkeit eher noch vergrößert hatte. Ob es nun an ihrem internationalen Kundenkreis oder eben an der Explizitheit ihres Aufgabengebietes lag, sie war angenehm großherzig im Umgang mit ihren Mitmenschen geworden.

Oijoijoi, ihre Ansage auf dem Anrufbeantworter kam heiß rüber.

»Du …« stöhnte sie drohend, »störst … meine Kreise.

Lass … das … sofort. Sonst …« Hier hatte sie eine Pause eingearbeitet. »Hau … ich … DICH!«

Wow! Doro hatte es drauf. Das musste der Neid ihr lassen. Selbst mir lief ein Schauder über den Rücken. Nachdem ich mich ein wenig gefangen hatte, begann ich: »Du, Doro, ich bin's …«

»Ja, was gibt's?«, antwortete sie mir prompt.

Mir fiel ein Stein vom Herzen.

»Mensch, das finde ich klasse«, sagte ich, »dass du gleich rangehst …«

»Na klar«, erwiderte sie. »Ich freu mich doch, von dir zu hören. Hast dich ja lange nicht gemeldet.«

Ups! Sie auch.

»Aber macht doch nichts«, hörte ich sie sagen. »Ich war auch ziemlich beschäftigt. Ich hab mörderhammerviel zu tun. Ich weiß auch nicht, warum.«

Ich war erleichtert. Alles wie immer. Richtig schön.

Ich berichtete ihr von meiner Suche nach Flugverbindungen zu vernünftigen Preisen, und sie antwortete unmittelbar: »Swoodoo.«

»Hä?«, war meine Reaktion.

»Swoodoo«, wiederholte sie und biss dabei hörbar in eine harte Frucht.

»Seit wann machst du Voodoo?«, fragte ich konsterniert. »Haust du dann Nägel in Puppen, oder was?«

»Bist selbst eine Püppi«, giggelte sie. »Wenn ich irgendwelche Nägel irgendwo reinhaue, dann sind das Männer-Ärsche.«

»Doro«, mahnte ich streng und kam mir selbst vor, als reagierte ich wie meine Mutter. Originalton.

»Seit wann bist du so prüde wie deine Mutter?«, lautete, völlig zu Recht, Doros Frage.

»Du, ähm, nee, aber ich war jetzt nur überrascht.« Ich gestand ihr nicht, dass ich als visueller Mensch mir bei allem, was gesagt wurde, immer gleich den Inhalt des Gehörten sehr plastisch vor Augen führte. Und dieses Bild hatte mich schon sehr verschreckt.

»Also, ist das eine Fluglinie?«, wollte ich wissen.

»Nä, so eine Angebotsseite. Die stellen die besten Angebote zusammen und bieten dir eine Übersicht, so könnte man es formulieren.«

»Und woher kennst du die?«, wollte ich wissen.

»Ein Stammkunde wollte mit mir zu den Original-Schauplätzen vom Marquis de Sade fahren und diverse Situationen mit mir nachspielen.«

»Und?«, fragte ich gespannt.

»Du, ich bitte dich«, ließ sie mich wissen. »Wenn ich so etwas in Erwägung ziehe, verlange ich Privatflieger und diverse Extras und setze mich doch nicht in einen Billigflieger.«

»Und was sind das für Extras?«, erkundigte ich mich neugierig.

»Schatzili, die könntest du gar nicht ertragen. Dazu bist du zu … normal.«

»Ach, bitte …«, bettelte ich um Aufklärung.

»Du, ich kann jetzt grad nicht mehr plaudern, es klingelt.«

Offensichtlich hatte sie dieselbe schnöde Nummer der Verabschiedung drauf wie ich, und ich stellte fest, dass sich diese Variante ziemlich schmerzhaft anfühlte. Man fühlte sich schon übelst abserviert. Und außerdem hätte ich schon gerne einen größeren Einblick in die Extraangebote ihrer Profession erhalten. Schließlich bildete ich mich gerne weiter. Und ihr berufliches Fachgebiet war ohne Zweifel ein

Genre, dessen Inhalte mir bisher weitestgehend verborgen geblieben waren.

Nun ja, ich wandte mich wieder dem Computer zu.

Swoodoo. O.k. Flüge nach UK. Nach längerem Grübeln machte ich mir bewusst, dass London in einem Königreich lag. United Kingdom.

Wow, die Preise waren echt günstig. Nach weiteren fünfzehn Minuten hatte ich auch begriffen, dass die Namen, die mit Preisen aufgelistet waren, zu unterschiedlichen Fluglinien gehörten. Ich wählte eine aus. Schwupps. Als Erstes wurde mir mal mitgeteilt, dass ich die Abfertigung für einen Flug online vornehmen konnte, um »damit meine Wartezeit am Flughafen zu verkürzen«.

Aber fliegen musste ich ja wohl nicht auch noch selbst, oder sparten die auch den Service eines Piloten ein?

Die auf mich einstürzenden Informationen begannen mich zu überfordern. »Low Fare«, »Flexi Fare«? Die dazu gehörenden Preise klafften in der Höhe weit auseinander. Einmal 19,99 Euro, einmal 209,99 Euro. Wie war denn so ein Unterschied möglich? Und dann weiter unten: Gesamtpreis: EUR 48,10. Ja, was denn nun? Ich verlor mich langsam, aber sicher, in der Auskunftsflut.

So erging es mir immer am Computer. Ich fing irgendwo an und fand nirgendwo ein Ende. Entscheidungen zu treffen war sowieso nicht meine schnellste Übung. Und die vielen Hinweise im Computer-Eigenleben verunsicherten mich immer wieder. Es konnte ja irgendwo noch etwas Besseres im Netz versteckt sein.

Überhaupt war es mir ein Rätsel, wie sich Leute via Internet finden konnten. Partnerbörsen waren für Menschen wie mich ein Graus. Wie konnten sich Suchende jemals festlegen, wo doch vielleicht der große Unbekannte schon zehn

Minuten nach dem Ausschalten des eigenen Computers ein passenderes Profil von sich ins Netz stellen könnte?

»Du brauchst doch gar nicht suchen«, hatte mir mein Lebensabschnittsbegleiter erst kürzlich indigniert mitgeteilt, um mich gleich mit Nachdruck darauf hinzuweisen: »Du hast doch mich.«

Mir war in diesem Moment klar geworden, dass er als Mitdiskutant bei meinen hypothetischen Überlegungen völlig falsch gewählt war. Ich hatte ja nur philosophieren wollen und brauchte anschließend eine geschlagene halbe Stunde, um ihn von davon zu überzeugen, dass ich mich mit blanker Fiktion beschäftigt hatte.

Mittlerweile war ich bei den Hinweisen beim Gepäck angekommen. »Für die Mitführung von aufgegebenen Gepäckstücken, Haustieren/Tieren, Sportgeräten und Musikinstrumenten und/oder Taschen mit Übergröße gelten u.U. Einschränkungen bzw. es werden Zusatzgebühren berechnet.«

Sportgeräte? Ich wollte doch nicht zum Skifahren, ich wollte nur einen Tag zum Shoppen nach London fliegen. Was mich allerdings wirklich beunruhigte, war der Hinweis auf Taschen. Meine Handtaschen hatten alle Übergröße. Ich habe noch nie verstanden, dass so viele Frauen die neuesten angesagten Handtaschen, die für meine Bedürfnisse allenfalls ein Päckchen Papiertaschentücher, mein Handy und vielleicht noch meine Sonnenbrille beherbergen könnten, in der Armbeuge spazieren führen. Auf keinen Fall wäre zum Beispiel mein Portemonnaie darin unterzubringen. Allein das hatte schon die Ausmaße einer Clutch, einer dieser kleinen, schmalen und flachen Tragegeräte, die man bei Bedarf unter den Arm klemmen konnte und deren Besitzerinnen sich häufig Gedanken machten, wo sie die eigentlich auf einem gedeckten Tisch unterbringen sollten. Ganz zu schweigen von den vielen Unterlagen, die ich immer mit mir rumschleppte, den Ersatzstrumpfhosen, dem Schminktäschchen, dem unverzichtbaren Beutel mit Medikamenten, falls mich unterwegs irgendein Virus anwehen sollte, nicht zu vergessen die heißgelaufenen Fußsohlen, gegen deren Qualen ich natürlich die probaten Gel-Polster mit mir führte, die vielen Erfrischungstücher, die ich gegen Bazillenangriffe einsetzte, die diversen Schals, mit denen ich mich gegen plötzlich einsetzenden kalten Wind zur Wehr setze …

In Gedanken rechnete ich schon mal hoch, wie viel mich die Abmessungen meiner Handtasche wohl an Extragebühr kosten würde.

Ich forschte weiter. Ein Blick auf die am Computer befindliche Uhr zeigte mir an, dass ich bereits vier Stunden online war. Was kostete mich das eigentlich? Musste ich das nicht eigentlich zum angeblichen Schnäppchen-Preis eines Fluges dazurechnen? Und dann erst meine Arbeitszeit. Mit wie viel Euro musste ich die eigentlich veranschlagen …

Ich merkte selbst, dass ich mich vom eigentlichen Zweck meines Unterfangens weit entfernt hatte. Ich hatte gedacht, dass gucken und buchen eine Sache von Minütchen gewesen wäre.

Jetzt las ich: »Bitte beachten Sie, dass Sie eine Fluggesellschaft ausgewählt haben, bei der die Flüge unter Umständen von kleineren, regionalen Flughäfen durchgeführt werden und für Zusatzleistungen wie Gepäcktransport zusätzliche Kosten anfallen können. Änderungs- und Stornierungswünsche sowie Rückfragen zu diesem Flug müssen direkt an die Fluggesellschaft gerichtet werden.«

Wie jetzt? Dann landete ich vielleicht am Flughafen X und mein Gepäck am Flughafen Y und eins würde klar sein, wir würden am Zielort sicherlich nicht mehr zusammenkommen.

Du brauchst ja gar keins, beruhigte mich meine innere Stimme, du nimmst doch nur deine Handtasche … Und schon wieder meldete sich eine imaginäre Warnlampe. Was, wenn meine Handtasche nicht den Statuten entsprach und man mich zwang, sie als Gepäck aufzugeben, was bedeuten könnte, dass meine Handtasche an einem anderen Flughafen in London landen würde als ich. Die ganze Unternehmung weitete sich zu einem echten Horror-Trip aus. Mir flimmerte schon vor Augen.

An welchen Flughäfen konnte denn meine Handtasche landen? Heathrow. Luton. City-Airport. Gatwick.

Schweißperlen lösten sich von meiner Stirn und benetzten die Tastatur. Eins war klar. Entweder zerstörte mein Computer mich oder ich ihn.

Hilfe.

Tony.

Er war jetzt meine letzte Rettung.

»Jaaaa«, meldete er sich wieder sofort.

»Wieso schläfst du noch nicht?«, war meine selten dämliche Frage.

»Weil du mich anrufst«, war seine extrem schlaue Antwort.

»Nein, ich meine, es ist doch schon so spät«, versuchte ich, mich zu erklären. Das war wirklich keine Glanzleistung von mir. Immerhin hatte ich ihn angerufen, total überzeugt, dass er drangehen würde.

»Was machst du?«, fragte ich.

»Wir gucken Billard.«

Ich hatte mich immer gefragt, wer wohl die stundenlangen Übertragungen von Billard-Turnieren im TV anschauen würde, jetzt hatte ich endlich die Lösung des Rätsels.

»Und du?«

Ich beschrieb ihm minutiös meinen Zustand.

»Wieso willst du jetzt einen Flug buchen?«, wollte er schließlich wissen.

»Für uns«, berichtete ich. »Ich hab eben eine Doku über London gesehen …«

»Liebelein«, stoppte er meine Erklärung. »Wir hatten doch sowieso vor, zusammen zu fliegen. Oder willst du jetzt plötzlich lieber …«

»Nein, nein, ich will ja gar nicht alleine fliegen, aber ich dachte, ich buch schon mal was«, erklärte ich ihm die Ausgangslage.

»Überlass das mir«, bat er. »Da kommt nämlich jetzt eine neue Fluglinie, und die ist noch billiger als alle anderen. Und ich wollte nur warten, bis die ins Geschäft kommt. Das handelt sich nur noch um ein paar Tage.«

»Ah so«, sagte ich matt. »Sag mal, sollen wir eigentlich wirklich fliegen?«

»Wir wollen doch shoppen, natürlich. Jiorgos, lass den Ton an«, hörte ich ihn hinzufügen.

»Wie, guckst du parallel und redest mit mir?«, wollte ich von ihm wissen.

»Klar«, beschied er mich, »logo. Du redest so, wie die Kugeln laufen. Du weißt doch, wir müssen da hin, weil alles so günstig ist. Was glaubst du wohl, wie billig da im Moment die Jeans sind?«

»Aber ich hab doch schon zehn«, gab ich zu bedenken.

»Ja, und? Wenn es billig ist, kann man so viel sparen«, lautete sein Gegenargument.

»Ja, aber, man spart doch am meisten, wenn man gar nichts kauft«, fiel mir nun plötzlich auf.

»Meinetwegen kauf nichts«, ließ er mir die Wahl. »Aber wir wollen auf jeden Fall Fußballtrikots kaufen. So eins, wie der süße Typ getragen hat, den wir gesehen haben …«

»Das war der von …«, versuchte ich ihm die Mannschaftsnamen in Erinnerung zu bringen.

»Egal, so eins, wie der mit dem schwarzem Lockenkopf anhatte, und deshalb brauchen wir dich in London, damit du uns hilfst. Du kennst dich doch mit den Spielern aus.«

Das machte mich nun irgendwie wieder sehr glücklich, dass ich wohl doch unverzichtbar war. Dass Tony allerdings einen so exotisch anmutenden Spezialladen, für Fußballtrikots aus aller Herren Länder, ausgerechnet in London ausfindig gemacht hatte, verblüffte mich schon sehr.

Blink!

Ich hatte Post.

»Tony, ich habe eine Nachricht«, informierte ich ihn. »Lass uns morgen weiterreden.«

Ah. Eine Makler-Mail.

»Eine Premium-Wohnung der allerersten Güte … sehr ruhig … gepflegter Altbau … Ahorn-Massivparkett … komplett kernsaniert …«

Kernsaniert?

Ich machte den Computer aus.

# 4

Klack. Klack. Klack. Klack. Klack. Mit hochrotem Kopf beugte ich mich hinunter. Zum x-ten Mal hatte mein Trimm-Reifen den Weg von der Taille abwärts auf den Fliesenboden gefunden. Wieso klappte das nicht mit meinen Verrenkungen?

Meine Mutter hatte immer von ihrem Hula-Hoop-Reifen geschwärmt, und ich hatte mich daran erinnert, dass sie ihn anscheinend als einen Vorläufer der heutigen Fitnessgeräte benutzt hatte.

Also hatte ich, all meinen Mut zusammenraffend, Neuland betreten und war in eines dieser ultramodernen überdimensionierten Sporthäuser gegangen. Zögernd hatte ich mich dem Mann am Informationsschalter genähert.

»Haben Sie einen Hula-Hoop-Reifen?«, lautete meine, wie ich fand, präzise Anfrage.

Er schüttelte den Kopf.

»Ja, haben Sie nicht oder führen Sie nicht, oder wie?«, hatte ich wissen wollen.

»Führen wir nicht«, war seine Antwort.

»Wieso denn nicht?«, hatte ich verblüfft gefragt.

»Warum nicht?«, kam zurück. Offensichtlich war die Fachkraft nur auf Gegenfragen programmiert worden.

Ich schaute mich verstohlen um. Mir völlig fremde Gegenstände hingen oder standen in Regalen und auf Podesten. Eine mysteriöse Welt für sich. Von meterhohen, von der Decke schwebenden Werbeschautafeln strahlten mich offensichtlich glückliche Menschen in körperbetonenden Trainingsklamotten an. Wahrscheinlich hatten man ihnen die Gelegenheit gegeben, sich Trimmgeräte zu beschaffen, die ihnen zu so viel positiver Ausstrahlung verholfen hatten. Ganz rechts war eine große Leuchttafel angebracht, auf der fünf Etagen angepriesen wurden, in denen wohl etliche Hilfsmittel für ein körperbewusstes Sportlerleben käuflich zu erwerben waren.

Und warum war für mich nichts dabei?

Ich fühlte mich so richtig ausgeschlossen aus dieser durchtrainierten Gemeinschaft gleichgesinnter Seelen. Ein quälendes Gefühl, das mich zuletzt auf dem Schulhof für Achtklässler beschlichen hatte, als die Volleyball-Mannschaften fast komplett waren, und die drahtige Marie in ihrem affigen Komplett-Sportanzug an mir vorbeiguckte und Annette aus der Parallelklasse zu sich ins Team winkte.

Demütigend.

Ich hatte nicht das Abitur und das anschließende Studium geschafft, um mir von einer Hilfskraft aus einem Tempel des Grauens die Stirn bieten zu lassen. Heute nicht mehr. Nicht mit mir. Ich straffte meine Schultern und schaute den Zwerg geradewegs von oben herab an.

»Wo kriege ich den denn?«, fragte ich mit drohendem Unterton.

»Gleich hier um die Ecke …«

Mit weit aufgerissenen Augen rückte der Mann nicht nur mit dem Namen der Konkurrenz raus, er beschrieb mir auch, in allen Einzelheiten, den Weg dahin. Ging doch. Ich fühlte mich gut. Heiter gestimmt folgte ich seiner Beschreibung. Das immerhin noch dreistöckige Spezialkaufhaus für Top-Utensilien für den leistungsbereiten Sportbegeisterten setzte mehr auf den verwinkelten Vitrinenanblick. Ich kam mir vor, als würde ich an einem Slalomwettbewerb teilnehmen. Eine junge Verkaufskraft lehnte an einem Kassentresen und pulte mehr oder eher weniger versteckt an ihren Fingernägeln.

Ich erschreckte sie mit meiner Frage. Vorwurfsvoll ob der Störung sah sie mich an, dann wies sie mit ihrem Kopf nach rechts ins Ungefähre. Zu meiner Verblüffung fügte sie völlig unerwartet sogar noch ein paar Worte zu ihrer Mimik hinzu.

»Unten. In der Trimm-Abteilung.«

Mittlerweile klebte der Kragen meines Mantels an meinem Nacken. Es war einfach immer viel zu warm in diesen Kaufhäusern. Aber mich hatte jetzt eine ganz besondere Form sportlichen Ehrgeizes gepackt. Wenn ich schon, ganz gegen meine Gewohnheit, eines dieser Etablissements aufsuchte, wollte ich auch gewinnen. Also, präzise formuliert, ich wollte auch das bekommen, was ich glaubte zu brauchen.

Die nicht ganz so dezenten Hinweise meiner Freundinnen in Bezug auf meinen Unterbau hatten mich verunsichert. Vielleicht sollte ich ja ein wenig mehr Bewegung in mein Leben einbauen. Einen Besuch im Fitness-Center oder in den Schwimmbädern der Stadt schloss ich für mich kategorisch aus. Alles hatte seine Grenzen.

Aber so ein bisschen Hüftrotation mit dazu passender beschwingter Musik ließ sich, so dachte ich, problemlos in meinen Alltag einbauen. Mittlerweile hatte ich mich zum zweiten Mal verlaufen und landete schließlich erschöpft im Kellergeschoss. Meine Haare hatten sich dem feuchten Zustand meines Mantels angepasst und schmiegten sich unangenehm nass an meine Kopfhaut. Da ich leider neben meiner XXL-Handtasche drei Tüten mit Brot, fertig marinierten Koteletts, zwei Flaschen Wasser und den vom Schuster abgeholten Boots schleppte, konnte ich nicht meinem Impuls folgen und den Mantel einfach ausziehen.

Ratlos schaute ich mich in dem von keiner Lüftungsanlage belästigten Raum um. Sollte ich jetzt hier, an einem für mich völlig ungewohnten Ort, kampflos zu Boden gehen?

Da war er wieder. Der Selbsterhaltungstrieb und vor allem der unbedingte Wille zum Sieg. Also war ich ja wohl doch recht sportlich. Ganz versteckt im Innern zumindest.

Plötzlich richtete sich ein Verkäufer hinter dem Tresen auf. Hatte der sich vor mir versteckt? Vielleicht hatte er ja schon jahrelang hier, von der Außenwelt unentdeckt, gelebt, und ich war der erste Kunde, dem er nicht ausweichen konnte oder wollte. Er war wieder unter den Lebenden. Ich wiederholte mein Ansinnen. Er wählte, im Gegensatz zu seiner Kollegin vom Erdgeschoss, eine ganz andere Variante des Kopfschwenkens. Seine Stirn wies hinter mich ins für mich völlig Unbekannte. Mit meiner schweren Last bepackt, drehte ich mich mühsam um.

Ich sah nichts. Zumindest nichts, was mich interessierte. Ich sah ihn fragend an.

»Da«, stieß er hervor. War er vielleicht einer von den armen Menschen, die des Formulierens vollständiger Sätze nicht mächtig waren?

In mir regte sich fast so etwas wie ein Funken von Mitleid. Doch mein schweißüberströmter, desolater Zustand ließ ihn sogleich im Keim ersticken.

»Wo?«, fragte ich in scharfem Ton.

Er zupfte mich am Jackenstoff und deutete mir an, ihm zu folgen. Im Mittelpunkt des Kellergewölbes angekommen, blieb er an einem Trampolin stehen. Sein mehrmaliges

Nicken schien andeuten zu wollen, dass er mich zum Ziel meiner Wünsche gebracht hatte, doch schüttelte ich nun meinerseits, allerdings eindeutig verneinend, den Kopf.

»Ich will kein Trampolin. Ich will einen Hula-Hoop-Reifen«, betonte ich.

»Da«, stieß er mit dem verträumten Charme eines wonnigen Zweijährigen hervor.

Mit der Fingerkuppe seines Zeigefingers berührte er einen von mehreren dünnen Metallreifen.

»Das?«, fragte ich überrascht. Nicht zuletzt darüber, dass ich mich in null Komma nix seinem sprachlich angreifbaren Niveau angepasst hatte.

Als ob er sich einer erneuten Überprüfung seiner Eloquenz nicht unterziehen wollte, nahm er einen der Reifen und hielt ihn mir hin. »Das is ein Trimm-Reifen.«

»Aber ich wollte einen Hula-Hoop ...«, setzte ich erneut an.

»Das isser«, lautete seine Expertenmeinung.

»Aber ich ...«, fing ich nun an zu stottern. »Ich... ich dachte, der wäre viel größer und ... und ... außerdem aus Plastik. Und bunt waren die doch wohl auch.«

Ich hatte schon immer viele Vorurteile gegenüber sportfixierten Menschen, denen ich unterstellte, sie würden vielleicht viel für den Body, aber wenig für den Inhalt ihres Kopfes tun. Nun schlug die Macht geballten Negativdenkens auf mich zurück. Kaum stand ich in einem Sportartikel-Fachgeschäft, fing ich selber an, wenig exakt zu formulieren und, noch schlimmer, zu denken.

»Is nich mehr«, wurde ich aufgeklärt.

Ich versuchte, das Gehörte in einen größeren Zusammenhang zu bringen, und kam zu dem Schluss, dass er mir fachkundig vermitteln wollte, dass die früheren Modelle, die ich aus den begeisterten Erzählungen meiner Mutter kannte, nicht mehr en vogue waren und von diesen winzig anmutenden Drahtgestellen abgelöst worden waren. Ich war sowieso kein fortschrittsgläubiger Mensch und fühlte mich sofort wieder bestätigt. Ich kannte ein altes Foto meiner Mutter, auf dem sie mit ihrer Schwester in gepunkteten, taillenbetonten Petticoat-Kleidern energisch ihre Hula-Hoop-Reifen um die wogende Kleidermasse jonglierten. Meine Mutter mit ihrer Zunge gut sichtbar zwischen den konzentriert zusammengepressten Lippen, meine Tante breit lachend. Genau dieses Feeling hatte ich für mich wiederbeleben wollen. Warum war heute alles, was mit körperlichem Training zu tun hatte, so spacig und karg? So gar nicht sinnlich in seinem Design?

Ich seufzte.

»Und was kostet der?«, versuchte ich, wieder ein wenig geschäftsmäßig zu wirken.

Er zeigte auf ein Schild über dem Trampolin.

»Was?«, regte ich mich auf. »So viel?«

Ich hatte eine Abfolge von Preisen zwischen 70 und 300 Euro wahrgenommen.

Die Fachkraft sah mich verständnislos an.

»Wieso?«, forschte er nach dem Grund für meine Fassungslosigkeit.

»Das bisschen Reifen kann doch nicht so viel kosten?«, meinte ich und zeigte mit meinen schweren Tüten, die meine Arme ganz lahm werden ließen, auf die Preistafel.

Er trat einen Schritt näher und beugte seinen Kopf ganz nah an das Schild.

»Nee«, machte er schließlich, mit einem Grinsen auf dem Gesicht, und hielt mir beide Hände mit auseinandergespreizten Fingern entgegen.

»Was soll das jetzt?«, fragte ich verblüfft.

»Kostet der«, verkündete er strahlend.

Mein ratloser Gesichtsausdruck brachte ihn schließlich dazu, Übermenschliches zu leisten, indem er laut und deutlich sagte: »Zehn Euro.«

Offensichtlich hatten sich die groß gedruckten Preise auf diverse Modelle des Trampolins bezogen, und der Dekorateur hatte die Rundreifenkennzeichnung verachtend ignoriert.

Während meines ganzen Nachhauseweges schlackerte der über meinen Arm gehängte Reifen gegen meinen Oberschenkel, was ich schon als Teil des Fitness-Programms akzeptierte. Dass allerdings jeder dritte Passant grinsend mit seiner Begleitung tuschelte und, wie ich meinte, dabei mit dem Finger auf mich zeigte, verunsicherte mich schon sehr. Eigentlich hatte ich geglaubt, bewundernde Blicke zu ernten, weil ja doch eigentlich allein schon der Besitz eines Sportgeräts mich zu einem Teil der durchtrainierten, gesundheitsbewussten Masse machen sollte.

Und so stand ich jetzt breitbeinig auf dem Fliesenboden meines Wohnzimmers und mühte mich verzweifelt, den tipptopp modernen Trimmreifen in der Luft zu halten. Ich hatte schon begriffen, dass eine Strickjacke nicht geeignet war, um ihn kreisen zu lassen. Immer wieder war die Knopfleiste der Teil meines Outfits gewesen, der den Reifen ins Trudeln und damit zum Absturz brachte. Kurz entschlossen zog ich sie aus und gab dem Reifen einen erneuten Schubs in die Waagrechte.

Klack. Klack. Klack. Klack.

Wieder rollte das Teil klickernd und klackernd auf den Boden. Der dicke Knopf über dem Reißverschluss meiner

Jeans hatte den Bewegungsfluss gestoppt. Da war ich mir sicher. Trotz aller vergeblicher Bemühungen glaubte ich schon ein Gefühl fürs richtige Bewegungs-Timing bekommen zu haben. Ich war nicht schuld.

Rasch zog ich auch noch die Jeans aus und stand im Body da. Wieder gab ich dem Reifen mit meiner rechten Hand Schwung und wackelte rhythmisch mit meiner Taille. Ja, das lief doch … gar nicht gut.

Klack. Klack. Klack. Klack.

Der Reifen kullerte laut scheppernd in Wellenbewegungen rund um meine Füße. Mittlerweile überlegte ich schon, ob Sinn und Zweck dieses Geräts vielleicht das ewige Auf und Ab des Bückens war, um den Reifen wieder nach oben zu holen. Mein Kopf fühlte sich heiß an. Wieder holte ich aus. Mich beschlich das Gefühl, dass ich wohl während meiner Anstrengungen gesichtstechnisch eher dem Anblick meiner Mutter als dem entspannten Ausdruck meiner Tante glich.

Klack. Klack. Klack. Klack.

»Verdammt«, zischte ich wütend, als die Klingel ertönte. Trotzdem irgendwie dankbar für die Unterbrechung, stürmte ich, ohne lange zu überlegen, zur Tür und riss sie auf. Oh nein. So ein Mist.

Vor mir stand mein Vermieter.

Angesichts meines Anblicks lief sein Kopf in Sekundenschnelle genauso rot an wie meiner.

Ich versuchte, Haltung zu bewahren, was mir im vollen Wissen um meine Unterwäschengesamtsituation nicht so recht gelingen wollte.

»Sie … Sie …«, stieß er hervor.

»Was kann ich für Sie tun?«, begann ich meine Standardansage.

»Sie sind ja …«, versuchte er, den Grund seines Kommens zu skizzieren.

»Sie sind ja … entblößt«, bekam ich stattdessen zu hören.

»Das wüsste ich aber«, konterte ich, während ich mich fragte, warum ich eigentlich das Vorhandensein einer die Privatsphäre schützenden Sprechanlage aus meinem Unterbewusstsein ausgeblendet hatte.

»Und was geht es Sie eigentlich an, wie ich zu Hause rumlaufe?«, gewährte ich ihm Einblick in meine Kenntnisse sämtlicher Rechte, die ich als Mieter hatte.

»So geht man nicht an die Tür«, versuchte er mich zu belehren.

»Wieso haben Sie dann geklingelt?«, versuchte ich, einen mäßig gelungenen Beitrag zur Konversation zu geben.

»Ich kann klingeln, so viel ich will«, kam es zurück.

Mehr und mehr wurde mir die Absurdität unseres Dialoges bewusst, und ich versuchte, ihm zu entgehen und mit Schwung die Tür zu schließen.

Da hatte ich meinen Vermietergrobian aber unterschätzt. Blitzschnell landete sein Fuß im Türspalt.

»Das geht zu weit«, brüllte ich ihn an.

»Sie lassen mir ja keine Wahl«, dröhnte es zurück.

»Das ist Hausfriedensbruch«, landete ich einen Treffer, wie ich fand, und schob die Drohung nach: »Ich hole die Polizei.«

Er verschränkte seine massigen Arme und forderte aufreizend: »Machen Sie doch.«

Ich saß in der Zwickmühle. Wenn ich mich jetzt entfernte, um mein Handy zu holen, würde der Typ die Oberhoheit über die Tür erlangen und womöglich gegen alle geltenden Regeln im gesitteten Umgang zwischen Vermieter und Mieter meine Wohnung entern. Deeskalation hieß jetzt das Gebot der Stunde. Bei den endlosen Auseinandersetzungen zwischen Ordnungshütern und randalierenden Demonstranten bei diversen Gipfeltreffen in- und ausländischer Regierungsvertreter hatte ich vor dem Fernseher hockend eine ganze Menge gelernt, in dem ich den auftretenden Experten sehr genau zugehört hatte. Jetzt hieß es, Ruhe bewahren.

Ich gab mir den Anschein vermeintlicher Selbstsicherheit, straffte mich ein wenig und schlug vor: »Passen Sie auf. Sie sagen jetzt, was Sie eigentlich wollten, und ich …« Mir fiel nichts ein, was ich als Gegenangebot bieten wollte. Er sah eklig selbstzufrieden aus. Endlich erreichte mich der Anschein einer Idee.

»Sie machen sicher Sport, nicht wahr?«, versuchte ich es mit einer gewieften Taktik versteckten Schmeichelns.

Verblüfft ließ er die Mucki-Arme sinken. Na bitte, sah doch schon weniger bedrohlich aus.

»Wie kommen Sie denn darauf?«, fragte er misstrauisch.

Sehr gut. Jetzt kamen wir ins Gespräch.

»Ihre Arme sehen so schön trainiert aus«, legte ich nach.

Da hatte ich ihn aber unterschätzt, denn er fragte, völlig zu Recht: »Wollen Sie mir schmeicheln?«

»Nein«, log ich mit großem mimischen Aufwand. »Natürlich nicht. Ich seh das nur gerade, weil Sie ein kurzärmeliges Hemd anhaben.«

Er schaute an sich runter.

»Nee, mache ich nicht«, bequemte er sich schließlich zu einer Antwort.

»Das hätte ich aber jetzt gedacht«, meinte ich, während ich krampfhaft überlegte, was ich jetzt noch sagen könnte.

»Und Sie?«, kam es jetzt zögernd von ihm. Ich taumelte fast. Das war ja mal etwas ganz Unerwartetes von dem Mann, den ich in letzter Zeit nur tobend absurde Vorwürfe hervorstoßend erlebt hatte. Das war ja förmlich eine Art entspannten Unterhaltens.

Geblendet von dieser Variante, machte ich einen verhängnisvollen Fehler.

»Ja«, berichte ich ihm eifrig. »Ich hab mir einen Trimmreifen gekauft und probiere die ganze Zeit, den Schwung richtig hinzukriegen …«

Seine Stirnfalten zogen sich zusammen.

»Aha«, stieß er triumphierend hervor, »das ist also der Lärm, den Sie veranstalten.« Da hatte ich ihm ja wohl eine Steilvorlage geliefert. Schön blöd, schalt ich mich selbst. »Das verstößt gegen die Hausordnung, das ist Ihnen doch wohl klar«, informierte er mich lautstark.

»Wieso das denn?«, fragte ich zurück. »Den Paragraphen müssen Sie mir aber erst mal zeigen, der mir verbietet, in meiner Wohnung einen Trimmreifen zu benutzen.«

»Zwischen 13 und 15 Uhr ist die Mittagsruhe einzuhalten«, belehrte er mich, sehr selbstzufrieden wirkend. »Und wir haben jetzt …« Er schaute demonstrativ auf seine Armbanduhr. »Halb zwei Uhr. Sie sind hiermit abgemahnt wegen ruhestörenden Lärms.«

Ich schnappte nach Luft. Das war ja wohl das Allerletzte. »Gut«, schnaubte ich empört. »Dann kann ich also in anderthalb Stunden wieder loslegen?«

»Wieso?«, fragte er.

»Weil dann drei Uhr ist«, klärte ich ihn über seine eigenen Regeln auf. »Und dann kann ich meinen Brummkreisel wieder anschmeißen.«

»Welchen Brummkreisel?«, fragte er mit verdattertem Gesichtsausdruck.

Humor war seine Sache nicht, was ich mir allerdings auch hatte denken können. Triumphierend sah ich ihn an. Meiner Meinung nach hatte ich die Schlacht gewonnen. Aber ich hatte die Rechnung mal wieder gemacht, ohne die Allmachtsphantasien meines Vermieters einzukalkulieren.

»Dann mahne ich Sie ab wegen sittlicher Gefährdung unbescholtener Bürger«, kündigte er an.

»Was hat mein Reifen mit sittlicher Gefährdung zu tun?«, wollte ich wissen.

»Weil Sie sich bei der Benutzung des Gerätes entblößen und sich so anständigen Menschen zeigen«, lautete seine Meinung.

»Tue ich doch gar nicht«, widersprach ich. »Ich habe doch nur aufgemacht, weil Sie geklingelt haben.«

»Eben«, behielt er das letzte Wort, ehe er den Fuß aus dem Türspalt zog und davonstiefelte.

Mit einem Riesenknall ließ ich die Tür zuschnappen.

»Das habe ich gehört«, schallte es durch den Treppenflur.

Ausgepumpt ließ ich mich auf meinen Sessel fallen. Eins war klar, nicht der Sport hatte mich so erschöpft, sondern die Auseinandersetzung mit dem Hauseigentümer. Ein Blick auf meine Taille und vor allem die darunter befindlichen Hüften zeigte mir, dass ich keinen Millimeter vom Gesamtumfang verloren hatte.

»Leg doch eine Decke auf den Boden«, schlug mir Tony vor, als wir Tage später in seinem neuen Lieblingsrestaurant zusammen saßen. Das Ambiente des erst kürzlich eröffneten Szene-Schuppens entsprach so gar nicht meinem Geschmack. Giftgrün gestrichene Wände, futuristisch anmutende weiß lackierte Plastiktische und -stühle, auf denen man in kürzester Zeit das Gefühl bekam, feuchte Oberschenkel zu haben, die sich möglicherweise nur mit einem schmatzenden Geräusch von der Sitzoberfläche entfernen lassen würden.

Unruhig rutschte ich hin und her, um Luft an die gefährdeten Stellen gelangen zu lassen.

»Bist du in Eile?«, interpretierte Tony mein Wackeln völlig falsch ein.

Ich schüttelte verneinend den Kopf.

Ein smarter Kellner in weißem Hemd, schwarzer Hose und mit einer weißen, knöchellangen Halbschürze fragte nach unseren Wünschen.

Tony, offenbar schon bestens bekannt, orderte einen vegetarischen Tagesteller, ich wünschte mir den Salat mit gebratenen Putenstreifen.

»Und, warum legst du nicht eine Decke hin? Dann klackert nichts mehr«, wiederholte Tony seinen Vorschlag.

»Kann ich schon machen«, stimmte ich ihm zu. »Aber irgendwie ist das auch blöd. Dann denkt man ja jedes Mal an den Idioten. Verstehst du, dann hat der irgendwie gewonnen.«

»Hier geht's doch nicht um einen Kampf mit dem Riesen …«

»Doch«, unterbrach ich ihn. »Genau das ist es mittlerweile geworden. Ich bin der Zwerg, der gegen Goliath kämpft.«

»Quatsch«, meinte Tony, ehrlich entrüstet. »Du bist dem doch haushoch überlegen.«

»Du, hier geht's nicht um einen Talentwettbewerb, etwa um fehlerfreies Formulieren, hier bewegt man sich im Paragraphen-Dschungel des Mietgesetzes. Und das mit messerscharfer Auslegung.«

»Brauchen Sie wirklich ein Messer?«, fragte mich der Kellner verwundert. »Wir schneiden die Putenstreifen eigentlich immer so klein, dass die Gäste sie einfach so essen können.«

»Nein, nein, ist schon gut«, wehrte ich ab.

Konnte man jetzt noch nicht einmal im Restaurant unbelauscht ein Gespräch führen?

»Schon gut«, flüsterte Tony dem Mann zu. »Sie hat Stress mit dem Vermieter. Deshalb ist sie nervlich runter.«

»Oh, kenne ich«, erwiderte der ungerührt. »Hab ich auch. Ich hab einfach mal die Miete gekürzt. Wegen seelischer Übergriffe von Seiten der Vermietung.«

Alle Achtung, der Typ war cool drauf.

Fand Tony offenbar auch, denn er meinte umgehend: »Das könntest du doch auch machen. Was glaubst du, wie sich der Typ ärgern würde.«

»Tony«, mahnte ich, »ich will keinen Stress. Ich will einfach nur wohnen.«

Tony zuckte mit den Schultern und wandte sich seinem Essen zu.

Ich inspizierte meine georderte Portion. Der Salat war in einer viereckigen Schüssel angerichtet worden. Wer war eigentlich auf diese, neuerdings fast überall umgesetzte, Idee gekommen? Ich hasste es. Wie sollte man aufgehäufte Salatblätter, gemischt mit Tomaten und Gurken, rappeligen Karottenstückchen und Maiskügelchen essen, wenn die ganze Masse bei der geringsten Berührung des Bestecks über den Rand kullerte. Außerdem sah die Salatmischung immer so trocken aus, da sich die Sauce versteckt in der Mitte befand. Ich hatte es noch nie geschafft, sie über den gesamten Salatmix zu verteilen, um gleich in ihren Genuss zu kommen.

»Wieso kriegt man einen Salat nicht mehr auf einem großen Teller?«, fragte ich Tony.

»Weil das so viel stylischer ist«, antwortete er mir mit vollem Mund.

Neidisch beäugte ich den Belag seines Tellers. Diverse Gemüsestreifen umrandeten einen aufgehäuften Reisberg.

Ich wagte mein Glück, indem ich versuchte, mir einen Streifen kross gebratenen Putenfleischs aufzuspießen. Prompt fielen drei Salatblätter und zwei Tomatenstücke auf den Tisch. Verstohlen versuchte ich, die Misere mit meiner Serviette zu beseitigen.

Tony schien nichts zu bemerken, denn er fragte mich: »Was hattest du denn genau an, als der Vermieterspanner vor der Tür stand?«

»Das kommt ja noch dazu«, berichtete ich bekümmert. »Das war der Kurzarm-Body mit den hoch angeschnittenen Beinen ...«

»Der mittlerweile so gelb ist?«, fragte Tony kauend.

»Ja«, gab ich kleinlaut zu.

Tony kannte den gesamten Inhalt meines Kleiderschranks und konnte das Kaufdatum diverser Einzelteile nicht nur auf das betreffende Jahr, sondern auch auf den Monat genau rekonstruieren.

»Der, den du schon so oft mit der falschen Temperatur gewaschen hast?«, versuchte er jetzt, das Exemplar einzukreisen.

»Ja«, bestätigte ich seine Vermutung, »der so verschossen ist. Das war ja noch zusätzlich so peinlich.«

»Hättest du es besser gefunden, du wärst in leuchtendem Baywatch-Rot aufgelaufen?«, neckte er mich.

»Dann wäre ich erst recht wegen Verführung unbescholtener Vermieter dran gewesen ...«, vermutete ich.

»Wegen Prostitution«, setzte Tony noch einen drauf.

Mir war mittlerweile ein gutes Viertel des Inhalts meiner Salatschüssel abhandengekommen. Da ich es ablehnte, die kostbaren Teile vom weißen Lacktisch zu essen, musste ich eine erhebliche Menge als Verlustgeschäft abschreiben.

»Wir kaufen dir ein paar neue sexy-hexy Bodys«, schlug Tony vor. »In London.«

»Ist jetzt die neue Fluglinie am Start?«, fragte ich überrascht.

Tony nickte. »Ja, und ich habe schon gebucht für uns drei.«

»Und wann geht es los?« Tony nannte mir Datum und Uhrzeit und erklärte auf meine Nachfrage, dass es von der Startbahn West losginge. »Wieso benennen die jetzt sogar schon die Startbahn?«, fragte ich verwundert. »Die Piloten erfahren doch selbst erst im letzten Moment, welche für sie frei ist.«

»Keine Ahnung«, meinte Tony, der sich satt zurücklehnte. Er hatte ganz offensichtlich den gesamten Belag seines Tellers zu fassen gekriegt.

»Da stand jedenfalls der Name unserer Stadt mit dem Zusatz West«, berichtete er und kündigte an: »Übrigens wird dich Nessi anrufen.«

»Wieso?«, fragte ich zurück.

»Sie wird dir sagen, was du ihr mitbringen sollst.«

»Warum muss ich ihr was mitbringen?«, sagte ich verwundert.

Unser Kontakt war ziemlich eingeschlafen, seitdem sie sich fast ausschließlich mit ihren Zwillingen beschäftigte. Sie, früher die Quirligste unseres Freundeskreises, war in die mir völlig fremde Welt der Minis abgetaucht. Niemals hätte ich gedacht, dass sie sich so kategorisch gegenüber allen Themen verschließen würde, die sie früher leidenschaftlich anschob. Und dass sie sich vor allen Dingen plötzlich zur Übermutter entwickeln würde, die jedem einen Vorwurf machte, der sich mit der Glaubensfrage, Kinder ja oder nein, noch Zeit lassen wollte.

»Es gibt nichts Schöneres und Wichtigeres auf der Welt, als Mutter zu sein. Du vergeudest dein Leben, wenn du nicht endlich auch mal selbst darüber nachdenkst«, erklärte sie jeder von uns unablässig, obwohl wir sie nie darum gebeten hatten.

»Das muss sie doch sagen«, hatte Sunny mir mal erklärt. »Sie würde sich sonst doch selbst in Frage stellen. Und außerdem ist sie sich, entgegen deiner Wahrnehmung, völlig treu geblieben. Früher wollte sie jeden dazu zwingen, die neuesten Pumps zu kaufen, heute will sie jeden zum Kinderkriegen überreden. Sie ist die geborene Verkäuferin.«

Apropos, Verkäuferin.

»Hat sie denn schon ihre Boutique eröffnet?«, wollte ich von Tony wissen.

»Bald«, brachte er mich auf den neuesten Stand der Entwicklung.

»Wieso bringst du ihr nichts mit aus London?«, fragte ich ihn.

»Weil ich dachte, wir teilen uns auf. Ich hab schon diverse Bestelllisten von unseren Freunden bekommen, du kannst den anderen Teil übernehmen.«

»Sag mal, ich dachte, wir drei fahren zum Spaß dahin?«, protestierte ich.

»Zum Shoppen«, hielt Tony dagegen, »nicht zum Spaß.«

»Und Jiorgos?«, warf ich ein.

»Was ist mit dem?«

»Kann der nicht die anderen übernehmen?«, schlug ich vor.

»Der macht schon Bernd, Jürgi und Volki«, klärte Tony mich auf.

»Sag mal, wieso hast du denn allen von unserem Trip erzählt?«

»Ja, warum denn nicht? Die wollen doch wissen, was wir so machen«, antwortete er. »Isst du deinen Salat nicht auf?«

Ich schob ihm meine Schüssel rüber. »Das kann man sowieso nicht essen«, behauptete ich, »da fällt alles raus.«

Tony schaute kurz verwundert auf mein Salatchaos und begann dann, die Reste sehr geschickt durcheinanderzuwirbeln, ehe er die Gabel vollhäufte und in seinen Mund schob.

»Mmmhh, lecker«, befand er.

Zu Hause angekommen, empfing mich das hektische Blinken meines Anrufbeantworters. Wieso hatte ich das Ding nicht schon längst abgeschafft? Nachdem ich eine statistische Erhebung zur Kenntnis genommen hatte, nach der die Mehrzahl der Bundesbürger überhaupt keinen Festnetzanschluss mehr hatte, war ich wieder einmal in die Rolle der ewig Zurückgebliebenen gerutscht. Bei positiver Grundstimmung veränderte ich diese Wahrnehmung in die Mitgliedschaft in einer kleinen, aber feinen Elite, die sich den Besitz eines, zwar völlig überflüssigen, aber kostbar seltenen häuslichen Telefonanschlusses leistete.

Jetzt quälte mich nur die sehr konkrete Vermutung, besser nicht auf den Abspulknopf zu drücken. Aber die Neugier überwog, und ich hörte als Erstes Nessis Stimme. »Hallo, ich bin's, falls du mich überhaupt erkennst …« Im Hintergrund hörte ich Kleinkindergeräusche, und schließlich wurde Nessis von Maxis Stimme unterbrochen: »Ich muss jetzt los.« Was von Nessi mit einem schnippischen »Dann geh doch« beantwortet wurde, ehe sie mit dem Besprechen meines Anrufbeantworters fortfuhr: »… und als Tony mir erzählte, dass ihr nach London fahrt, was du mir natürlich verschwiegen hättest … Wieso meldest du dich eigentlich überhaupt nicht mehr?«

Mehrere Minuten lang formulierte Nessi einen Vorwurf nach dem anderen, und ich hatte das Gefühl, dass sie sich immer mehr in Rage redete. Ihre Zwillinge schienen von dem genervten Unterton ihrer Stimme so aufgeschreckt, dass sie zu brüllen anfingen, was Nessi jedoch zu meiner Verwunderung stoisch ausblendete. Sie redete und redete und irgendwie wurde mir immer mehr bewusst, dass es für sie wohl überhaupt keinen Unterschied machte, ob jemand anwesend war, der ihr zuhörte oder nicht.

Da ich, ohne es zu wollen, einen kurzen Einblick in die Szenen ihrer Beziehung zu Maxi genommen hatte, konnte ich ein gewisses Mitgefühl für sie nicht ganz unterdrücken. Wenn er sich immer so abrupt verabschiedete, war es für sie nicht einfach im offiziell von ihr so erfüllend dargestellten Leben einer Zweifach-Mutter. Und dann bekam auch Tonys Nachricht, sie wolle eine Secondhand-Boutique eröffnen, einen tieferen Sinn. Wahrscheinlich wollte sie raus aus der Babyfalle, zurück ins pralle Leben. Und so ganz nebenbei konnte sie auch Maxi eine Lektion erteilen, indem sie ihn in die Elternpflicht nahm.

»… und deshalb brauche ich …«

Nun folgte die Aufzählung unzähliger Artikel, angefangen von pink, lila, bordeauxfarbenen und schwarzen Tops in allen Größen über Röhren-Jeans jedweder Färbung bis zu Cardigans mit und ohne Schleifengürteln.

Mir wurde flau. Ich war doch kein Zwischenhändler für Boutiquenbesitzer. Ich wollte doch nicht mit dem Lieferwagen durch London kurven und die Label-Läden leerkaufen.

Die zweite Aufzeichnung entpuppte sich als Einkaufsliste von Conny, die ihre Schmuckvorräte aufstocken wollte, danach folgte Elli, der ich stangenweise Zigaretten mitbringen sollte, und schließlich vernahm ich die Stimme von Hanni, die unbedingt einen ganz bestimmt iPod haben wollte, »der hier im Laden vierzig Euro teurer ist«. Vielleicht sollte ich das Band aus dem Apparat mitnehmen und es mir in London immer wieder abspielen, denn die Mengen an gewünschten Gütern, zu denen mir sogar die Artikelnummern auf den Anrufbeantworter gesprochen worden waren, überstiegen mein gedankliches Fassungsvermögen.

Am Morgen unseres geplanten Trips holten mich Tony und Jiorgos mit einem Taxi ab. Wir wechselten uns mit dem Gähnen ab, denn zu solch frühen Zeiten war keiner von uns gesprächsbereit. Verschlafen stellten wir uns am Schalter an, über dem auf der Leuchtschrifttafel unser Zielort angeschrieben stand.

Ängstlich musterte ich die Gepäckstücke der um mich stehenden Reisenden. Trolleys mittlerer Größe. Handtaschen, die von ihrem Umfang nur ungefähr ein Mini-Viertel der meinen ausmachte.

»Meinst du, ich kann meine Handtasche mit in den Flieger nehmen?«, raunte ich Tony zu.

»Ich hab mich schon gewundert, ich dachte, das wäre deine Reisetasche«, gab der zurück.

»Nein, du kennst mich doch«, rief ich ihm meine üblichen Formate in Erinnerung.

Skeptisch wackelte er mit dem Kopf.

Nachdem vor uns eine dreiköpfige Familie laut palavernd ihre Koffer aufgegeben hatte, schoben wir uns an den Counter.

»Ausweise«, verlangte die Stewardess. Auch sie war ganz offensichtlich kein Morgenmensch. Wir reichten ihr unsere Papiere rüber. Nach kurzem Tastenklappern in ihren Computer blickte sie uns zum ersten Mal richtig an.

»Und?«, fragte sie.

»CchWir wollen nach CchLondon«, erläuterte Jiorgos mit seiner unnachahmlich griechisch eingefärbten Prononcierung unser Vorhaben.

»Kann ja sein«, lautete ihr knapper Kommentar. »Aber nicht mit dieser Maschine.«

»Wieso?«, fragten Tony und ich wie aus einem Mund.

»Ich habe sie nicht gelistet«, erklärte sie uns ihre Sicht der Dinge.

»Das kann nicht sein«, widersprach Tony vehement. »Ich habe doch gebucht.«

»Das kann schon sein«, meinte die Fachkraft. »Aber nicht für diese Maschine.«

»Ich habe aber eine Bestätigung«, beharrte Tony aufgeregt und kramte in seinem Täschchen.

»Hier«, sagte er triumphierend, »hier. Sehen Sie selber.«

Die Dame warf einen kurzen Blick auf das Gedruckte und gab Tony die Unterlagen zurück. Mit hochgezogener Augenbraue erklärte sie: »Das ist eine ganz andere Fluglinie. Da sind Sie hier falsch.«

Hinter uns war ein leises Murren zu hören. Die hinter uns wartenden Fluggäste, die sich im Recht wähnten, sich an dieser Stelle ordnungsgemäß aufzuhalten, wurden unruhig. Ich glaubte förmlich, die bohrenden Blicke in meinem Rücken als spitze Nadelstiche zu spüren.

Aber Tony ließ sich nicht beeindrucken. »Wo finde ich denn den Schalter für diese Fluglinie?«

Die Bodenstewardess hob, Ahnungslosigkeit demonstrierend, ihre Schultern hoch.

»Keine Ahnung«, gab sie zu.

»Wie? Sie wissen nicht, wo ihre Konkurrenz zu finden ist?«, empörte sich Tony. »Das ist aber nicht die feine englische Art. Konkurrenten sind schließlich Mitbewerber. Da muss man doch über kleinliche Neidgefühle erhaben sein. Die Kollegen könnten ja auch mal gefragt werden, wo Ihre Schalter sind. Da erwarten Sie ja wohl auch, dass man den Leuten dann eine vernünftige Auskunft gibt und sie zu Ihnen hierherschickt, oder?«

Jiorgos und ich nickten zustimmend. Ich fand das ganz großartig, wie Tony unser verbrieftes Recht auf Beförderung durchzusetzen versuchte. Aber mein Stolz auf ihn schien nicht deckungsgleich mit den Gefühlen der Wartenden in der inzwischen ellenlangen Menschenschlange hinter uns.

»Verpisst euch!«, war noch einer der vornehmeren Zurufe, die auf uns gemünzt waren. Warum reagierten Menschen nur immer so aggressiv, wenn etwas nicht gleich so geschah, wie sie es erwarteten? Es konnte ja wohl niemand behaupten, dass wir uns mit Fleiß zu so atemberaubend früher Stunde an den falschen Schalter stellten, nur um den anderen die Wartezeit zu verlängern.

Allerdings war mir inzwischen eher nach Rückzug zumute, aber ich hatte nicht mit Tonys Beharrlichkeit gerechnet.

»Ich will Ihren Vorgesetzten sprechen«, verlangte er nämlich in diesem Augenblick.

Ich schluckte. Das konnte sich zu einer gefährlichen Aktion ausweiten.

»Tony«, flüsterte ich ihm zu. »Lass uns lieber …«

»Nein«, sagte er mit lauter und deutlicher Betonung. »Wir bleiben hier und lassen uns jetzt ganz genau erklären, wo wir hinmüssen. Das ist Service, auf den hier …«, bei diesen Worten drehte er sich zur aufgebrachten Meute um, »alle Anspruch haben. Ausnahmslos.«

Angesichts des Tumultes hinter uns zog ich automatisch den Kopf ein. Was, wenn jetzt einer die Nerven verlieren würde und mir seinen gusseisernen Schminkkoffer über den Schädel zog? Ich hatte während unseres Wartens bei vielen Frauen die früher so obligatorischen Schmink- und Schmuckköfferchen entdeckt. Eigentlich hatte ich gedacht, die Produktionen solcher Utensilien sei längst eingestellt worden, aber offensichtlich hatten die Behälter ein Revival erlebt. Im Gegensatz zu früher wirkten sie aber noch martialischer, als seien schwere Eisenverschlüsse an noch massigerem Material verankert. Um die Gehäuse herum waren zum Teil grellfarbene Schmuckumhüllungen aufgeklebt worden, die den Prachtteilen das von mir so beklagte futuristische Aussehen verliehen.

Merkwürdig, worüber man so nachdenkt, wenn man zum Warten verurteilt ist. Warum beschwerten sich Frauen mit solch inzwischen unpraktischen Teilen? Immerhin mussten ja auch sie ihre mitgeführten Parfüms, Lotionen, Cremes und das Flüssig-Make-up in Plastiktüten verstaut zur Durchleuchtung parat halten. Früher hatte meine Tante Bella gesteigerten Wert darauf gelegt, diese Flaschen und Tiegel aufrecht in ihrem Schminkkoffer zu verstauen. Und Tatzi nannte früher einen Schmuckkoffer ihr Eigen, den sie von ihrem Vater bereits zum 16. Geburtstag geschenkt bekommen hatte. Darin schleppte sie die, seit ihrer Hochzeit mit Bernd, immer kostbarer werdenden Preziosen mit, bis sie den viereckigen Minikoffer am Schalter des Flughafens in Nizza vergaß. Bernd hatte vermutlich heute noch schlaflose Nächte, weil er seine Versicherung davon überzeugt hatte, der Schmuckkoffer sei gestohlen worden.

»Wenn du das jemandem erzählst, bringt er dich um«, hatte mir Tatzi damals angekündigt, wobei sie taub war für meine Klagen, dass ich mich freiwillig dieser gefahrvollen Situation nie ausgesetzt hätte, da ich von dem Vorfall lieber nichts gewusst hätte. Vorsichtig schaute ich mich um. War vielleicht jemand in meiner Nähe, der Gedanken lesen konnte? Ich fühlte, wie ich rüde zur Seite geschubst wurde.

»Aua«, schrie ich auf.

Ich schaute mich um. Der rabiate Typ schien wie aus dem Bestellkatalog für Ken und Barbie entsprungen. Großgewachsen, schwarz gegeltes Haar, ein maßgeschneidert wirkender, dunkler Anzug, hellblaues Hemd, dazu eine rosépinkfarbene, kunstvoll changierende Seidenkrawatte. Blitzeblank gewienerte schwarze Schnürschuhe, vor sich einen schmalen Aktenkoffer, der in der Umklammerung seiner Hand wie eine Waffe wirkte.

Jiorgos versetzte dem Mann, der mich so unsanft entfernen wollte, einen Stoß.

»CchVorsicht!«, warnte er den Mann mit drohendem Unterton.

»Hä?«, machte der. Offensichtlich hatte er Jiorgos nicht verstanden.

»Zurück!«, verlangte Tony, der uns an seine Seite zog.

»Benehmen Sie sich. Sie müssen noch warten. Hier gibt es noch Klärungsbedarf.«

»Was glauben Sie wohl, was ich für einen Bedarf habe«, gab der handgreiflich gewordene Typ an. »Ich habe ein Meeting in London, und ich muss diesen Flieger kriegen.«

Beifälliges Gemurmel ertönte aus der, sich immer stärker zusammenrottenden, Menge hinter uns. Diverse andere Reisende meldeten sich zu Wort, die deutlich machen wollten, dass sie auch wichtige Termine einzuhalten hätten. Doch Tony konzentrierte sich clevererweise auf seinen unmittelbaren Gegner.

»Dann müssen Sie eben noch einen Moment warten«, beschied Tony mit emphatischem Nachdruck den Meeting-Mann. Die Bodenstewardess hatte unterdessen, immer hektischer werdend, versucht, ihren Chef zu erreichen. Die quäkend zu hörende Antwort aus ihrem Walkie-Talkie versprach keine schnelle Ankunft.

»Treten Sie doch ein bisschen zur Seite«, forderte sie uns drei auf. »Dann kann ich die anderen Fluggäste abfertigen.«

Beifall brandete auf.

»Nein«, widersprach Tony. »Wir rühren uns hier keinen Millimeter vom Fleck. Erst will ich wissen, wohin wir gehen müssen. Schließlich haben wir auch wichtige Verabredungen in London, die wir einhalten müssen.«

»CchWelcche?«, fragte Jiorgos gespannt.

»Jiorgos«, ermahnte ich ihn flüsternd, doch der Meeting-Mann hatte Jiorgos' Nichtverstehen richtig gedeutet.

»Hören Sie doch auf, so einen Quatsch zu erzählen«, fuhr er Tony an. »So wie Sie aussehen, wollen Sie doch nur shoppen.«

»Was wollen Sie denn jetzt damit sagen?«, vermittelte Tony Klärungsbedarf.

Offensichtlich witterte der Meeting-Mann eine Klage wegen sexueller Beleidigung, denn er versuchte abzulenken: »Hören Sie, ich bin Banker und muss …«

»Was sind Sie?«, keifte eine gut erhaltene, blondierte

Lady gehobeneren Alters. »Sie sind einer von den Gangstern, die mir das Ersparte geklaut haben.«

Die Menge heulte auf.

»Ich bin kein Gangster«, wehrte der gegelte Meeting-Mann den Verdacht ab. »Ich bin Banker.«

»Eben, und das sind Gangster. Sie haben uns die Krise eingebrockt«, vervollständigte die rabiat erboste Lady ihren Anschuldigungskatalog.

»Na, na, na«, lautete die Beschwichtigung des so Beschuldigten. »Das kann man ja wohl so nicht sagen. Das ist unqualifiziertes Geschwätz.«

Wäre ich mit dem Herrn näher bekannt gewesen, hätte ich ihm von dieser Strategie abgeraten. Pöbeln kam nie gut. Aber da er mir handgreiflich zu nahe gekommen war, sah ich jetzt gespannt dem Geschehen zu.

Die Menge näherte sich bedrohlich den Kontrahenten. Tony, Jiorgos, ich und die echauffierte Dame gegen den smarten Ken-Verschnitt. Einige Reisende stiegen auf ihre Koffer, um besser verfolgen zu können, was sich eigentlich am Schalter abspielte. Die Stewardess forderte lauthals Sicherheitskräfte an, Kindernamen wurden von offensichtlich panisch gewordenen Eltern geschrien, und ich bekam Gesprächsfetzen von Wartenden mit, die nur bruchstückhaft dem Tumult hatten folgen können.

»Der Kerl da mit dem Fett auf'm Kopf hat die Oma ausgeraubt. Wir brauchen Polizei.«

Ich grübelte noch darüber nach, was sich so alles aus einem kurzen Gespräch entwickeln konnte, als eine laute Stimme verlangte: »Zurücktreten, bitte! Aber sofort.«

Ein älterer Mann, gekleidet in einer respekteinflößenden Uniform der Fluggesellschaft, bahnte sich den Weg durch die Menge, flankiert von zwei Sicherheitsbeamten.

Der Aufmarsch zeigte sofort Wirkung. Die vielen, aufgeregt durcheinanderrufenden Stimmen verstummten.

»Was ist hier los?«, verlangte der ältere Mann von der Stewardess zu wissen.

Sie kämpfte mit den Tränen, als sie auf uns drei zeigte. »Die wollten hier mitfliegen...«, umriss sie das ursprüngliche Geschehen. »Aber sie haben gar nicht gebucht.«

»Ja, und was ist daran so ungewöhnlich, dass es hier zu einem Aufstand kommen konnte?«, fragte er, wie ich fand völlig zu Recht, nach.

»Sie können gar nicht mitfliegen ...«, setzte die Stewardess erneut an.

»Warum nicht?«, wurde sie schon wieder von ihrem Vorgesetzten unterbrochen. »Sie können sich doch Tickets kaufen.«

»Haben wir ja«, mischte sich Tony ein.

»Haben Sie nicht«, widersprach die Stewardess mit vor lauter aufsteigenden Tränen gepresster Stimme.

»Doch, hier, sehen Sie«, forderte Tony die Respektsperson auf, seine Buchungsbestätigung einzusehen.

Der warf einen kurzen Blick auf Tony, dann auf Jiorgos und mich, die wir eng aneinandergeklammert auf das warteten, was nun kommen würde.

»Diese Fluglinie gibt es an unserem Flughafen gar nicht«, beschied er uns knapp. »Die haben erst kürzlich ihren Flugbetrieb aufgenommen, aber, sehen Sie hier ...«, wurde Tony die Buchungsbestätigung vor die Nase gehalten, »nicht von hier, sondern ...«

Und dann nannte er einen hundert Kilometer weiter entfernten Kleinst-Flughafen, den ich noch nie in meinem Leben betreten hatte, ja, dessen Existenz mir völlig unbekannt war.

Tony war wie vom Blitz getroffen.

»Aber …«, stammelte er. »Aber hier steht doch …« Und dann zeigte er auf den auf der Bestätigung gedruckten Namen unseres Wohnortes, mit dem Zusatz »West« versehen.

Siedend heiß fiel mir unser Gespräch ein, bei dem Tony ja beiläufig behauptet hatte, dass wir von der Startbahn West abfliegen würden. Ein Umstand, der mir schon damals sehr mysteriös vorgekommen war.

Gerade bekam ich noch mit, dass der Uniformierte hinzufügte: »… und deshalb erwecken sie den Eindruck, sie würden von hier abfliegen, damit S i e nicht von der Buchung Abstand nehmen, wenn Sie registrieren, dass Sie von einem hundert Kilometer entfernten Flughafen abfliegen. Verstehen Sie?«

Tony schüttelte immer noch verständnislos den Kopf.

»Das ist Werbung, Sie Depp«, maßte sich der Meeting-Mann alias Banker an zu sagen.

»Nun halten Sie aber mal die Luft an«, forderte ich empört.

»Beruhigen Sie sich bitte. Sofort«, verlangte der Chef der Schalterstewardess kategorisch, während er mit lässiger Geste die beiden Sicherheitsbeamten näher zu sich heranwinkte.

»Sie«, damit meinte er Tony und uns, »machen sich jetzt mal auf den Weg zu Ihrem Flugplatz«, hierbei verkniff er sich ohne Erfolg ein breites Grinsen, »und Sie da«, er blickte in die Runde der zusammengerotteten Reisenden, »stellen sich bitte jetzt wieder in einer geordneten Reihe auf. Damit es zügig weitergehen kann.«

Der hatte es drauf. Bei dem hatten die Schulungen zum erfolgversprechenden Umgang mit aufgebrachten Kunden aber was gebracht. Hastig suchten die Menschen nach ihren Koffern, ihren Partnern, ihren Kindern – und das in genau dieser Reihenfolge. Vergessen die Aufregung über den Vorgang in der letzten halben Stunde. Jeder versuchte, so schnell wie nur irgend möglich, den besten Platz in der sich neu formierenden Reihe zu ergattern. Einwände Einzelner, sie seien aber viel weiter vorn gestanden, ehe der Konflikt begann, wurden mit genau denselben Schimpfworten abgewürgt, mit denen man zuvor uns bedacht hatte.

Während wir einen beschämten Rückzug antraten, traf uns noch der triumphierende, abschätzige Blick des Bankers, der vor selbstbewusster Schadenfreude nur so strotzte.

Den hätte er sich aber schenken sollen. Denn nicht ohne Genugtuung registrierte ich aus dem Augenwinkel, dass er, während er sich mit selbstgefälliger Geste dem Schalter zuwandte, von der erbosten Best-Agerin mit einem gezielten Hieb ihres Schminkkoffers in die Kniebeugen außer Gefecht gesetzt wurde.

Mit entzückend unschuldigem Lächeln stieg sie über den Aktenkofferträger hinweg und reichte der erschöpften Bodenstewardess ihre Papiere.

# 5

»Verfluchter Mist.« Schwer atmend stand ich vor meinem Auto. Neben mir vier Tüten, die eine übervoll mit einer schier überquellenden Menge von Lebensmitteln, eine zweite mit schwer wiegenden Zeitungen, Zeitschriften und ultradicken Hochglanz-Magazinen, eine dritte kleine mit diversen Arzneimitteln und eine vierte mit Drogerie-Artikeln. Anstatt eine große Einkaufstasche dabeizuhaben, verließ ich mich immer wieder auf die obligatorische Frage der Kassiererin: »Brauchen Sie eine Tragetasche?«

Und dann lief ich halt wie eine bezahlte Werbekraft durch die Stadt und zeigte schon durch die grell bunten, aufdringlich gestalteten Aufdrucke auf den Plastiktüten an, wo mich mein Weg hingeführt hatte.

»Kauf dir endlich eine schicke Einkaufstasche«, hatte Tony mich schon so oft ermahnt. »Du kommst so prollig rüber mit deinem ›Tüten‹-Salat.«

Er hatte natürlich einen Einkaufswagen aus der Manufaktur seines Lieblings-Luxuslabels, den er selbst dann stolz hinter sich herzog, wenn er lediglich ein Sträußchen Basilikum vom Wochenmarkt kaufen ging.

»Ich weiß doch oft vorher gar nicht, dass ich etwas einkaufen werde«, versuchte ich, mich zu erklären. »Das sind immer Spontanentscheidungen …«

»Aber du weißt doch, dass du was brauchst«, hatte er verständnislos erwidert. Seit er zu meiner großen Überraschung von meiner Mutter kochen gelernt hatte, war er ein Musterbeispiel für einen vorausplanenden Hobby-Essenszubereiter geworden. Die Zeiten, als er während meiner Besuche bei ihm drei Bestell-Folder von China- und Italia-Food zur Menüauswahl vorlegte, gehörten schon lange der Vergangenheit an.

Doch im Augenblick waren mir meine, permanent auf dem Trottoir umfallenden Tüten ganz egal – ich war zugeparkt. Nur einen Millimeter von meiner Fahrerseite entfernt, stand in zweiter Reihe ein Exemplar der aufgeblasenen Jeep-Klasse. Ich konnte weder einsteigen, geschweige denn ausparken. Nichts ging mehr. Ich reckte mich auf die Zehenspitzen, um herauszufinden, ob vielleicht ein Zettel mit einer Handy-Nummer auf der vorderen Ablage lag, damit ich den Fahrer herbeitelefonieren konnte. Nichts.

»So eine Frechheit«, schimpfte ich vor mich hin, während ich versuchte, meine Beifahrertür zu öffnen. Doch an dieser Seite blockierte mich ein dort auf dem Trottoir abgestelltes Fahrrad, das sein Besitzer mit einer Kette extrem sperrig am mickrigen Straßenbäumchen befestigt hatte. Meine Autotür ließ sich nur einen Spalt öffnen, so dass ich noch nicht einmal meine Tasche und die Tüten im Wageninneren unterbringen konnte.

»Nehm'se doch den Kofferraum«, schlug mir ein Mann im Rentneralter vor, der schon seit einigen Minuten äußerst interessiert das Geschehen beobachtete.

»Toll«, murmelte ich vor mich hin. Ich hasste es, wenn ich beobachtet wurde, vor allem natürlich, wenn ich mich in einer so misslichen Lage befand.

»Wissen'se nich', wie der aufgeht?«, fragte er mich weiter.

»Darum geht es doch gar nicht«, belehrte ich ihn missmutig. »Ich komm überhaupt nicht an ihn ran. Sie können doch selber sehen, dass ich von hinten eingeklemmt bin.«

Mit interessiertem Gesichtsausdruck stiefelte er in Richtung meines Autohecks. Dort hatte ein zweiter Verkehrsrowdy sein Fahrzeug so nah an meine Stoßstange manövriert, dass noch nicht einmal ein Blatt Papier zwischen die beiden Fahrzeuge gepasst hätte.

»Dann rufen'se doch die Polizei«, schlug er vor, erkennbar aufgekratzt durch die Aussicht, ein bisschen Action geboten zu bekommen.

Mir blieb wohl wirklich nichts anderes übrig. Ich verabscheute solche Aktionen, man kam sich vor wie ein übler Denunziant. Schließlich hoffte man ja selbst auf die Solidarität anderer Autofahrer, wenn einem ein Lapsus im Straßenverkehr unterlief. Allerdings erinnerte ich mich im selben Moment daran, dass ich eines Morgens mein Auto nicht wieder gefunden hatte, obwohl ich es in der Nacht zuvor den Vorschriften entsprechend am Fahrbahnrand geparkt hatte. Mein aufgeregter Anruf bei der Polizei, der ich den Diebstahl meines Gefährts anzeigen wollte, hatte mich dann eines Besseren belehrt. Schlaflüchtige Nachbarn hatten mich beim Einparken beobachtet und nichts Besseres zu tun gehabt, als mich umgehend bei der Polizei zu verpfeifen, weil ich nicht exakt fünf Meter von der Straßenbiegung entfernt das Auto abgestellt hätte. Selbst dem Polizisten tat es aufrichtig leid, mir mitteilen zu müssen, dass mein Fahrzeug abgeschleppt worden war. Nicht, dass ich für dieses teure Erlebnis Rache üben wollte, aber ich hatte auch keine Lust, jetzt so lange einen Kaffee trinken zu gehen, bis sich der Fahrer des Jeep-Ungetüms bequemte zurückzukommen.

Seufzend kramte ich in meiner Handtasche nach meinem

Handy. Augenblicklich verfluchte ich meinen Hang zu übergroßen Taschen, denn wie immer fand ich alles Mögliche, aber nicht das gesuchte Telefon. Nachdem ich eine Weile meine diversen Täschchen, Brillen, Schals, Taschentuchpackungen, Portemonnaies und den Schlüsselbund, an dessen, am Ring angebrachten, langen Werbeband ich mich dauernd verhedderte, hin und her geschoben hatte, hievte ich das Ungetüm auf meine Armbeuge, um besser sehen zu können.

»Ham'se vielleicht in's Handy-Seitenfach gesteckt. Macht meine Tochter auch immer«, assistierte mein uneingeladener Zuschauer.

Ich atmete hörbar aus. Der Typ begann zu nerven. Als ich jedoch in den Seitentaschen nachsah, entdeckte ich das Handy genau da, wo er es vermutet hatte. Offensichtlich hatte ich es ganz gegen meine Gewohnheit im vom Taschenfabrikanten dafür vorgesehenen Fach untergebracht. Nachdem ich einem Beamten von der Polizei-Telefonzentrale mein Missgeschick geschildert hatte, schlug dieser vor: »Haben Sie mal gehupt?«

»Wie denn?«, entgegnete ich. »Ich komm doch gar nicht rein ins Auto.«

»Ja, klar«, begriff der Polizist erst jetzt meine Situation und versprach, mir einen Streifenwagen vorbeizuschicken. Der mich auch nach geschätzten zehn Minuten erreichte. Als die beiden Beamten ausstiegen, hätte ich sie fast mit einem lautem Hallo begrüßt. Ich schien ihnen auch bekannt vorzukommen, denn der ältere sagte sofort: »Sie schon wieder«, während der jüngere mit einem breiten Lächeln formulierte: »Kann ich mal Ihre Papiere sehen?«

Wir schüttelten uns wie alte Bekannte die Hände. Ich empfand es als angenehmen Wink des Schicksals, dass ich die beiden Polizisten wiedertraf, die mir allerdings, das hatte ich noch im Hinterkopf gespeichert, bei unserem letzten Treffen nicht so positive Gefühle entlockt hatten. Aber dieses Mal waren sie ja als Retter in der für mich so unangenehmen Situation auf meiner Seite.

Ich zeigte ihnen meine desolate Lage.

»Dann wollen wir mal schauen«, versprach der ältere, was bei mir sofort diesen unangenehmen Impuls auslöste, ich könnte vielleicht etwas falsch gemacht haben. Es war schon merkwürdig. Man bewegte sich, zumindest dem eigenen Ermessen nach, völlig souverän im Straßenverkehr, parkte locker in jede noch so knifflige Parklücke und meisterte so manche Gefahrensituation. Doch kaum kamen Männer ins Spiel, hatte man das unbestimmte Gefühl, man habe etwas falsch gemacht. Sogar Tony, jeglichen Machogehabes unverdächtig, hatte schon solche Dissonanzen bei mir ausgelöst, als er mich einmal darauf aufmerksam machte, dass ich ein miserabler Linkseinparker sei.

Ich war mir sofort wieder wie ein Fahrschulmäuschen vorgekommen, das vom allmächtigen Fahrlehrer auf angeblich unvollkommenes Lenken aufmerksam gemacht wird, ein Unvermögen, das natürlich den Erhalt eines Führerscheins in Frage stellen würde.

Auch jetzt schlich ich sofort verunsichert hinter den Beamten her und meinte eilfertig: »Ich bin eingeklemmt. Da kommt ja wohl niemand raus, nicht wahr?«

Beide guckten mich verblüfft an.

»Sonst hätten Sie uns ja wohl nicht gerufen«, stellte der jüngere Beamte verwundert fest.

Recht hatte er. Und ich hatte mir nichts vorzuwerfen. Nach kurzer Diskussion tippte einer der beiden etwas in ein technisches Gerät.

»Rufen Sie jetzt einen Abschleppwagen?«, wollte ich wissen.

Der ältere Beamte schüttelte den Kopf.

»Wir versuchen den Fahrzeuginhaber zu ermitteln«, informierte er mich über das Prozedere.

»Wieso das denn?«, fragte ich empört.

»Warum nicht?«, stellte er die Gegenfrage.

»Das hat man bei mir auch nicht gemacht«, sagte ich aufgebracht und berichtete detailreich von meinem Abschlepperlebnis.

»War das nachts?«, wollte der jüngere Polizist wissen.

Ich nickte.

»Vielleicht haben die Kollegen Sie ja auch als Fahrzeughalterin ermittelt und haben dann bei Ihnen geklingelt, aber Sie sind nicht aufgewacht«, mutmaßte er, seine Zunft in Schutz nehmend. Verblüfft stimmte ich ihm zu.

»Das kann natürlich sein«, räumte ich ein und verfluchte noch nachträglich meinen Tiefschlaf, der mich einen großen Batzen Geld für das Abschleppunternehmen gekostet hatte.

In diesem Moment telefonierte der ältere Beamte und teilte mir dann nach Ende des Gesprächs mit: »Die Dame kommt gleich.«

Als ob sie diese Ankündigung gehört hätte, trippelte in diesem Augenblick eine hochgewachsene Brünette mit langen, wehenden Haaren auf uns zu. Knöchellange, enge Jeans, ultrahohe High-Heel-Booties, eine Felljacke über einem kamelhaarfarbenen Rolli, einen Shopper in Regenbogenfarben über die Schulter gehängt. Hinter sich her zog sie an einer Leine mit Designer-Aufdruck ein minimalistisch kleines Hündchen, das nur aus hochstehenden Ohren zu bestehen schien.

»Sorry«, stieß sie atemlos hervor, als sie bei den Beamten ankam. »Das tut mir ja so wahnsinnig leid, dass ich Ihnen Mühe gemacht habe. Wie süß, dass Sie mich angerufen haben. Ich bin auch gleich schon wieder weg.«

Den Beamten stand ein meiner Meinung nach dümmlich-dämliches Grinsen ins Gesicht geschrieben. Offenbar waren sie gegen so viel Schmeichelei nicht gewappnet. Das wäre ja mal ein Unterrichtsfach, dachte ich grimmig, Beamte gegen so viel Gegackere von todschicken Mädels immun zu machen.

»Komm, Sweetie«, lockte die Fee ihr Hündchen, das dem Schwung der Leine nicht folgen konnte und mehr über den Asphalt geschleift wurde, als dass es sich auf den Pfötchen fortbewegen konnte.

»Moment mal, »protestierte ich, »nicht so hastig. Ich warte hier schon eine ganze Weile …«

»Stimmt«, mischte sich zum ersten Mal seit einer geraumen Weile der Rentner wieder ein, der sich die ganze Zeit nicht vom Fleck gerührt hatte. »Ich bin Zeuge, Herr Wachtmeister«, brachte er sich den Beamten gegenüber ins Geschehen ein.

Die Sweetie-Besitzerin würdigte weder ihn noch mich eines Blickes und wandte sich im Catwalk-würdigen Schreiten zu den Beamten um.

»Aber ich habe mich doch schon bei den Beamten bedankt, dass sie mich so schnell geholt haben …«

»Das wissen Sie doch gar nicht, wie schnell das war. Ich jedenfalls warte hier schon …«, unterbrach ich das Gesülze.

»Und nur damit Sie es wissen, Herr Kommissar«, gurrte die Langmähnige. »Es war ein Notfall. Es ging um Leben und Tod. Sweetie hat einen Ohrring von mir verschluckt.

Da bin ich hier zum Tierarzt gerast und schnell in die Praxis gehüpft.«

Bei diesen Worten hob sie neckisch eins ihrer schlanken Beine und lenkte den Blick der Beamten auf ihre High Heels.

»So schnell mich meine Füße getragen haben«, mauzte sie noch, ehe sie ihren fingerhutgroßen Hund aufhob und auf die Rücksitzbank schmiss, ehe sie ihre ganzen 1,88 Meter in Cover-Girl-Manier straffte, ihr Popöchen lasziv auf den Fahrersitz schob, um mit einem verführerischen Lächeln und einem neckischen Winkerchen ihrer rechten Hand loszufahren.

Ein lautes Quietschen ließ mich zusammenschrecken. Ein Autofahrer hatte eine Vollbremsung hingelegt, weil Madame Winke-Winke natürlich nicht in den Rückspiegel auf den fahrenden Verkehr geblickt, sondern die volle Dröhnung ihrer kostbaren Weiblichkeit auf die Beamten gelenkt hatte, als sie fluchtartig das Weite suchte.

»Haben Sie das gesehen?«, rief ich den Polizisten zu, die immer noch verzückt dem viel zu dicken Auto für so einen mageren Model-Verschnitt hinterherstarrten.

Sie strafften ihre Figur und sahen mich streng an. Völlig unvermittelt fragte mich der ältere: »Haben Sie ihre Papiere dabei?«

»Worauf Sie wetten können«, erwiderte ich grimmig. Mit einem Griff zog ich meine Dokumentenmappe aus meiner Handtasche, die ich seit meinem letzten Erlebnis mit den beiden immer bei mir trug. Mit triumphaler Geste hielt ich ihnen die geforderten Unterlagen entgegen.

»In Ordnung«, ließ sich der ältere Beamte überflüssigerweise vernehmen, als er sie mir zurückgab. Schließlich hatte er sie ja beim letzten Mal schier auswendig gelernt.

»Aber«, setzte ich wieder an. »Sie können die Frau doch nicht einfach so fahren lassen. Erst parkt sie mich zu, das ist ja wohl schon verboten, und dann verursacht sie auch noch fast einen Auffahrunfall.«

Ich redete mich immer mehr in Rage. »Und haben Sie mal die High Heels gesehen, mit denen die so ein Monstrum fährt. Das ist doch auch ein Vergehen, oder?«

Bei etwas ruhigerem Überlegen hätte ich selbst auf die Idee kommen können, dass ich mich gut in einem filmischen Mittelalter-Schinken gemacht hätte, in dem mir die Rolle einer Xanthippe zugestanden hätte, die die einzige Rothaarige im Dorf als Hexe brennen sehen will. Aber ich fand den Verlauf dieses Vorgangs einfach als zu ungerecht. I c h musste m e i n e Papiere zeigen, während diese Luxus-Braut weder eine Verwarnung für »Parken in der zweiten Reihe« noch für »Abklemmen eines anderen Verkehrsteilnehmers« oder für völlig misslungenes »Einfädeln in den rollenden Verkehr« aufgebrummt bekam.

Ich redete mich um Kopf und Kragen, unterstellte schließlich noch den beiden Beamten, dass sie sich von der Frau, die für mich eine Gefährdung im Straßenverkehr darstellte, hatten einwickeln lassen, ja, dass sie ihre Aufgaben sträflich vernachlässigt hatten, nur weil eine High-Heel-Barbarella mit den Augen gerollt hatte.

Während meiner aufgebrachten Beschimpfungstirade hatte der Rentner immer wieder versucht, etwas zu sagen, aber mein Wortgeklingel hatte ihm keine Chance gelassen durchzudringen. Als ich nun erwartungsvoll die Beamten anblickte, gespannt, was sie auf meine ja wohl unbestreitbar berechtigten Vorwürfe erwidern würden, bemerkte ich, dass der Jüngere abgelenkt war.

Er füllte einen Strafzettel aus.

Endlich. Ich war ein wenig besänftigt.

»Schicken Sie den der Frau zu?«, fragte ich hoffnungsvoll. Er schüttelte den Kopf und klemmte das Knöllchen unter m e i n e n Scheibenwischer.

»Was soll das denn?«, fragte ich entgeistert.

»Ihr Parkticket ist abgelaufen.«

»Das ist ja wohl das Allerletzte«, ereiferte ich mich. »Wie hätte ich denn hier wohl wegfahren können? Sie haben doch gesehen, dass diese Frau mich zugeparkt hatte.«

Ohne sich noch einmal umzudrehen, stiegen die beiden Beamten in ihr Dienstfahrzeug und fuhren wortlos davon.

Mir blieb nichts anderes übrig, als fassungslos hinter ihnen herzustarren. Hinter mir räusperte sich jemand. Aufgeschreckt fuhr ich herum.

Der Rentner schaute mich mitleidig an.

»Haben Sie das mitgekriegt?«, fragte ich, obwohl ich genau wusste, dass er sich keine Sekunde meiner Pleite hatte entgehen lassen.

Er nickte und sagte dann verschwörerisch: »Hier gibt es gar keinen Tierarzt. Das wollte ich Ihnen die ganze Zeit sagen. Aber'se hab'n ja nich' zugehört.«

# 6

»Ich versteh das sowieso nicht«, meinte Tony. »Früher hast du dich nie so aufgeregt. Jiorgos, wir brauchen nur drei Tee.«

Wir standen vor einer malerisch anmutenden Teeküche in London. Sehnsüchtig blickte ich in das Innere des kleinen Ladens. Ich hätte mich so gerne ins idyllische Ambiente des kleinen musealen Tempels, ein bewahrender Hort des englischen Nationalgetränks, gesetzt, um die Atmosphäre genießerisch aufzusaugen, aber Tony gab den unerbittlichen Sklavenaufseher.

Wir waren durch die Einkaufsstraßen gehastet, als ob es kein Morgen gäbe. Meine Füße brannten, mein Magen knurrte und ich sehnte mich nach einer Pause. Nachdem ich dies laut und deutlich verkündet hatte, hatte Tony das Gespräch plötzlich auf meinen heimischen Zusammenprall mit der erschütternd manipulativen Welt einer langbeinigen »Ich-trag-einen-Hund-als-Accessoire«-Gazelle gelenkt.

»Weil ich mir nicht mehr alles gefallen lassen will«, klärte ich ihn auf. »Früher hätte ich das alles geschluckt. Aber ich hab mich geändert. Ich wehr mich jetzt.«

»Schade eigentlich«, meinte Tony, der Jiorgos zwei seiner drei Porzellanbecher mit heißem Tee abnahm und mir einen rüberreichte.

»CchWas ist cchade?«, wollte der nun wissen.

»Dass ich nicht mehr alles mit mir machen lasse«, erläuterte ich ihm meine Wandlung, während ich mir den Mund an dem Heißgetränk verbrühte.

»CchDu cchbist … the Mentalist«, formulierte er jetzt mit unverhohlener Bewunderung. Jiorgos hatte im Alleingang versucht, auf dem schnellsten Weg Deutsch zu lernen, nachdem er sich in Tony verliebt hatte. Und zwar mit intensiver Lektüre diverser TV-Programmzeitschriften. Und deshalb umschrieb er Eigenschaften seiner Mitmenschen gerne mit in- und ausländischen Serientiteln. Eine seiner Lieblingssendungen war zweifelsohne die des hellseherisch begabten Polizei-Beraters Patrick Jane.

Geschmeichelt pustete ich angestrengt in meinen Tee.

Vielleicht würden beide ja mein langsam rot anlaufendes Gesicht als Teil dieses schweißtreibenden Versuchs deuten, aber ein verstohlener Blick auf Tonys breites Grinsen zeigte mir, dass er sich auch gerade unsere jüngsten gemeinsamen Erlebnisse ins Gedächtnis rief.

Wir hatten tatsächlich einen zweiten Anlauf unternommen, um unseren Flug nach London anzutreten. Tony hatte sich, nachdem wir uns zutiefst gedemütigt vom Schlachtfeld vor dem falschen Counter und vor allem, am falschen Flughafen, geschlichen hatten, einen mehrstündigen telefonischen Fight mit der Fluggesellschaft geliefert.

»Ich hab bis nach Kanada telefoniert«, hatte er mir aufgekratzt berichtet. »Die haben sich erst alle dumm gestellt. Aber nicht mit mir.«

Und so hatte er Jiorgos beauftragt, seinen abgelegten Steward-Lover einer griechischen Fluggesellschaft aufzuschrecken, damit der Informationen über den neuen Fluganbieter in Deutschland beschaffte. Jiorgos' Zieren hatte er kurzerhand mit dem Hinweis: »Du bist der einzige Polyglotte unter uns!« vom Tisch der Argumente gewischt und ihm den Telefonhörer unerbittlich hinterhergetragen.

Tage später hielt Tony tatsächlich drei neue Tickets in der Hand und hatte seinen alten Freund Sammy dazu gebracht, seine Boutique an unserem Reisetag erst am Mittag zu öffnen und uns stattdessen zum wirklich hundert Kilometer entfernten Flughafen zu chauffieren. Als wir dort ankamen, empfing uns schon eine unfassbar große Menschenmenge, alle Versammelten mit einem Ziel – dem unseren.

Ich hatte mein Ich sofort auf Autopilot gestellt, mir die Stöpsel meines iPods in die Ohren gestopft und war in die Rolle einer willenlosen Marionette geschlüpft. Ich ließ mich von Tony vom Eincheckschalter zum Abflug-Gate hinschieben und murmelte mantra-artig »Nie wieder« vor mich hin.

Deshalb überhörte ich auch die Lautsprecherdurchsage, die zum Einsteigen der Maschine aufforderte. Abgelenkt durch das Lauschen einer meiner sanft intonierten Lieblingsballaden, erlebte ich visuell den Untergang der für mich geltenden Regeln allen menschlichen Miteinanders in schockierenden Details und Facetten wie ein grauenerregendes Breitwand-Kinospektakel.

Der dicke Mann mit der grünen, ein wenig verschossen wirkenden Strickjacke, der mir die ganze Zeit den Blick auf das große Ganze versperrt hatte, setzte sich katapultartig als Erster in Bewegung. Er raffte seine zwei Tüten mit Duty-free-Schnapsflaschen, seinen überreich bepackten Rucksack, seine Frau und seine drei Kinder mit einem Griff zusammen und strebte mit weit ausholenden, raumgreifenden Schritten in Richtung Einstiegstür. Da er mit der Koordination aller Familienmitglieder und seiner Reiseutensilien so konzentriert war, erahnte ich als unbeteiligte Zuschauerin das

Unglück schon, bevor es geschah. Ein jüngeres Pärchen in Partnerlook-Parkas und halb vermummt mit Totenkopf-bedruckten Halstüchern, ein hagerer Mittvierziger mit einem dunkelblau-gelb-weiß gestreiften Stofftrolley und eine junge Mutter mit pechschwarz gefärbten langen Haaren, ihr schreiendes Kleinkind auf dem linken Arm, in der rechten Hand den Griff einer roten Plastik-Reisetasche, stießen mit ungebremster Wucht unmittelbar vor den Glastüren gegeneinander.

Der dicke Mann ließ sich in seinem Run auf den Flieger nicht beirren. Mit einem letzten, gewaltigen Sprung schüttelte er die Verfolger ab, warf sich mit seiner rechten, massigen Schulter nach vorn, seine Familienmitglieder und das Gepäck dabei fest umklammernd – und prallte heftig gegen die Glastür. Ich glaubte trotz meiner Stöpsel im Ohr das Quietschen zu vernehmen, das das langsame Abrutschen der zerknautschten, an das Glas gepressten Gesichtshaut verursachen musste.

Entsetzt riss ich mir die Kopfhörer aus den Ohren.

»Um Himmels willen, Tony«, rief ich aus. »Was ist da los? Hast du das gesehen?«

Tony nickte eher gleichmütig, so, als würde ihn das Geschehen überhaupt nicht berühren.

»Normal halt«, kommentierte er zu meiner Überraschung das Gesehene.

»Der Mann da hat sich verletzt«, berichtete ich ihm aufgeregt, sicher, dass Tony den spektakulären Zusammenprall wohl gar nicht registriert hatte.

»Nee, glaub ich nicht«, behauptete Tony ungerührt, »so ist das immer bei diesen Billigflügen.

In der Zwischenzeit hatte sich der bullige Mann wieder aufgerappelt. Er schien die Schrammen in seinem Gesicht überhaupt nicht zu spüren, vielmehr rief er lautstark etwas in Richtung des Schalterpersonals.

Seine Kontrahenten fügten Bemerkungen hinzu, die ich wegen des allgemeinen Krachs um mich herum nicht verstehen konnte, aber ich war völlig verblüfft darüber, dass auch diese Menschen überhaupt keinen Gedanken an den gerade erst überstandenen Zusammenprall zu verschwenden schienen.

Ich starrte ratlos zu ihnen hinüber.

Inzwischen hatten uns die übrigen Fluggäste eingekeilt. Sie schoben und drängelten, drückten mir schmerzhaft ihre Reisetaschen auf Rädern in die Hacken und verströmten Geruchskombinationen, die meine Nase noch nie in meinem Leben belästigt hatten.

»Tony«, rief ich panisch. »Ich krieg keine Luft mehr.«

Tony reagierte nicht. Er war offensichtlich damit beschäftigt, konzentriert über die Köpfe der uns umgebenden Menschen hinweg das Geschehen an der Zugangstür zur Einsteigebrücke zu ergründen.

Schließlich wandte er sich aber wie suchend um und rief: »Moment mal, machen Sie mal Platz. Meine Frau ist schwanger. Los, lassen Sie sie durch.«

Unwillkürlich schaute ich forschend umher.

Wie jetzt?

Tony und Frau?

Und Tonys Frau schwanger?

Ein lautes »Pssst« erreichte mein Ohr und das der anderen.

Ich wandte meinen Kopf wieder nach vorn und sah Tony energisch mit dem Kopf in meine Richtung wackeln. Ich zog fragend die Schultern hoch.

»Der meint Sie«, flüsterte mir jemand ins Ohr. »Den

Trick kenn ich. Der ist aber nicht neu.« Erstaunt versuchte ich, die Stimme zuzuordnen. Sie gehörte einem stämmigen, jungen Mann, der ein Baby auf dem Arm trug. »Den können wir nicht mehr anwenden«, fügte er mit einem bedauernden Blick auf sein Neugeborenes hinzu.

Mit einem energischen Ruck wurde ich nach vorne gezogen. Tony hielt mich noch an meinem Arm, als er fragte: »Schatz, wie geht es dir?«

»Sag mal«, zischte ich, »bist du verrückt? Wie kommst du denn bloß darauf, so einen Blödsinn zu verzapfen?«

»Mensch, ich wollte uns einen taktischen Vorteil verschaffen. Wenn du behauptest, dass du schwanger bist, kommen wir als Erste rein«, erläuterte mir Tony seinen Plan.

Plötzlich drängte sich Jiorgos' entsetztes Gesicht in mein Blickfeld. Sein Blick flog zwischen Tony und mir hin und her. Er schien den Tränen nahe.

»CchIhr cchabt mich cchbetrogen!«, schleuderte er uns anklagend entgegen.

»Schscht«, machte Tony umgehend, bemüht, die Lautstärke zu senken.

»Natürlich nicht«, flüsterte er angestrengt. »So ein Blödsinn.«

Jiorgos' Miene hellte sich augenblicklich auf. Mit einem strahlenden Lächeln wandte er sich mir zu. »Dann bissst cchdu ccchwanger von ...«

Jiorgos riss mich in seine Arme und schien außer sich vor Glück über das bevorstehende glückliche Ereignis in meiner Beziehung.

Mittlerweile wurde uns die ungeteilte Aufmerksamkeit aller uns umringenden Reisenden zuteil. Einige versuchten, mir die Hand zu schütteln, andere klopften Jiorgos auf die

Schulter, dessen glückliches Strahlen sie als die verzückte Reaktion eines werdenden Vaters missdeuteten.

Was war denn das für eine Posse? Umgehend bemühte ich mich um Aufklärung. »Nein, nein, ich bin nicht …«

Aber nur vereinzelt schien mein Dementi registriert zu werden.

»Er ist nicht der …«, fügte ich mit Blick auf Jiorgos hinzu, der jetzt Tony mit einem dicken Kuss in seine Begeisterung über meine unterstellte Familienplanung einbezog.

»Was seid ihr denn für ein Verein?«, wollte daraufhin ein untersetzter, kugelrunder Mann mittleren Alters von mir wissen. »'ne Kommune, oder was?«

Ich schenkte mir eine Erwiderung und brachte in dem ganzen Gewoge und Getöse um mich herum meinen Mund nahe an Tonys Ohr.

»Sag mal, was geht hier überhaupt ab?«, verlangte ich zu wissen.

»Mann, das Übliche halt«, erwiderte der genervt. »Das ist der Run auf die Sitzplätze.«

»Wieso stellen die sich denn so an?«, fragte ich. »Die könnten doch die Leute mit den Plätzen in den hinteren Sitzreihen zuerst einsteigen lassen. Dann gibt es keinen Stau. Welche haben wir denn eigentlich? Wo sitzen wir?«

»Weiß der Himmel«, lautete Tonys Reaktion. »Hier gibt es keine festen Sitzplätze. Wer zuerst kommt, mahlt zuerst.«

»Wie bitte, keine festen Plätze?«, fragte ich alarmiert. Ich fiel aus allen Wolken. Deshalb also prügelten sich die Leute hier um die beste Startposition für den Wettlauf um die Sitzgelegenheit im Flieger. Und warum kam der Wettbewerb jetzt zum Erliegen? Waren die Menschen etwa bei den anstehenden Verteilungskämpfen miteinander ringend in der engen Zubringer-Röhre stecken geblieben?

Tony klärte mich auf. »Die Glastür klemmt. Da kommt niemand durch.«

Noch während er sprach, verstärkten die hinten weit abgeschlagen stehenden Fluggäste den Druck auf ihre Vordermänner.

Ich fühlte, wie mir der Schweiß ausbrach. Ungefähr so mussten sich die U-Bahn-Fahrgäste in Tokio vorkommen, die ja bekanntlich mit Hilfe von behandschuhtem Personal in die Waggons gepresst wurden. Eine Arbeitsplatzbeschaffungsmaßnahme, die man vielleicht hier an diesem Platz auch einmal anregen sollte.

Plötzlich gaben wir dem Druck nach. Ich fiel fast auf meinen Vordermann, dessen Allwetterjacke, der Ausdünstung nach zu urteilen, schon unzählige Jahreszeiten treu gedient hatte, aber noch nie mit einem Kurzaufenthalt in der Reinigung belohnt worden war.

»Ahhhh«, ertönte es beifällig aus der Menge.

Die Glastür nahm ihren Dienst wieder auf und die vorne positionierten Reisenden setzten zum Endspurt durch die Röhre an.

Als wir drei, die wir uns fest untergehakt hielten, um ja nicht getrennt zu werden, schließlich die klaustrophobisch enge Zugangsröhre erreicht hatten, schwanden mir beinahe die Sinne. Die Menschen standen darin auf engstem Raum, wie eine stehend zu transportierende Ölsardinen-Konserve. Nichts ging mehr. Weder nach vorne noch nach hinten. Und der kompakt gepresste Haufen ließ keine Fluchtmöglichkeit offen.

»Das halte ich nicht aus«, gab ich zu. Mir schwanden die Sinne. Meine Angst, ich könnte ohnmächtig zu Boden sinken, war allerdings völlig unberechtigt. Selbst wenn die Ohnmacht mich ereilen würde, die Waagrechte würde mein

Körper nie erreichen. Im Zweifelsfall, so rechnete ich mir aus, würde ich wie leblos zwischen dem vor lauter Aufregung laut schnaufenden Brillenträger vor mir und der in umwelttütenbraunes Leinen gekleideten, ökologisch bewussten Mittvierzigerin eingeklemmt hängen bleiben.

Tony wedelte mir mit seiner DIN-A4-großen Buchungsbestätigung Luft zu.

»Geht's noch?«, fragte er mitfühlend.

»Nein«, informierte ich ihn knapp.

Wir rückten etwa zwölf Zentimeter vor. Offensichtlich hatten einige Reisende Sitze geentert, sicher nicht, ohne vorher mit viel ausuferndem Palaver über das Recht auf einen Fensterplatz und die Unterbringung des Handgepäcks Zeit zu vergeuden. Mit verschwommenem Blick nahm ich an der Röhrenwand zu meiner Linken eine kleine Ritze im Gehäuse wahr. Gierig sog ich daran nach Luft.

Eine Mischung aus Kerosingestank und den Abgasen eines in diesem Augenblick das Rollfeld befahrenden Autos gaben mir schier den Rest.

»Durchhalten!«, mahnte Tony. Ich verstand die Welt nicht mehr. Normalerweise war er es, der um größere Menschenansammlungen einen weiten Bogen machte. Billig-Urlaube oder preiswerte Hotels niedrigster Kategorie waren seine Sache nicht.

Aber in diesem ganz speziellen Fall war es für Tony offensichtlich zu einer Sache seines persönlichen Ehrgeizes geworden, die Reise genauso durchzuziehen, wie er es geplant hatte. Selbst meine Mahnung, dass er bei der Buchung offensichtlich einem brutalsten Schnäppchen-Ausbeuter-Flugunternehmen anheimgefallen war, hatte ihn nicht abhalten können, uns in die missliche Lage zu zwingen.

»Das will ich jetzt wissen«, verkündete er mir. »Und

wenn das jetzt alles nicht funktioniert, verklage ich die. Du wirst es schon sehen.«

Was ich jetzt sah, war, dass wir nach gefühlten 45 Minuten immer noch nicht die Mitte der Zubringerröhre erreicht hatten.

Mühsam strengte ich mich an, einen Blick auf meine Armbanduhr zu werfen. Ich versuchte, durch ruckartige Bewegungen meines Oberkörpers meinem Arm die Zentimeter Platz zu verschaffen, um sich nach oben ziehen zu lassen.

Als sich mein Handgelenk schließlich vor meinen Augen befand, stellte ich fest – sie war weg.

»Tony ... Tony«, japste ich, wobei ich nicht wusste, ob Luftmangel oder Schock mein sprachliches Unvermögen ausgelöst hatte.

Als ich ihm schließlich von meinem Verlust berichtete, zuckte er mal wieder nur mit den Achseln.

»Kommt alles auf die Liste«, informierte er mich.

»Welche Liste?«, wollte ich wissen.

»Die Mängelliste«, gab er geschäftsmäßig zurück. »Da steht schon drauf, was sich hier alles abgespielt hat und wie lange wir schon an Zeit verloren haben. Inklusive der hundert Kilometer Anfahrtsweg und der irreführenden Angabe der Lage des Flughafens.«

Das also hatte er vor. Er wollte sozusagen erst die Fiaskoreise durchleiden, um anschließend abzukassieren.

Nicht schlecht, musste ich zugeben, aber warum konnte er solche Don-Quichotte-Touren nicht alleine unternehmen?

Noch während ich mich ausführlichst mit dem schmerzlichen Verlust meiner Uhr und der nun damit verbundenen bangen Frage quälte, ob ich denn zur Vorlage bei den Regressansprüche bearbeitenden Schiedsstellen des Unternehmens die dazu notwendige Quittung aufbewahrt hatte, erreichten wir die Flugzeugtür.

»Herzlich willkommen«, begrüßte uns eine Stewardess, die wie eine Erscheinung aus einer anderen, einer besseren, Welt wirkte: tipptopp ihre taillenbetonte Uniform, ein Mützchen schräg auf dem Kopf, einwandfreies Make-up – fusselfrei frisch und wie aus dem Ei gepellt.

Ich dagegen hing zwischen meinen mich stützenden Gefährten Tony und Jiorgos, Schweiß auf der Stirn, vermutlich fahle Gesichtsfarbe, meine Handtasche fest umklammert vor den Körper gepresst. Ich fühlte mich so, als hätte ich die Sahara zu Fuß durchquert. Die Geste der taufrischen Flugbegleiterin wies uns einladend an, ins Innere des Fliegers zu treten.

Der Anblick, der sich uns bot, war zutiefst deprimierend. So weit das Auge reichte, waren alle Sitzreihen komplett belegt, und uns blieb nichts anderes übrig, als den langen Marsch zum Flugzeugheck anzutreten. Schwierigkeiten bereiteten dabei allerdings ausgestreckte Füße, über die wir stolperten, und herausstehende Gepäckecken, die, nur halb unter den Vordersitzen der Reisenden verstaut, blaue Flecken an unseren Waden verursachten.

Ganz weit hinten entdeckte ich eine komplett freie Reihe mit drei Sitzen auf der linken und der rechten Seite.

»Da«, stupste ich Tony an. »Die sind noch frei.«

Tony nickte und versuchte, im schmalen Gang die vor uns dahinschleichenden Reisenden zu überholen. Keine Chance. Unter Einsatz ihrer Ellenbogen okkupierte eine dralle Dauerwellen-Liebhaberin die letzten zusammenhängenden Sitzmöglichkeiten für sich und ihre Begleitung.

Schnell scannte ich die Lage. Überall verteilt waren noch

einige wenige, weil unbeliebte Mittelplätze in den unterschiedlichsten Reihen frei geblieben, aber uns blieb ja noch die Hoffnung auf die letzte linke Sitzreihe.

»Los, los«, trieb ich Tony an, der in diesem Augenblick von einem Paar zur Seite geschoben wurde.

»Hey«, beschwerte sich Tony. »Die sind für uns«, verkündete er dem Mann seine Sicht der Dinge.

Der Glatzenträger drehte sich unwillig um.

»Sehen Sie nicht, dass meine Frau schwanger ist?«, fragte er Tony.

»Den Trick kenne ich«, konterte Tony, der völlig unbekümmert die zum Glatzkopf gehörende Frau anrempelte. »Damit können Sie mich nicht ausbremsen.«

Ein Aufschrei der Empörung war zu vernehmen. Sämtliche in Reichweite der Situation befindlichen Fluggäste erhoben sich von ihren Sitzen und erweckten den Anschein, als wollten Sie handgreiflich werden und Tony in den Schwitzkasten nehmen. »Schmeißen Sie den Rüpel raus«, brüllte ein großgewachsener Mann mit beachtlichem Bizeps, der sich wegen des knapp bemessenen Platzes der Kabine nur gebückt präsentieren konnte.

»Was ist denn los?«, meldete sich die adrett gewandete Flugbegleiterin in äußerst besorgtem Ton.

»Der Kerl ist ein Unmensch. Der bedroht eine Schwangere«, wurde Tony gleich mal von dem Muskelmann denunziert.

»Stellen Sie sich doch das mal vor. Der will ihr verbieten, sich zu setzen«, sprang die Dauerwellen-Frau aufgebracht zu seiner Unterstützung bei.

Hätte sie geahnt, was auf sie zukommt, hätte sie sich vielleicht ihre Einmischung verkniffen, da war ich mir kurz darauf aber völlig sicher. Denn mit beachtlichem autoritärem Auftritt beendete die Stewardess jegliche weitere Diskussionen.

»Sie«, und damit meinte sie die streng gewellte Haupthaarträgerin, »setzen sich mit ihrer Begleitung bitte in die letzte Reihe …« Damit war mein erklärtes Sitzreihenziel verloren. »Und Sie«, dabei zeigte sie auf den Glatzkopf samt schwangerer Frau, »setzen sich auf den Platz der Dame und ihrer Begleitung. Dies ist der Platz für Sonderfluggäste, der hat mehr Beinfreiheit. Also genau das Richtige für eine schwangere Frau. Und S i e«, damit meinte sie uns drei, »suchen sich jetzt freie Plätze und verhalten sich während des Fluges absolut still. Verstanden?«

»Aber ich …«, versuchte Tony noch einmal, sich zu rechtfertigen, wurde jedoch sofort unterbrochen.

»Wenn Sie noch weiteren Ärger machen wollen, lasse ich Sie aus der Maschine entfernen.«

Ich hatte mich schon resigniert zwischen eine ältere Frau und einen Mann gleichen Alters geklemmt.

»Die Tasche müssen Sie im Gepäckfach verstauen«, wies mich die immer strenger wirkende Flugbegleiterin an.

»Aber … das ist meine Handtasche, die brauche ich«, beteuerte ich.

»Die ist zu groß«, erklärte sie mir nachdrücklich die Beförderungsbestimmungen, die ganz offensichtlich keinen Widerspruch zuließen. »Bei einem Notfall können herumfliegende Gepäckteile die Sicherheit der Fluggäste gefährden.«

Na super, mit Gedanken an einen eventuellen Notfall hatte ich mich eigentlich nicht belasten wollen.

Meine Nachbarin war offenbar mit mir einer Meinung. »Det will isch nüsch wissen«, berlinerte sie, um hinzuzufügen: »Und wat meinst du?«

Nun war ich mir nicht bewusst, mit dieser Dame auf Du und Du zu stehen, deshalb ließ ich mir einen Moment Zeit mit einer möglichen Erwiderung. Doch die wurde von mir gar nicht erwartet, denn der grauhaarige Mann zu meiner Rechten sprang unerwarteterweise ein: »Nee, Biene, da haste rescht. Und wo du rescht hast, haste rescht.«

Ich war zwischen ein äußerst kommunikationsfreudiges Ehepaar geraten, das sich nur aus Gründen der Bequemlichkeit auseinandergesetzt hatte und mir damit den schmalen Mittelplatz zumutete. Walter, wie ich während des Fluges erfuhr, liebte es, seiner Frau aus der mitgebrachten Zeitung vorzulesen. Sie wiederum hatte sich im Laufe langer Ehejahre darauf kapriziert, zu allem und jedem ihren Kommentar abzugeben.

Als eingespieltes Team waren sie daran gewöhnt, sich bei jedem Gedankenaustausch in die Augen zu blicken, was dazu führte, dass sie, sich jeweils ein Stück vorbeugend, an mir vorbeipalaverten. Ich presste meinen Rücken fest an den Sitz. Mein mitgebrachtes Buch steckte für mich unerreichbar im Seitenfach meiner Handtasche im Gepäckfach über mir. Mich ein wenig in die Höhe reckend, versuchte ich, Tony und Jiorgos ausfindig zu machen. Dessen schwarze Wuschellocken entdeckte ich drei Reihen vor mir in der Mitte, Tony machte ich auf der linken Seite aus. Er drehte seinen Kopf immer wieder zu mir hin, und wir versuchten, mit Augenrollen und gelegentlichen Handzeichen, aus der Entfernung Informationen auszutauschen.

»Nu hampeln'se mal nüscht so rum«, ermahnte mich meine Sitznachbarin nach einer Weile. »Ich kann ja janüsch mit Walter reden.«

»Ja, nu halten'se mal schtille«, wurde sie nachdrücklich von ihrem Gatten unterstützt.

Genau in diesem Moment fiel mein Blick auf die schwangere Frau, die ihre Beine genussvoll ausstreckte. Allein diese Geste brachte mich, mir meiner verkrampften Gliedmaßen schmerzhaft bewusst, erneut in Rage. Doch was dann kam, sprengte meine Vorstellungskraft. Unbekümmert hob die Frau plötzlich ihren Pullover hoch und zog ein Kissen hervor, das sie sich in aller Seelenruhe als Nackenstütze unter den Kopf schob.

Das war ja wohl das Allerletzte. Aufgebracht versuchte ich, Tonys Aufmerksamkeit zu erlangen. Als er sich mir schließlich wieder einmal zuwandte, wies ich ihn mit heftigem Kopfwedeln und einem Gesichtsausdruck, der totale Überraschung ausdrücken sollte, auf die Unverfrorenheit der Sitzplatzpiraten hin.

Tony drückte den Rufknopf für die Stewardess. Als sie schließlich bei ihm angelangt war, teilte ihr Tony etwas mit. So, jetzt waren diese Schwindler ja wohl fällig, die sich unter Vortäuschung falscher Tatsachen die besten Plätze erschlichen hatten.

Doch zu meiner Überraschung wandte sich die Stewardess mir zu und sagte: »Die Toilette ist frei. Sie können jetzt nach vorne gehen.«

Was, um Himmels willen, hatte denn Tony aus meinen mimischen Versuchen abgelesen? Mit schamvoll rot angelaufenen Wangen pulte ich mich aus meinem viel zu schmal bemessenen Sitz. Als ich bei Tonys Sitzreihe angekommen war, startete ich den Versuch, ihm zu erklären, was ich ihm eigentlich hatte mitteilen wollte, aber die energische Flugbegleiterin schob mich weiter. »Avanti, wir haben schließlich 130 Fluggäste. Und wenn Sie so dringend müssen, ist das jetzt Ihre Chance.«

Einige Fluggäste fingen an zu kichern.

Mir war die Situation total peinlich. Ich rannte mehr, als dass ich ging, in Richtung Cockpit. Vor dessen Tür angekommen, drehte ich mich zur Stewardess um. »Hören Sie mal, das ist ein Missverständnis«, trug ich ihr vor. »Ich muss gar nicht …«

»Aber Ihr Freund hat mir das mitgeteilt«, berichtete sie.

»Der hat sich geirrt«, erwiderte ich. »Ich hab ihm nur andeuten wollen, dass die Frau hinter ihm gar nicht schwanger ist …«

»Soso«, machte die Fluglinienangestellte.

»Ja«, schilderte ich ihr meine Beobachtung. »Die hatte ein Kissen unter dem Pullover und hat nur so getan, als ob sie schwanger wäre.« Erwartungsvoll sah ich die Stewardess an. Als die nicht reagierte, legte ich nach. »Ja, ich hab's genau gesehen. Die hat sich das Kissen eben rausgeholt und unter den Kopf geklemmt. So als Nackenstütze. Und wir können deshalb nicht zusammensitzen«, fügte ich etwas unzusammenhängend hinzu. »Sie haben die Frau doch mit ihrem Begleiter auf die besten Plätze gesetzt«, klagte ich sie an. »Und die anderen auf die hinteren Sitze der letzten Reihe – und da wollten Tony, Jiorgos und ich eigentlich hin.«

Luft holend schaute ich sie gespannt an. Ich rechnete fest mit einer Korrektur der Sitzordnung und auf keinen Fall mit dem, was ich jetzt zu hören bekam.

»Herzchen«, begann sie, »was wollen Sie eigentlich? Soll ich die beiden jetzt aus dem Flieger schmeißen, oder was? Das war doch wohl klar, dass die Frau nicht schwanger ist. Als die reinkam«, schilderte sie mir ihre Sicht der Dinge, »guckte unter dem Pullover schon der Rand des Kissenbezugs raus. Aber ich finde, Pfiffigkeit muss belohnt werden. Sie haben's doch auch versucht mit Ihrer Nummer, ›Oh, ich Arme krieg keine Luft mehr‹, als sie reinkamen. Aber dafür bekommen Sie halt von mir keine Twelve Points.« Sprach's und wandte sich wieder dem Beladen des Servierwagens zu.

Ich war sprachlos. Waren wir hier beim »Eurovision Song Contest« und kämpften gegenüber dem Bordpersonal um Haltungsnoten?

Desillusioniert verbarrikadierte ich mich auf der Toilette, wo ich mich auf den Klodeckel hockte. Geschlagene zwanzig Minuten genoss ich den so hergestellten Abstand zu dem ununterbrochen quasselnden Walter und seiner sprechverliebten Biene, die mir, ohne dass ich sie dazu aufgefordert hatte, schon die Erklärung hatte zukommen lassen, warum sie nach London reiste. »Ick will mir all die Plätze angucken, wo Diana mal war. Verstehn'se, die Könijin der Herzen, wa?«

Ich ließ mir mein nur vom laut brummenden Fluggeräusch erfülltes Versteck auch nicht durch wiederholtes Klopfen an der Toilettentür madig machen. Auch die dumpf durchdringenden Beschimpfungen anderer Reisender, die dringend das stille Örtchen aufsuchen wollten, ließen mich unberührt.

Erst als ich die Drohung vernahm, man werde jetzt die Stewardess holen, damit sie mit einem Schlüssel die Tür zu meinem Zufluchtsort öffnen werde, bequemte ich mich, Platz zu machen. Auf dem Rückweg zu meinem Platz versperrte mir der Servierwagen samt Stewardess, die Getränke, Sandwiches und Kuchen verkaufte, mein Fortkommen, und als ich schließlich meine Sitzreihe erreichte, kündigte der Pilot via Lautsprecher bereits den Anflug auf London an.

»Na, ham'se sisch den Magen verrenkt?«, fragte mich Biene neugierig.

Ich schnallte mich wortlos an, immer noch total verstört durch den Anblick von Tony, den ich gerade passiert hatte.

Er schlief tief und fest.

Und nun stand ich, meinen Teepott fest umklammernd, in der Oxford Street und versuchte, meinen knurrenden Magen mit dem Heißgetränk zu überlisten. Ich hatte schließlich im Flugzeug keinen Happen ergattert, aber auch jetzt erhielt ich keine Chance, endlich etwas zu essen.

»Wir haben keine Zeit«, mahnte Tony streng. »Wir schaffen sonst nicht unsere Einkäufe.«

Die nächsten Stunden zogen an mir wie ein nicht enden wollender Traum vorbei. Tony stürmte förmlich in die Geschäfte und griff zielsicher rechts und links von den Ständern und Regalen Klamotten, Schuhe, Wäsche, Taschen und dekorative Kosmetikartikel heraus. Er schien wie im Rausch.

Jiorgos trug ihm etliche dicht beschriebene Blätter hinterher, auf denen er nach Anweisung von Tony die Artikel ausstrich, die Tony schon ergattert hatte.

»Und was sollst du holen?«, rief Tony mir im vollen Lauf durch einen Billig-Shop über die Schulter zu.

Ich versuchte zu rekapitulieren, was mir von Nessi und Co. via Anrufbeantworter aufgetragen worden war.

Elli.

»Ich soll Zigaretten kaufen«, erinnerte ich mich.

»Dann los«, kommandierte Tony, der gerade an der Kasse des Shops seine Kreditkarte hatte glühen lassen.

»CchDenk an ›Cchairport‹!«, warf Jiorgos ein.

Tony und ich überlegten kurz.

Was wollte uns Jiorgos mit der Nennung des häufig im TV ausgestrahlten Filmklassikers sagen?

»Natürlich«, Tony schlug sich mit der flachen Hand gegen die Stirn. »Er meint den Duty-free-Bereich. Da kannst du die Zichten natürlich billiger kaufen.«

»Aber wenn wir uns wieder so durchkämpfen müssen wie beim Abreisechaos«, gab ich zu Bedenken, »dann kann ich mir den Gang in den Duty-free knicken.«

Tony nickte zustimmend.

»O.k., müssen wir jetzt erledigen«, stimmte er mir zu.

Der Verkäufer im Tabakladen staunte nicht schlecht, als ich drei Stangen von Ellis bevorzugter Zigarettenmarke orderte. Als ich zahlte, wurde ich stutzig.

»Sag mal«, fragte ich Tony verunsichert, »sind die Zigaretten hier etwa teurer als bei uns?«

»Kann gar nicht sein«, meinte er sehr überzeugend. »Hier ist doch alles viel billiger. Der Tiefstand, du weißt doch«, erinnerte er mich an den erschöpften Zustand des britischen Pfunds.

Ich schenkte mir deshalb das konkrete Umrechnen in Euro, und wir tigerten wieder los.

Der ununterbrochene Fußgänger-Strom machte mich ganz nervös. Es war unmöglich stehen zu bleiben, um Schaufenster zu betrachten, geschweige denn einfach mal in Richtung eines Geschäftseingangs abzubiegen. Man wurde vom Sog der hastig dahineilenden Passanten förmlich mitgezogen. Aus den Augenwinkeln entdeckte ich bezaubernd anmutende Nebensträßchen mit verlockend wirkenden Einzelhandelsgeschäften – keine Chance, dort hinzugelangen.

Nur Tony vermochte sich durchzusetzen. Wenn er ein Kaufhaus oder einen Laden seiner Wahl entdeckt hatte, breitete er seine Arme aus, gab uns kurze, knappe Befehle und wir scherten gemeinsam aus der betriebsamen Eile der anderen aus.

Als wir schließlich zu dem Shop mit Fußball-Trikots aus aller Welt gelangt waren, entdeckte ich einen Supermarkt zwei Häuser weiter.

»Ihr kommt doch klar, oder?«, fragte ich kurz und informierte Tony darüber, dass ich mir schnell etwas zu essen kaufen wollte.

»Komm aber nach«, forderte er. »Nur du kennst dich mit den Clubs aus.«

So angetrieben, griff ich mir im Supermarkt nur rasch einen Beutel mit Äpfeln und eine Tüte mit Fertig-Croissants und hetzte in Richtung Kasse. Dort angekommen, stutze ich. Sie war menschenleer. Keine Kassiererin weit und breit in Sicht.

Vor mir nur ein Metallteil an der Stelle, an der bei uns die Laufbänder die Waren transportieren, und in Augenhöhe ein Computer-Display mit Abbildungen und Bezeichnungen aller Waren des Ladens.

Und jetzt?

Noch während ich unschlüssig vor der hypermodernen Anlage stand, stellte sich ein Mann asiatischen Aussehens neben mich. Mit freundlichem Lächeln nahm er mir meinen Apfelbeutel aus der Hand und legte ihn auf die Metallplatte. Dann wies er mit dem Zeigefinger auf das Symbolschild und drückte darauf.

»Biep.«

Ein Betrag erschien auf dem unteren Teil des Displays, offensichtlich hatten die Sensoren des Geräts meine Ware erkannt und ausgepreist. Der freundliche Helfer legte nun die Croissanttüte auf die Platte, nahm meine Hand und drückte meinen Zeigefinger auf das dazugehörende Symbol und bescherte mir so ein Erfolgserlebnis unerwarteter Art.

»Biep.«

Strahlend dankte ich ihm.

»And now?«, fragte er mich wie ein Schullehrer. Unwillkürlich in die Rolle einer begriffsstutzigen Schülerin verfallend, schaute ich angestrengt auf die Schautafel. Wieder übernahm er die Führung und zeigte auf einen Begriff.

Ah. Jetzt verstand ich die vorgegebene Abfolge. Wenn ich dort draufdrücken würde, zeigte es den Betrag an, den ich zu zahlen hatte. Vorsichtig berührte ich den Knopf und eine Zahlenfolge leuchtete mit dem obligatorischen »Biep« auf.

Der Mann freute sich breit grinsend, dass ich so schnell begriffen hatte, wie das menschenlose Kassensystem funktionierte.

Ich griff in meine Tasche. Oh Mann, ich hatte ja gar kein Bargeld bei mir. Das hütete Tony wie einen Schatz. Wir hatten ihm unsere umgetauschte Währung anvertraut, denn er wollte unbedingt die Führungsrolle eines Kassenwarts übernehmen.

Noch während ich meinem Helfer zu erklären versuchte, worin mein derzeitiges Problem bestand, näherte sich ein Supermarkt-Angestellter.

»What's the Problem?«, begehrte er zu erfahren.

Wir klärten ihn auf.

»Credit Card?«, fragte er ungerührt, offensichtlich erfahren darin, Touristen wie mich auf international gültige Zahlungsmittel hinzuweisen.

Mein Gesicht hellte sich auf. Natürlich. Das war die Lösung. Ich stellte mich zwar schon darauf ein, mehr Kreditkarten-Gebühren zu zahlen als der geforderte Betrag selbst ausmachte, aber ich schob beherzt meine Karte in den dafür vorgesehenen Schlitz.

»Oing«, ertönte es, während gleichzeitig eine rote Lampe aufleuchtete.

Der vorher so hilfreiche Mann neben mir trat einen Schritt zurück. Offensichtlich genierte er sich plötzlich, sich mit mir abgegeben zu haben, denn das Spruchband unterhalb der Alarmblinkanlage verriet ihm und mir, dass der Kreditrahmen meiner Karte erschöpft sei. Die Karte gab nichts mehr her.

Hatte ich denn schon so viel eingekauft? Rasch überflog ich in Gedanken noch einmal alles, was ich schon bezahlt hatte. Die komischen Hemden für Nessi, den iPod für Hanni, die Zigaretten für Elli, die Schuhe für …

Hatte ich überhaupt etwas für mich gekauft?

Und während ich noch versuchte, mich an all die Güter zu erinnern, die Tony, Jiorgos und ich in unzähligen Tüten mit uns rumschleppten, nahm der Supermarkt-Supervisor meine Äpfel und die Croissants wieder an sich und drückte mir mit einem abschätzigen Blick meine derzeit unbrauchbar gewordene Kreditkarte wieder in die Hand.

Ich wankte mit hungrigem Magen zurück zu Tony und Jiorgos, die schon ungeduldig auf mich warteten.

Sie nahmen nur nebenbei mein Kartendesaster zur Kenntnis, und Tony meinte knapp: »Wir kaufen dir nachher was Schönes«, ehe ich mit ihnen durch die bunte Stangenwelt tappte, an denen die Trikots sämtlicher Fußballclubs weltweit hingen.

Tony entschied sich nach langen Diskussionen für eine Trikotvariante genau des Spielers, den er bei mir im TV so unwiderstehlich attraktiv gefunden hatte, Jiorgos wählte ein Hemd der griechischen Nationalmannschaft, nicht ohne vorher die Fotos aller Spieler genauestens zu studieren und zu kommentieren und das Trikot genau desjenigen auszuwählen, der nach seiner Meinung ihm genau aus dem Gesicht geschnitten schien.

Beide wählten die kleinste Größe, obwohl ich sie darauf hinwies, dass Kicker heutzutage in der größtmöglichen Passform aufliefen und dass auch erfreulicherweise die knappen Shortys früherer Tage längst den überdimensionalen Boxer-Shorts gewichen waren.

»Ccchade«, bedauerte Jiorgos den modischen Wandel ganz außerordentlich.

Auf der Straße wieder angekommen, wurde uns klar, dass wir mit unserem Tüten-Salat nicht mehr weiterkamen.

»Wir brauchen einen Koffer«, verkündete Tony. »Dann packen wir da alles rein und können uns ein bisschen ungezwungener bewegen.«

»Ich ...«, begann ich, um von Jiorgos ohne viele Erklärungen mit dem Hinweis auf eine seiner Lieblingssendungen verstanden zu werden. »'Cchas perfekte CchDinner«, was nichts anderes ausdrückte, als dass er begriffen hatte, wie ausgehungert ich war. Sklavenschinder Tony überhörte geflissentlich seinen Einwand und zerrte uns in ein Billig-Kaufhaus.

Im Untergeschoss des von Kleidern, Taschen, Bettwäsche, Dessous und Schmuck-Accessoires schier überfrachteten Riesenshops wurden wir fündig. Dort stand eine Unzahl von großräumigen Koffern, offenbar ein vielgekaufter Artikel von Touristen wie uns.

»Der ist gut«, fand Tony nach kurzem Umherschauen und deutete auf ein Exemplar, das mit einem täuschend ähnlichen Logo seiner bevorzugten Luxusmarke aufwarten konnte.

»Würd ich nicht machen«, widersprach ich. »Glaub mir, der wird womöglich noch geklaut, weil er so echt aussieht.«

Ich ließ mich mal wieder von all den Geschichten beeindrucken, die ich schon in meinem Bekanntenkreis gehört hatte. Luxus-Labels standen halt bei Koffer-Klau-Experten an allererster Stelle der Wunschliste von Ganoven.

Tony ließ sich überreden. »Dann den hier, der ist dunkelblau und sieht aus wie ein Allerweltskoffer.«

Ich war zufrieden.

Nachdem wir die Kasse passiert hatten, verzogen wir uns in eine ungestörte Ecke der Einpackregion, entsorgten die Tütenberge, rissen die Schildchen von den Klamotten, nicht ohne sie nach einem von Tony blitzschnell ausgeklügelten System zu ordnen, damit die Empfänger der Sachen uns die ausgelegten Summen zurückzahlen konnten.

Ich dachte wieder an meine überglühte Kreditkarte und seufzte tief. Während ich mich auf den Koffer setzte, damit Tony und Jiorgos die Verschlüsse zuschnappen lassen konnten, überfiel mich wieder der Gedanke daran, dass in diesem Riesentrumm von Koffer kein einziges Mitbringsel für mich enthalten war.

»Ja, komm, was willst du denn haben?«, fragte mich Tony ein wenig gönnerhaft und mir fiel vor lauter Erschöpfung nichts ein.

»Tja, wem nichts einfällt …«, kommentierte Tony mitleidlos meinen Blackout.

In diesem Augenblick bemerkte ich, dass die Reinigungskraft des Kaufhauses gerade die vielen, von uns achtlos in den Mülleimer geschmissenen Tüten abtransportierte. Noch während ich versuchte, den Mann zurückzurufen, schimpfte ich vor mich hin.

»Schön blöd«, schalt ich mich selbst.

»Wieso denn?«, fragte Tony.

»Da waren richtig schöne Tüten dabei«, beschwor ich ihn, »und ich Blödmann hab die weggeschmissen …«

»Haben wir doch alle«, versuchte Tony mich zu trösten.

»Ja, aber du schimpfst doch immer mit mir, weil ich so schäbige Tüten mit mir rumschleppe«, rief ich ihm in Erinnerung.

»Genau, du bist eine Beutel-Frau«, neckte er mich grinsend.

»Nein«, korrigierte ich ihn. »Ich bin eine gebeutelte Frau.«

Tony prustete los, und Jiorgos stimmte vorsorglich in sein Lachen mit ein. Ganz offensichtlich hatte er den Sinn unseres Dialogs nicht ganz verstanden, aber die gute Laune steckte ihn offensichtlich an.

»Ich find das gar nicht komisch«, protestierte ich. »Ich lauf mir jetzt schon den ganzen Tag mit leerem Magen Blasen und hab nicht ein Teil für mich gekauft, das ist doch wohl makaber, oder?«

Wie immer äußerst sensibel, erspürte Jiorgos, dass mein Seelenleben in Schieflage geraten war, und murmelte mitfühlend: »Das CchEnde der Welt.«

Tony übersetzte: »Er hat gerade die Doku ›Nostradamus 2012 – Das Ende der Welt‹ gesehen, und ganz offensichtlich meint er, dass du in Weltuntergangsstimmung bist.«

Jiorgos nickte bestätigend.

»Kommt, lasst uns gehen«, schlug ich erschöpft vor. »In die Schattenwelt der Menschheit.«

Tony und Jiorgos runzelten ratlos die Stirn.

»Zur U-Bahn«, klärte ich sie auf.

Unser Weg zur U-Bahn-Station führte wider Erwarten durch die Bond Street, und ich starrte sehnsüchtig in die Auslagen der Luxusläden aller Sonderklassen. Ich wollte mir gar nichts kaufen, aber schauen ohne Ende. Meine Vorstellung eines gelungenen Shopping-Trips gipfelte doch in dem Vergnügen, all die schönen Dekorationen zu bestaunen, optische Schönheit zu tanken, arrangierte Kostbarkeiten wie einen gedanklichen Schatz in meinem Unterbewusstsein zu speichern, um ihn in trüben Momenten zur eigenen Erbauung wieder abzurufen.

Plötzlich blieb ich vor einem Laden stehen.

»Ich will hier rein«, verkündete ich Tony und Jiorgos kategorisch, die sich mit dem kräfteraubenden Ziehen des ultraschweren Koffermonstrums abwechselten.

»Hä, wieso das denn?«, wollte Tony wissen.

»Kommt schon«, forderte ich sie auf.

Mit lautem Rumpeln unseres Gepäcks betraten wir den luxuriösen Shop, nachdem wir zunächst von der Sicherheitskraft am Eingang demütigend lange durch die Glastür kritisch beäugt worden waren. Erst als Tony sein Dokumentenmäppchen des shopeigenen Labels herausgezogen hatte und die beeindruckend große Ansammlung unterschiedlichster Kreditkarten im meterlangen Plastik-Innenleben in ihrer ganzen Vielfalt zur Schau gestellt hatte, wurden wir für würdig befunden, eintreten zu dürfen.

Eine junge, durchgestylte Verkäuferin sah mich erwartungsvoll an.

»May I help you?«, fragte sie artig, und ich genierte mich zunächst ein bisschen, ihr meinen Wunsch zu offenbaren. Schließlich gab ich mir einen Ruck, die Zeit drängte, und ich eröffnete ihr, dass ich eine Tragetasche haben wollte.

Sie wich unwillkürlich ein Stück zurück. Mein Vorhaben löste offenbar Abscheu und Entsetzen bei ihr aus.

»Eine Tragetasche?«, fragte sie zur Sicherheit noch mal nach, offensichtlich überzeugt, sich verhört zu haben. Doch ich nickte bestätigend.

Sie wandte sich hilfesuchend an zwei ihrer, unterbeschäftigt wirkenden, Kolleginnen und diskutierte mein Anliegen flüsternd mit ihnen.

Schließlich sah sie mich, ein wenig gönnerhaft, wieder an und meinte: »Thirty Pounds.«

»Wie bitte?«, mischte sich Tony ein. »Dreißig Pfund für eine simple Tragetasche? Das ist ja wohl einen ganz großen Tick zu viel.«

Aber sie bekräftigte noch einmal das Angebot, im Tonfall formuliert wie »Take it or leave it.«

Und ich wollte mich nicht abwimmeln lassen. Ich wollte meine Tragetasche. Koste es, was es wolle. Ich fühlte mich von Tony beiseitegenommen.

»Was willst du denn mit einer Tragetasche aus diesem Laden?«

»Ich will endlich nicht mehr von dir hören, dass ich mit meinen Plastiktüten wie eine Proll-Maus einen Werbelauf durch die Stadt absolviere. In Zukunft packe ich die Billu-Plastiktüten in diese Luxustasche und gut ist.«

»Ich kann dir doch eine von meinen geben«, meinte er begütigend.

»Und, hast du eine große für mich übrig?«, wollte ich prompt wissen.

»Na ja, im Moment habe ich keine übrig, die brauche ich selber …«

»Siehste«, trumpfte ich auf. »Also bezahl die dreißig Pfund für mich, und ich habe etwas Bleibendes aus dem Shopping-Paradies London.«

Tony schien mir anzumerken, dass nicht nur mein Kreditkarten-Limit, sondern auch mein Geduldsvorrat überstrapaziert war, und so schob er die Banknoten über den Tresen und drückte mir die gewünschte Tasche aus cremefarbener Kartonage in die Hand.

»Zufrieden?«, fragte er mich, als wir wieder draußen waren.

»Die Verkäuferinnen wahrscheinlich insgeheim auch«, meinte ich. »Schließlich hatten sie jetzt wenigstens ein Verkaufserlebnis. Der Laden ist ja eine kundenfreie Zone.«

# 7

Unter munterem Diskutieren, ob nun ein Luxus-Laden mit nur einem großen Einkauf pro Tag schon sein vom Konzern vorgegebenes Einnahmeziel erreicht oder ob die Bilanzen das stündliche Eintreffen saudischer Kunden widerspiegeln mussten, erreichten wir die U-Bahn-Station, von der uns ein Zug zum Flughafen bringen sollte.

Unsere kleine Karawane kam vor der Durchgangsschranke abrupt zum Stehen.

»Upps!«, machte Jiorgos.

»Meint er jetzt ›Die Pannenshow‹, oder was will er uns sagen?«, fragte ich Tony.

»Will ich momentan auf jeden Fall nicht ergründen. Wahrscheinlich findet er das Ganze nur so richtig komisch«, interpretierte Tony die Äußerung, während er lauthals nach einem der Tube-Mitarbeiter rief, die normalerweise Reisenden in solch misslichen Lagen den Weg freimachten.

»Mensch, wo sind die denn?«, ereiferte er sich jetzt. »Die können die Schranke weit aufmachen, so dass auch die dicksten Koffer durchkommen.«

»Sssieht schlecht aus«, unkte Jiorgos. »CchEher ›Lost‹.«

Wir versuchten den schrankkoffergroßen Behälter durch die schmale Öffnung zu ziehen, doch dessen Abmessungen waren nicht in Londons unterirdisches Beförderungsleben einkalkuliert worden.

»Wir müssen ihn rüberheben«, befürchtete Tony schließlich, dem der Schweiß, aus lauter Anstrengung, schon jetzt über das Gesicht lief.

»Fass mal an«, forderte er Jiorgos auf, der sich seine schmucke Umhängetasche über den Rücken warf, um besser zupacken zu können. Mit vereinten Kräften wuchteten wir den Riesenkoffer über die Durchgangssperre und hatten es in genau dem Moment geschafft, als der Tube-Mitarbeiter dazustieß und mit erstauntem Gesicht hinter uns die Schranke elektronisch öffnete, wie um uns zu demonstrieren, wie leicht wir es hätten haben können, wenn wir nur auf ihn gewartet hätten.

Schnaufend auf dem Bahnsteig angekommen, hörten wir schon die Bahn anrollen. Als sich die Türen öffneten, ertönte ununterbrochen die Lautsprecher-Ansage: »Mind the Gap! Mind the Gap!«

Schon einen Fuß in der Bahn, fühlte ich mich plötzlich zurückgerissen.

Tony.

»Hörst du das?«, schrie er mich aufgeregt an.

»Was?«, fragte ich, noch ganz perplex von der Tatsache, dass er mich daran gehindert hatte, die Bahn zu besteigen. Ich war so froh gewesen, dass ich mich nach all der Lauferei und Hieverei unseres Gepäckstückes endlich einmal hätte ausruhen können. Grummelnde Fahrgäste schoben uns zur Seite. Sie schienen verärgert darüber, dass wir plötzlich unsere Reiseroute geändert hatten und ihnen den Einstieg versperrten.

»Mind the Gap!«, mahnte wieder die Geisterstimme.

»Hier gibt es einen GAP-Laden«, jubelte Tony ganz entrückt. »Endlich finde ich wieder einen. Den haben sie doch bei uns dichtgemacht.«

Ich hörte genauer hin.

»Mind the Gap! Mind the Gap!«

»Und du glaubst, die machen hier so laut Werbung für einen GAP-Laden?«, fragte ich Tony.

»Natürlich«, befand er. »Die müssen ja eine Mörderkohle abdrücken für so eine exklusive Werbedurchsage.«

Die Türen der U-Bahn schlossen sich, die Stimme verstummte.

»Komm«, forderte uns Tony auf. »Da müssen wir hin.«

»Und der Koffer?«, fragte ich entsetzt.

»Egal, ich muss da hin«, verkündete Tony und zog samt Monsterkoffer los. Erneut quälten wir uns die Treppen zum Mittelgeschoss des U-Bahnhofs hoch. So gut konnten die Klamotten des US-Shops gar nicht sein, dass sie solch einen beschwerlichen Hinweg wert waren.

Wir schauten uns um. Ein Sandwich-Laden und ein Zeitungsshop, keine Filiale des US-Label-Giganten.

Tony ließ sich nicht beirren. Nacheinander hielt er drei Passanten unterschiedlichen Alters an und fragte sie nach der Lage des GAP-Geschäfts. Ratloses Kopfschütteln war die einhellige Reaktion.

»Frag doch mal den Uniformierten«, riet ich ihm. Doch der Mitarbeiter des U-Bahn-Betriebs schien genauso schlecht informiert. Wir spähten in jeden Winkel des Geschosses – ohne positives Ergebnis.

»Dann muss der hier in der Nähe sein«, mutmaßte Tony, der Anstalten machte, uns zum Aufstieg in die Straßenschluchten Londons aufzufordern.

»Ausgeschlossen. Zero. No way«, lautete meine Antwort, noch ehe er seinen Vorschlag vortragen konnte. Und auch Jiorgos versagte Tony die sonst so treue Gefolgschaft.

»Dann bleibt ihr hier«, schlug Tony vor. »Und ich schaue oben nach.«

Jiorgos und ich ließen uns frustriert auf einen Absatz der Treppe plumpsen, den Riesenkoffer deponierten wir zu unseren Füßen. Auf diese Weise versperrten wir zwar den herabeilenden Fahrgästen den Weg, setzten aber instinktiv auf die Höflichkeit der Engländer, die erschöpften Touris ja wohl nachsichtig begegnen würden.

»Det is ja eine Unvaschämtheit«, hörte ich plötzlich hinter mir deutsche Laute. Ohne mich umzudrehen, erwartete ich unwillkürlich eine Zustimmung in Form einer männlichen Stimme. Und dass ich mit dieser Vermutung richtiglag, bestätigte sich zwei Sekunden später: »Det sind ja Rowdys wie in Kreuzberg bei den Mai-Festivitäten, wa, Biene?«

Es kam ja schon mal vor, dass man im Ausland Mitreisende aus dem Flugzeug wieder traf, dass mir allerdings dieser Zufall auch zuteilwurde, nahm ich als ausgesprochen bittere Erfahrung wahr.

Als Walter samt Gattin bei uns angelangt war, vergaßen sie ihre negative Einschätzung unseres Anblicks, denn Bienes Gesicht hellte sich ob der überraschenden Wiederbegegnung sofort auf.

»Ick werd ja nüsch mehr, Sie hier?« Sie begrüßte mich mit solch einem strahlenden Lächeln, dass nicht eingeweihte Beobachter hätten glauben müssen, wir seien entweder nahe Verwandte oder zumindest Mitglieder einer gemeinsamen Reisegruppe, die während ihres Trips zu engen Freunden zusammengeschweißt worden waren.

»Und?«, versuchte ich, die Situation zu retten. »Waren Sie auf Dianas Spuren?«

»Ach watt, son'n Betrug, det glooben'se nüsch«, erwiderte Biene sofort, während sie sich unaufgefordert neben uns auf der Stufe niederließ. »Die ha'm hier ja noch nüsch ma' Postkarten von der Prinzessin an de Stände, keene Tassen mit Bildern druff, nüscht. Det ist Betrug«, regte sie sich auf. »Da ködern die einen hier hin, wa, Walter? Mit Königshaus, un' so. Und dann nüscht. Wie wegjepustet ist die Jutste.«

Walter nickte. Als auch er sich auf die Stufe setzen wollte, reagierten nachfolgende U-Bahn-Gäste mit gereizten Kommentaren. Schimpfend quetschten sie sich durch die verbliebene Lücke an uns vorbei und hinderten Walter durch diese beherzte Aktion daran, mit seinem Allerwertesten auch noch das letzte Durchkommen zu versperren.

»Und wat ham Sie erreischt?«, setzte Biene ungerührt ihre Konversation fort.

»Oh, wir waren shoppen«, gab ich zu.

»Watt denn«, mischte sich Walter mit abschätzigem Blick auf unser Gepäckstück ein. »Für so 'nen popeligen Koffer fliegen Sie nach London? Den hätten Se bei uns in der Kaufhalle uff'm Kiez aber och jekriegt, und wahrscheinlich ne janze Ecke billijer.«

»Nein, nein, wir …«, versuchte ich mich gerade zu erklären, als Tony wieder bei uns eintraf.

»Ich hab den nicht gefunden«, berichtete er uns atemlos. »Nichts im Umkreis von zwei Blocks.«

»Nu mal langsam, Jungchen«, mahnte Biene. »Watt ham'se denn jesucht?«

Tony war viel zu zermürbt von der Suche nach einem seiner Lieblingsmarken-Shops, als dass er sich über unsere neuen, alten Reisegefährten gewundert hätte. Detailliert berichtete er von der auf der U-Bahn-Station erfolgten Werbedurchsage und der anschließenden, erfolglosen Suche nach dessen Standort.

Walter horchte auf. »Watt ham'se für 'ne Durchsaje jehört?«

Tony wiederholte den vom Sprecher so eingängig formulierten Satz.

Walter fing an zu lachen. »Nee, da ham'se sisch aber veralbern lassen, junger Mann. Aber totalamente, wat, Bienchen?«

Die nickte wissend.

»Vielleischt kann er ja kein Englisch«, gab sie Walter nachsichtig zu bedenken.

Tony hasste nichts so sehr, wie wenn über seinen Kopf hinweg über ihn gesprochen wurde.

»Natürlich kann ich Englisch«, widersprach er deshalb beleidigt.

»Det globen aber ooch nur Sie«, amüsierte sich Walter. »Det weiß ja sogar icke, dat Sie keine Ahnung haben. Von nüscht.«

Tony holte gerade tief Luft, wohl, um sich diese Unterstellung zu verbitten, als Walter begann, umständlich unter seiner sandfarbenen Windjacke zu kramen. Nach mehreren Minuten kam ein Plastiketui zum Vorschein, das er an einer Kette um seinen Hals getragen hatte.

»Meine Dokumentenmappe«, erläuterte er das Behältnis und zog schließlich einen schmalen Reiseführer heraus. Mit seiner Zunge benetzte er seinen Zeigefinger und begann, darin zu blättern. Offensichtlich suchte er eine ganz bestimmte Seite.

»Na, hier ham wir's ja«, verkündete er schließlich sehr selbstzufrieden.

»Lies ma' vor«, forderte ihn seine Gattin auf.

»Sofortamento«, kauderwelschte Walter, der sich sichtlich nur ungern antreiben ließ, denn jetzt nahm er sich ausgiebig Zeit, um in seiner vor dem Bauch hängenden Tasche etwas zu suchen.

»Meine Brille«, begründete er die Aktion.

Endlich fischte er ein abgeschabtes Brillenetui hervor, nestelte die Sehhilfe heraus und setzte sie umständlich auf seine Nase.

»So«, begann er, »nu wollen wir ma' kieken. Na bitte, da ham wir's ja. ›Mind the Gap‹ is eine Durchsage im Underground ...«, hier betonte er das o genau so stark wie das u, »die es zu jroßer Bekanntheit jebracht hat und zum Teil als ebenso typisch für London empfunden wird wie die Doppeldecker-Busse. Die Souvenir-Industrie bietet mittlerweile zahlreiche ...«

»Wieso lesen Sie uns das jetzt vor?«, unterbrach ihn Tony gereizt. »Ich interessiere mich wirklich nicht dafür, was in den Reiseführern steht«, fügte er ein wenig hochnäsig hinzu.

»Nu ma' langsam, Jungchen«, ermahnte ihn Biene. »Det wird jetzt janz interessant für disch.«

»Soll ick nu weiterlesen oder nüsch?«, fragte Walter beleidigt.

Biene bejahte diese rhetorische Frage, und so erfuhren wir aus nervend ausführlich vorgetragenen Belehrungen, dass die Durchsage »Mind the Gap« eine Warnung darstellt, nämlich nicht in den Spalt zwischen Wagen und Bahnsteig zu treten und so zu verunglücken.

Tony guckte außerordentlich betreten auf den Fußboden.

»... und mittlerweile wird der Aufdruck auch auf T-Shirts, Tassen, Taschen und ... nu, halt dick fest, Bienchen, auch auf String-Tangas anjeboten.«

Bei dieser Eröffnung kreischte Biene laut auf.

»Det hätt ick ma früher lesen sollen, wa? Hätte ick dir glatt einen schpendiert«, beteuerte Walter, was ich, angesichts seiner vor lauter Begeisterung hervorquellenden Augen, aber auch so vermutet hätte.

Tony rollte zickig mit den Augen. Jiorgos zuckte verständnislos mit den Schultern. Die Ausführungen waren inhaltlich total an ihm vorbeigegangen.

»Na, nu kommen'se mal vorwärts«, schlug Walter vor. »Sonst verpassen se ja noch die Bahn zum Fliejer. Wollen doch och wieder retoure, oder irre ick müsch?«

Uns blieb nichts anderes übrig, als mit dem immer noch kichernd in erotischen Vorstellungen schwelgenden Ehepaar unseren Rückweg zum Bahnsteig anzutreten.

»Mind the Gap!«, ertönte es wieder laut und deutlich.

»So ein Blödsinn«, murmelte Tony wütend. »Soll ich wissen, dass *gap* Spalt heißt. Kann doch wohl nicht heißen, dass ›GAP‹ genau dasselbe meint?«

In der U-Bahn zum Flughafen war ich zum ersten Mal richtig dankbar für die Größe unseres neu gekauften Monstrums, denn ich konnte den größten Teil der Strecke auf ihm sitzend verbringen. Ich ließ mich nur für die letzten zehn Minuten der Fahrt von Jiorgos' leidendem Gesicht dazu bewegen, ihm meinen provisorischen Sitzplatz zu überlassen.

Tony bekam von unserem Tausch überhaupt nichts mit, er war damit beschäftigt, mit seiner Handy-Internetverbindung die Bedeutung von GAP zu ergründen. Schließlich wandte er seine Aufmerksamkeit wieder uns zu. Er war fündig geworden.

»Das ist ja der Hammer«, informierte er uns. »Das Unternehmen GAP heißt tatsächlich ›the Generation Gap‹, hast du das gewusst?«

»Eh?«, lautete Jiorgos Erwiderung.

Ich schüttelte nur müde den Kopf. Aber ich wollte Tonys Wissenshunger honorieren, und so bequemte ich mich schließlich zur offensichtlich gewünschten Frage: »Was haben denn die Generationen mit Klamotten zu tun?«

Offensichtlich geschmeichelt, mich aufklären zu können, las er mir vor. »Der Name des Unternehmens leitet sich von den Differenzen zwischen Kindern und Eltern ab und benennt den Generationenkonflikt. Stark, ne?«, schien er Beifall einzufordern für seine neu erworbene Erkenntnis und fuhr fort: »GAP wurde 1969 von Doris und ...«

»Lass mal stecken«, bat ich entkräftet und versuchte ihn mit dem Hinweis: »Wir sind da«, wieder in die Realität zurückzuholen.

Vor dem Eincheckschalter hievte Tony unseren Koffer auf die Gepäckwaage, deren Kiloanzeige die Deutsch sprechende Bodenstewardess zu einem entsetzt klingenden »Oh mein Gott«-Ausruf veranlasste.

»Wir haben wohl ein bisschen Übergepäck?«, vermutete Tony.

»Ein bisschen?«, erwiderte sie maliziös. »Sie sind wohl ein Juxbold.«

»Hä?«, machte Jiorgos fragend.

»Eher ›Upps!‹«, erläuterte ich ihm.

Jiorgos nickte verstehend.

Mit einem Ohr bekam ich noch mit, welche Zahlenkombinationen die Stewardess Tony übermittelte. Was sollten wir blechen?

»Tony«, rief ich entsetzt, »das ist doch wohl nicht wahr?«

»Doch«, meinte Tony resigniert. Die Summe überstieg mein Fassungsvermögen.

»Kann man denn nicht ein bisschen was mehr an Gepäck transportieren?«, wollte ich wissen.

»Bei einem Linienflug schon«, klärte sie mich auf, »aber hier nicht. Hier kosten …« Sie betete auswendig den Bestimmungskatalog für die Zahlungsbedingungen ihrer Fluggesellschaft herunter.

»Das ist ja fürstlich«, regte ich mich auf.

»Das kann schon sein, aber so sind die Regeln. Wollen Sie nun den Koffer mitfliegen lassen oder nicht?«, fragte sie.

Wir sahen uns an.

»Was sollen wir machen?«, fragte Tony, wohl wissend, dass wir keine Wahl hatten.

Um uns herum begannen zwei Paare, die den exorbitant hohen Preis für unser Übergepäck gehört hatten, hektisch ihre Koffer zu öffnen und vorsorglich schwerere Teile in ihre Hand- und Reisetaschen zu verstauen.

»Das ist ein guter Trick«, erklärte mir eine sportlich anmutende Brünette. »So kann man das Gewicht besser verteilen.«

Tony und ich schauten uns zweifelnd an, dann schüttelten wir gleichzeitig unsere Köpfe.

»Unmöglich«, resümierte Tony.

»Wo sollen wir da anfangen«, sagte ich deprimiert.

»Und bevor sie an dem Schalter im Nebengebäude das Übergepäck bezahlen, müssen Sie noch dafür sorgen, dass das Gepäck sicher verschlossen ist«, informierte uns die Schalterangestellte, während sie auf ein geöffnetes Schloss an unserem Monsterkoffer hinwies, das sich wohl schon während unserer U-Bahn-Fahrt gelockert hatte.

»Ja, cchwie denn?«, mischte sich Jiorgos gespannt ein.

»Sie können den Koffer einschweißen lassen. Der Service befindet sich in der Nähe des Schalters, wo Sie bezahlen müssen. Dann kommen Sie wieder.« Ich schaute mich um und zeigte auf die lange Schlange von Wartenden hinter uns. »Sie brauchen sich dann nicht mehr anstellen«, klärte sie mich auf, »Sie können gleich zu mir kommen.«

Wieder trotteten wir los, das schwere Gestell mittlerweile quietschend mit uns ziehend. Während Tony mit dem von ihr ausgefüllten Formular zur Kasse ging, schleppten sich Jiorgos und ich mit unserem Monstrum zur Einschweiß-Station. Relativ fix hatte der vielbeschäftigte Fachmann den Koffer luftdicht mit einer Plastikfolie so fest umhüllt, dass kein Zweifel an seiner Stabilität und der Sicherheit unserer Einkaufswaren übrigblieb.

Bei dem Versuch, der Empfehlung der Stewardess zu folgen und unter Umgehung der wartenden Fluggäste unseren Koffer bei ihr einzuchecken, durchlebten wir angsterfüllte Minuten. Doch die recht zierliche Schalterdame zeigte sich resolut erfahren im Umgang mit aufgebrachten Menschen und regelte den Vorgang unter einigen deftigen Verwünschungen und Drohungen.

Am Gate sanken wir müde und ausgepowert in die Plastiksitze. Diesmal hielten wir uns völlig aus dem Wettlauf um die Plätze heraus, und erst nach dreimaligen, immer ungehaltener wirkenden Aufforderungen des Flughafenpersonals, uns endlich in das Flugzeug zu begeben, setzten wir uns in Bewegung.

Und wurden belohnt.

Die letzte linke Sitzreihe, um die wir bei dem Hinflug so vergeblich gefightet hatten, war noch unbesetzt.

»Siehst du«, meinte ich zwischen einer sofort einsetzenden Gähnattacke, »wenn man loslässt, wird man belohnt. Das ist immer so im Leben.«

»CchFröhlicher CchFeierabend«, assistierte Jiorgos, griechisch-deutsch gemixt, bei meinem Gedankengang.

»Was lässt du ihn denn alles gucken?«, fragte ich Tony ehrlich überrascht.

»Du«, gab er ein wenig zögernd zu. »Das war so eine Show aus dem Schwarzwald, oder so. Da sind die Anmoderationen nicht so anspruchsvoll, verstehst du? Das kann er gut verstehen. Und die Musik machen wir dann ein bisschen leiser.«

»Und einfach mal der Besuch einer Sprachschule?«, schlug ich vor.

»CchNix ... ›CchVerstehst du Ssspaß‹?«, warf Jiorgos mit breitem Lächeln seine Abwandlung eines Showtitels dazwischen. Noch während ich mich über seine gute Laune freute, hoben wir ab. Das brummende Fluggeräusch ließ mich sofort eindösen. Weder erlebte ich den Zeit überbrückenden Verkauf von Getränken und Snacks, noch wurde ich von erzählwütigen Ehepaaren belästigt, ich erwachte erst, als die Räder des Flugzeugs den Boden berührten.

Am Gepäckband warteten wir eine gute Viertelstunde, ehe die unzähligen Koffer und Taschen an uns vorbeifuhren.

Schließlich hatten wir unseren Koffer zwei Mal an uns vorüberziehen lassen, ohne ihn zu entdecken, bis uns schließlich wieder einfiel, dass wir ihn ja hatten einschweißen lassen.

»Ob wir die Folie wohl jemals wieder abkriegen?«, fragte ich Tony, der beruhigend mit ja antwortete.

Sammy erwartete uns schon im Terminal, und wir waren heilfroh, dass er uns wieder nach Hause kutschierte. Tony berichtete ihm, auf dem Beifahrersitz hockend, brühwarm von unseren Erlebnissen, was von Sammy nur mit einem dauernden »Wie scheußlich ist das denn?« kommentiert wurde.

Mein Kopf auf Jiorgos Schulter, versank ich, auf die Rückbank gekuschelt, wieder in einen angenehmen Tiefschlaf, bis ich mit einem Ruck erwachte. Wo war ich?

»Wir sind bei dir«, rief Tony, während er die Tür neben mir öffnete.

Ich wollte ihm schon zum Abschied fürs obligatorische Bussi um den Hals fallen, als er generös ankündigte: »Wir bringen dich noch rauf. Das ist doch Ehrensache.«

Meine Beteuerungen, dass dies doch nicht nötig sei, wurde von allen drei mit lässiger Geste weggewischt, und so fuhren wir unter Mitnahme des Monsterkoffers nach oben. Alle Einwände, dass er doch viel besser bei Tony aufgehoben sei, damit sich Nessi & Co. ihre gewünschten Artikel bei ihm abholen konnten, ließen sie nicht gelten.

»Besser, wir lagern die Sachen erst mal bei dir«, meinte Tony.

Noch ein wenig schlafmüde, sehnte ich mich nach einer erfrischenden Dusche. Die drei würden sich schon aus dem Kühlschrank mit Getränken selbst versorgen, während ich erst einmal aus den Klamotten steigen und die klebrigen Reste eines langen, anstrengenden Tages abspülen würde. Während ich durch den Flur in Richtung meines dunklen Wohnzimmers voranging, ließ ich schon mal meinen Mantel fallen und feuerte mit einem Ruck meine Schuhe von den Füßen.

Dann drückte ich den Griff meiner Wohnzimmertür herunter und …

»Ü b e r r a s c h u n g!«, gellte es aus vielstimmigen Kehlen in mein Ohr.

Nein, das durfte jetzt nicht wahr sein. Genau dies war mein absoluter Albtraum. Der Überfall durch eine heimlich organisierte Überraschungsparty, die mir galt. Mit weit aufgerissenem Mund wandte ich mich geschockt an meine hinter mir stehenden Begleiter.

»Hast du...«, schaute ich einen nach dem anderen an.

Sammy schüttelte umgehend verneinend den Kopf, Jiorgos rief mir »›CchVerrückte CCTage auf dem CCPlaneten‹« zu, was für mich der Titel einer Umwelt-Doku war, die ich mir beinahe angesehen hätte.

Im jetzt hell erleuchteten Wohnzimmer meiner Wohnung entdeckte ich Tatzi, Nessi, Hanni, Elli, Gundi und Conny. Offensichtlich hatten sie sich ungeniert aus meinen Vorräten im Kühlschrank bedient und auch großzügigen Gebrauch von den Getränken gemacht, was für die ausgelassene Stimmung von Vorteil gewesen war. So viel stand fest.

»Was macht ihr denn hier?«, lautete meine etwas lahme Einlassung, nachdem sich die Schockwellen ein wenig gelegt hatten.

»Wir warten hier schon seit Stunden auf euch«, verriet Tatzi mit ein wenig schwerer Zunge.

»Aber wieso denn?«, wollte ich den Grund dafür wissen.

»Wir wollen die Sachen sehen«, rief Nessi. »Du glaubst ja nicht, wie gespannt wir sind.«

Unwillkürlich schaute ich auf meine Armbanduhr, deren Verlust mich beim Anblick meines nackten Handgelenks erneut schmerzte. Rasch sah ich mich um, tastete mit den Augen meine Weihnachtsdeko plus die schon im vergangenen Jahr dazugekommenen Osterhäschen-Ansammlungen ab, die ich, wie ich fand, in einem gekonnten Stilmix bis zum heutigen Tag hatte zur Geltung kommen lassen.

Wenn man von einer und sei es auch nur eintägigen Reise zurückkam, nahm man seine gewohnte Umgebung doch mit ganz anderen Empfindungen wahr, und plötzlich traf mich der unangenehme Gedankenblitz, dass meine Freundinnen ausreichend Gelegenheit gehabt hatten, während ihres Wartens auf mich sämtliche Details meines intimsten Lebensraumes durchzuhecheln.

»Komm, das war meine Idee«, unterbrach Tony solch verstörenden Überlegungen. Er zog mich in die Mitte meines Wohnzimmers und verkündete in der Manier eines Zirkusdirektors: »Tara!!! Ladys, gleich geht's los!«

Eine Ankündigung, die von den so gespannt Wartenden mit lautem »Hallooo, Hihi und Haha« gewürdigt wurde. Frenetisches Gejohle ertönte, als Jiorgos den superschweren Koffer ins Wohnzimmer zog.

»Erzähl mal«, bat mich Nessi, aufgeregt gestikulierend: »Hast du die supi-kurzen Kleider bekommen? Und warst du auch in Notting Hill und hast Secondhand-Klamotten gekauft?«

Der zweite Teil ihrer Frage war an Tony gerichtet, der schon von Gundi bestürmt wurde, die wissen wollte, ob der gewünschte iPod wirklich so viel billiger gewesen sei. Ich wurde derweil von Elli gelöchert, die unbedingt, noch vor dem Auspacken, wissen wollte, wie viele Stangen Zigaretten ich denn mitgebracht hätte.

Langsam ließ ich mich, trotz meines verschwitzten und überreizten Zustands, von so viel Ausgelassenheit anstecken.

»Immer der Reihe nach«, rief ich übermütig. »Eins kann ich ja jedenfalls schon mal verraten ...« Bei diesen Worten hingen alle wie gebannt an meinen Lippen. »Meine Keditkarte hat's überglüht. Nix geht mehr.« Lautes Klatschen, spitze Schreie, tumultartige Begeisterung. Wäre ich nicht ganz so ausgepowert gewesen, hätte ich mir, so viel stand fest, über weibliches Konsumverhalten tiefenpsychologische Gedanken machen müssen.

Aber ich war nun auch schier wie von Sinnen, rannte in meine Küche und holte gleich zwei Scheren, die eine für den Haushaltsbedarf gekaufte und die andere eine Spezialanschaffung fürs Geflügel. Sicher war sicher.

Tony und Jiorgos mühten sich parallel mit den Schneidegeräten, und zu guter Letzt ergänzte ich ihre Arbeitsgeräte noch mit meinem frisch geschärften Brotmesser. So schnitten, rissen und zerrten sie ungeduldig an der Einschweißfolie, die nicht nachgeben wollte, der Mann am Londoner Flughafen hatte wirklich einen mörderguten Job gemacht. Endlich war die gepresste Sicherheitsumhüllung gänzlich entfernt. Alle Anwesenden traten wie bei einer esoterischen Sitzung zu einem Kreis um den Koffer herum.

Es war ein grandioser Moment, als Tony den Deckel öffnete.

Wir sahen – Turnschuhe, dreckige Trikots, zerknüllte Handtücher, schmutzige Bettwäsche und klebrig verschmierte Plastiktrinkflaschen.

»CchDas cchdreckige Dutzend«, lautete Jiorgos diesmal sehr treffender Filmtitel-Kommentar zu unserem schrecklichen Gepäckbandirrtum.

# 8

»So blöd kann ja wohl niemand sein«, schimpfte Nessi lautstark vor sich hin. »Das habe ich ja noch nie gehört.«

Ich stand wie ein begossener Pudel vor ihrem Haus und hörte mir ihre Schimpfkanonaden an. Meine masochistische Ader musste sich mal wieder gemeldet haben, anders konnte ich mir meine stumme Ergebenheit nicht erklären. Wieso sollte ich allein für die große Pleite verantwortlich sein? Weder Tony noch Jiorgos hatten bemerkt, dass wir den falschen eingeschweißten Koffer am Gepäckband gegriffen hatten. So ein umhüllter Allerweltskoffer sah eben …

»Wie kann man überhaupt so einen Allerweltskoffer kaufen?« Aha, Nessi führte gerade denselben Gedankengang aus. »Da gibt es ja wohl schickere Modelle in London. Und dann ist man ja wohl so clever und bindet um den Griff ein farbiges Band oder irgendetwas, an dem man ihn erkennen kann, oder?«

Diese Frage war eine rhetorische, denn sie setzte, ohne eine Antwort von mir zu erwarten, ihre Tirade fort. »Oder noch besser, man kauft gleich zwei Koffer, wenn man seinen Freunden vorgaukelt, dass man ihre so dringend benötigten Sachen besorgen will …« Hier regte sich endlich wieder mein unterdrückter Widerspruchsgeist. Ich hatte schließlich niemandem versprochen, etwas zu besorgen. Man hatte mal wieder, wie üblich, über mich verfügen wollen, in dem man mir ellenlange Bestell-Listen auf den Anrufbeantworter gesprochen hatte. Aber Nessi hatte sich so in Rage geredet, dass ich gar nicht zu versuchen brauchte, sie zu einem Zungen-Zwischenstopp zu bewegen. »...dann braucht man sie nämlich nicht so zu überladen, dass man sie auch noch einschweißen lassen muss. Das Geld hätte man sich dann auch noch sparen können, in Zeiten wie diesen ...«

»Welche?«, wagte ich, schüchtern einzuwerfen.

»Na, in Zeiten wie dieser ... Dingsbums ... du weißt schon, da reden doch alle davon. Ja, und du brauchst gar nicht so zu gucken. Es ist nicht alles Sonnenschein, Mimsi ist schon verarmt.«

Mimsi?

Ach so, jetzt fiel sie mir wieder ein. Eine topteuer auftretende, auf Gardemass trainierte Gattin eines Bankmanagers internationalen Zuschnitts mit Häusern in Deutschland, New York und, wo war denn noch mal das dritte Domizil?

»... in den Hamptons ...«, half mir, ohne dass sie es ahnte, Nessi gerade aus der Verlegenheit.

»Einfach so ...«, beendete sie gerade ihre Erzählung.

»Was?«, fragte ich nach.

Nessi schaute kurz hoch.

»Hörst du mir überhaupt nicht zu?«, fragte sie vorwurfsvoll.

»Doch schon ...« beteuerte ich, doch Nessis Wut war wieder angestachelt.

»Ist dir eigentlich klar«, giftete sie, »dass du mein Leben zerstört hast?«

Ich schnappte nach Luft angesichts dieser ungeheuerlichen Beschuldigung. »Ich hab was?«

»Mein Leben zerstört«, wiederholte sie sehr bestimmt.

»Ich wollte meinem Leben eine neue Wendung geben. Ich wollte ein Unternehmen gründen …«

»Was wolltest du?«, fragte ich zur Sicherheit noch mal nach. Eigentlich hoffte ich, so ihren Gesprächsfluss zu stoppen, doch ich hätte es besser wissen müssen.

»Ich wollte ein Unternehmen gründen«, erneuerte Nessi ihre Behauptung. »Meine Boutique. Und durch deine Schusseligkeit kann ich mir das jetzt erst mal knicken. So sieht's aus. Aus die Maus.«

»Aber neue Klamotten aus London kann man doch nicht als Secondhand-Ware anbieten«, wagte ich einen Gegenangriff.

»Wer sagt das denn?«, empörte sich Nessi. »Das ist doch den Kunden egal, wo die Sachen her sind. Denen kommt es doch nur darauf an, dass sie trendy Klamotten billiger kriegen. Wie hast du dir das denn vorgestellt?«, fragte sie provokant zurück.

»Ich dachte …«, begann ich.

Ja, was hatte ich mir eigentlich vorgestellt? Wahrscheinlich, dass teure Designerware von eigentlich betuchten, aber momentan klammen Ladys in einer Boutique entsorgt wurden, damit sie mit so erworbenem Bargeld ihre überdimensionierten, für Stadtfahrten völlig ungeeigneten Chic-Jeeps wieder mit Sprit zum Rollen brachten.

»Das kann ich erst erwarten, wenn der Laden sich etabliert hat. Erst dann kommen die Ladys und entsorgen ihre Designerklamotten bei mir …«

Mir brach der Schweiß aus. Konnte Nessi Gedanken lesen? Auf jeden Fall beschrieb sie, ohne dass ich ein Wort hatte verlauten lassen, genau meine Vision.

»Und bis dahin muss ich eben etwas Flottes anbieten können, damit ich mich etabliere. Und genau das hast du vermasselt. Und du hast damit nicht nur meine Zukunft, sondern auch die von Maxi ruiniert.«

Was hatte ich? Was hatte denn mein, nein, stopp, unser Fehler, den falschen Koffer vom Gepäckband mitzunehmen, mit der Karriere ihres Schönheitschirurgen-Gatten zu tun?

»Ja«, betonte sie gerade. »Maxi hat nämlich in der Beauty-Klinik seine Elternzeit klargemacht. Die Kollegen haben ihn schon aus den laufenden Operationsplänen rausgenommen, hocherfreut, verstehst du? Jetzt machen die den Reibach. Und für uns bedeutet das einen Riesenverlust. Bei mir kommt ja jetzt nichts rein, weil du es vermasselt hast, mit deinem eingeschweißten Billu-Koffer, in dem du die Dreckwäsche von irgendeinem Hobby-Fußballklub auf Auslandsfahrt …« Hier entrang sich ihr ein lautes, angewidert klingendes »Pöh«, ehe sie fortfuhr. »Nach Hause schleppst, den die natürlich nicht wiederhaben wollen. Die werden sich nie melden …«

Da hatte sie ausnahmsweise mal recht. Tony und ich hatten uns abgewechselt in dem verzweifelten Bemühen, unseren eigenen Koffer wieder zu erhalten. Aber immer wieder wiesen uns die Mitarbeiter der Fluggesellschaft darauf hin, dass sich niemand gemeldet habe, um das fälschlicherweise von uns mitgenommene Trumm wiederzubekommen. Und egal, wen wir auch an der Strippe hatten, jeder der auf Deeskalation geschulten Fachkräfte hatte ein: »Was ich, ehrlich gesagt, angesichts des Inhalts Ihres Koffers auch verstehen kann« hinzugefügt.

»Und deshalb wird es uns bald so gehen wie Mimsi …«, beschwor Nessi gerade ihre offensichtlich desaströs vermutete Zukunft, als die Zwillinge lautstark zu schreien anfingen.

»Siehst du, was du jetzt angerichtet hast?«, fragte Nessi

in meine Richtung, ehe sie sich zu den futuristisch anmutenden Babyschalen wandte, in die sie ihren Nachwuchs gezwängt hatte.

Ich war empört. Hatte ich nun so laut gebrüllt und dadurch dafür gesorgt, dass die selig schlummernden Zwerge aufgeschreckt waren, oder sie selbst ? Die Situation wuchs mir über den Kopf. Am liebsten hätte ich mich ansatzlos aus dem Staub gemacht, aber Nessi hatte mich gebeten zu kommen, um sie beim Kauf eines neuen Kinderwagens zu begleiten. Und Tony, den sie eigentlich dabeihaben wollte, hatte mich telefonisch bekniet, ihn zu ersetzen.

»Die hat mir jetzt zwei Abende vorgejammert, dass ich ihr Leben zerstört habe. Jetzt bist zur Abwechslung du mal dran«, hatte er entschieden, und ich hatte mich überreden lassen. Ach was, ich hatte mich abkommandieren lassen, um meine Strafpredigt abzuholen. Dass die allerdings so apodiktisch klingen würde, hatte ich nicht erwarten müssen.

Nessi war mit ihren Babys in genau dem Moment durch die Eingangstür herausgetreten, als ich klingeln wollte. Und so spulte sie zunächst einmal das ganze Repertoire einer furchtbar beschäftigten Mutter auf High Heels ab und in Personalunion auch noch das einer im enganliegenden Kostümchen auftretenden Gutverdiener-Gattin inklusive der unverzichtbaren Accessoires ihrer dynamischen Vorzeigeklasse.

Ihre steife Krokoleder-Bag stellte sie dekorativ auf den Bürgersteig, die beiden Kinder postierte sie in tragbaren Bugaboo-Autositzen gleich daneben. Und als sie sich aufrichtete, funkelte ihr sorgsam aufgetragenes glitzerndes Augen-Make-up in Topmodel-Hochglanzmanier in der Mittagssonne. Wie sie so dastand, mit in der Taille zu beiden

Seiten aufgestemmten Armen, wirkte sie wie eine kampfbereite Amazone der Neuzeit – in Luxusausgabe.

Wie konnte ich sie nur ablenken von der sicher gleich wieder einsetzenden Litanei über meine mit fast alttestamentarischer Wucht vorgeworfene Schuld?

Mein Blick glitt suchend hin und her, bis er an ihren Kids hängen blieb. Die boten mir eine letzte, verbliebene Chance. Was zierte denn da deren Köpfchen?

»Mein Gott, sieht das aber süß aus«, lautete mein Versuch übelster Schleimerei. Und er wirkte – wie immer.

Augenblicklich veränderte sich Nessis Gesichtsausdruck. Nicht etwa, wie von mir erwartet, in eine Anmutung intensivsten Mutterglücks, sondern mit unverhohlenem Stolz auf die Outfits ihrer Sprösslinge.

»Kaschmir«, lautete folgerichtig ihre Antwort. »Die Mützchen sind hundert Prozent reines Kaschmir. Designerware, in Italien handgefertigt. Und siehst du, es sind blaue und rosa Bändchen eingewebt …«

»Damit du deine Kinder auseinanderhalten kannst«, ergänzte ich eilfertig.

»Quatsch«, wurde ich rüde abgewürgt. »Damit ein bisschen Farbvielfalt zu sehen ist. Das Auge des Betrachters muss ja auch genießen können.«

»Und die Babydecke?«, versuchte ich, die etwas entspanntere Umgangsstimmung nicht zu zerstören. »Etwa auch aus …«

»Natürlich«, bestätigte Nessi meine Vermutung. »Reinstes Kaschmir. Nicht billig, das kannst du mir glauben.«

Nun wäre ich nie auf die Idee gekommen, dies zu unterstellen, als sie mich ins Haus winkte. »Komm mal schnell rein, ich will dir die Zimmer der Kleinen zeigen.«

Froh, dass ihre Wut auf mich ein wenig verraucht schien,

tat ich, wie mir geheißen, und folgte ihr ins Innere ihres luxuriösen Hauses. Noch im Vorbeigehen registrierte ich die Größe, mit der Maxis Doktortitel am Türklingelschild in geschwungenen Buchstaben betont wurde.

Im ersten Stock angekommen, öffnete Nessi die mit Blumen-Girlanden bunt bemalte Tür zu einem Zimmer.

»Das ist Kims Reich«, erläuterte sie stolz dessen Bestimmung.

Was ich sah, war überwältigend. Alle Nuancen von Rosa bis Pink waren von den Dekorateuren und Malern auf diesen Quadratmetern verarbeitet worden. Eine Farborgie der psychedelischen Art, betont durch große Kissen und Würfel, die mit samtartigem Stoff in identischen Farbschattierungen bezogen worden waren. In der Mitte des Raums hockte ein mannshoher Plüschelefant in Zartlila, dessen Rüssel, zur Decke gestreckt, den Eindruck vermittelte, als entringe sich dem Spielzeugkoloss ein nicht enden wollender Schrei des Grauens.

»Und hier«, zog mich Nessi weiter, »ist Bims Zimmer.«

»Deine Kinder heißen …«, hob ich fragend an.

»Kim und Bim«, bestätigte Nessi.

»Aber, ich dachte, sie heißen …«, wagte ich Einspruch.

Doch Nessi betonte mit Nachdruck. »Wir nennen sie so.«

Ich glaubte, mich dunkel zu erinnern, dass Tony von einer anderen Namenswahl berichtet hatte, aber ich wollte der Sache jetzt nicht in detektivisch anmutender Recherchemanier auf den Grund gehen.

Was mich nämlich noch viel mehr beschäftigte, war die ganz offensichtliche Tatsache, dass Nessi ganz gegen ihre Gewohnheit im Falle ihrer Minis keine Namensverniedlichung mit der üblichen Endung auf i bevorzugte. Schließlich hatte sie bisher unerbittlich aus allen unseren Freundinnen niedliche Tatzis und Co. gemacht.

Bims Zimmer schmückte die entsprechende Farbwahl, die dem vorgegebenen Stereotyp entsprach. Blau, Bleu, Marine – alles, was unsere Vorfahren kleinen Jungs vorgegeben hatten.

»Und hier, nun guck doch mal«, ermahnte mich Nessi. »Siehst du die passende Babydecke, natürlich aus …«

»Kaschmir?«, riet ich tollkühn.

»Ja«, strahlte Nessi. »Und natürlich Seide. Denn der Supi-Materialmix lässt keinen Hitzestau aufkommen.«

Ich fühlte mich an die Formel-1 erinnert, über deren Fahreroutfits ich erst vor kurzem Wissenswertes gelesen hatte. Wie sehr sie für kühlende Materialien unter ihren feuerfesten Anzügen sorgen mussten, damit sie nicht noch mehr Kilos durch das heftige Schwitzen während ihrer Wahnsinnsfahrten verloren.

Aber wozu brauchte jetzt Bim solche Vorsorgemaßnahmen?

Ehe ich mich's versah, steckte ich in einem richtigen Mütter-Fachgespräch. Nessi beschrieb mir die kühlenden Vorzüge ihrer natürlich ultrateuren, exklusiven Babyklamotten, die sie für ihre Zwillinge in der ganzen Welt zusammengekauft hatte.

»Ach«, machte sie plötzlich. »Wie gut, dass wir noch mal reingegangen sind. Ich hatte ja meine Wickeltasche vergessen. Guck. Ist die nicht schön?«

Ich schaute und tat ganz interessiert. Jetzt bloß nicht in der brennendes Interesse heuchelnden Attitüde nachlassen, ermahnte ich mich immer wieder, vielleicht könnte ich den Nachmittag dann ja doch noch einigermaßen unbeschadet überstehen.

»Die sieht ja aus wie eine Trend-Bag«, versuchte ich mich im oft gehörten Fachjargon von Tatzi & Co.

Ich schien den richtigen Ton getroffen zu haben, denn Nessi nickte geschmeichelt. »Ja, toll, nicht, da sieht man doch kein bisschen, dass das eine Tasche für die Windeln, Lätzchen und den ganzen Klimbim ist. Klassisch stylisch aus Leder, nicht wie diese Öko-Dinger, die die anderen Mütter mit sich rumschleppen. Einfach nur hässlich, nichts für Kim und Biiiiii…«

Nessi hatte ihre Stimme bei der Erwähnung ihrer Minis plötzlich immer mehr in die Höhe geschraubt, und während sie sich dabei suchend umdrehte, fiel auch mir auf, dass …

Wir rannten wie um unser Leben durch das Treppenhaus, stolperten fast durch die Eingangstür auf die Straße, und dort … lagen die Zwillinge in ihren teuren »Bugaboo«-Schalensitzen, inzwischen wieder eingeschlummert, da sie ja nicht mehr durch die lautstarken Kampfansprachen ihrer Mutter belästigt worden waren.

Nessi hielt sich keuchend die linke Seite ihres Körpers.

»Stell dir mal vor …«, stieß sie hervor.

Ich schüttelte den Kopf. Nein, das wollte ich mir wirklich nicht vorstellen, dass irgendjemand die beiden Hascherl geklaut hätte, während Nessi damit beschäftigt war, mich in einem Rundgang das teure Paradies von Kims und Bims Kindheit besichtigen zu lassen. Durch dieses Schreckgeschehen hatten sich allerdings dankenswerterweise die Machtverhältnisse zwischen uns beiden ein wenig zu meinen Gunsten verschoben. Immerhin war sie ja die Mutter, die ihrer Sorgfaltspflicht nicht so ganz korrekt nachgekommen war, und wenn ich auch niemals aus diesem Wissen irgendwelchen Vorteil gezogen hätte, setzte ich mich jetzt ein ganz klein wenig entspannter in Nessis luxuriös ausgestatten Geländewagen.

»Nimmst du mal die Fläschchen raus?«, ließ sie mich sogar an Handreichungen teilnehmen, die zum fachmännischen Umgang einer Mutter mit ihren Kindern gehörte.

Ich griff mir die schicke Lederwickeltasche (»300 Euro« hatte mir Nessi vorhin zugeraunt) und zog zwei floral bedruckte Behälter heraus.

»Richtig?«, wollte ich wissen.

»Ja, das sind Isoliertäschchen für Fläschchen, süß, nicht?« bestätigte Nessi mein Handeln.

»Toll«, lobte ich. »Auch aus Italien?«

»Nein«, kam es ganz entrüstet zurück. »Wie kommst du denn darauf? Die sind natürlich aus Frankreich.«

»Ach so, ja, natürlich«, täuschte ich Fachwissen vor. »Du«, fiel mir dann ganz spontan ein. »Du glaubst nicht, was uns am Flughafen passiert ist …«

Und so begann ich ohne jeglichen Hintergedanken von Tonys Versuch zu berichten, mir eine kurzfristige Schwangerschaft anzudichten, um uns einen Vorteil beim Einstieg ins Flugzeug zu verschaffen. Noch während ich mit lebhaften Gesten die Situation berichtete, antwortete Nessi immer wieder mit einem »Aha«, »Soso« und vermittelte mir eher den Eindruck, dass sie durch das Lenken des Fahrzeugs viel zu abgelenkt war, um der kleinen Story zu folgen. Doch als ich gerade bei dem Punkt angekommen war, bei dem ich die angeblich schwangere Frau beim Herausziehen des Kissens unter ihrem Pullover beobachtete, zischte sie plötzlich: »So was kriegst du also mit, aber beim Kauf eines Koffers darauf zu achten, dass …«

Ich bereute zutiefst, ihr mein kleines, natürlich völlig unwichtiges Erlebnis aufgedrängt zu haben. Die Zeit bis zum

Eintreffen auf dem Parkplatz des Baby-Zubehör-Luxusgeschäfts verbrachte ich in tiefschürfendem Sinnieren über meine eigene Blödheit.

Nachdem Nessi, dort angekommen, ihre goldfarbene Leder-Wickeltasche umgehängt, ihre Kroko-Bag, den ungeschriebenen Society-Regeln entsprechend, in der Armbeuge trug, beide Sitzschalen mit den Zwillingen aus dem Wagen gewuchtet hatte und sie fest umklammernd auf den Eingang zusteuerte, fiel mir eine winkende Gestalt auf.

Beim Näherkommen wurde mir klar, dass Tatzi vor der Tür des Ladens auf uns wartete. Das konnte ja heiter werden.

»Hast du jetzt endlich den Koffer wieder?«, lautete ihre im ätzenden Ton vorgetragene Begrüßungsformel.

»Hat sie nicht«, antwortete Nessi statt meiner. »Nimm mir doch mal Kim ab«, bat sie Tatzi.

Ich fühlte mich ausgegrenzt. Nicht, dass ich mich danach gesehnt hatte, eine der offensichtlich megaschweren Trageschalen samt lebendem Inhalt zu übernehmen, aber noch nicht einmal gefragt worden zu sein, hinterließ eine mehr als oberflächliche Schramme auf den zarten Windungen meines Seelenlebens.

»Ach«, jetzt wandte sich Nessi mir zu, als sei ich eine unterbezahlte Angestellte ihres Haushaltes, »ich habe die Fläschchen vergessen. Hol sie mir doch bitte aus dem Wagen.«

Mit einem Nicken deutete sie mit ihrem Kopf auf den Wagenschlüssel, den sie, war es nun Kim oder Bim, auf die Decke gelegt hatte.

Ich griff mir das Utensil und trabte zum Parkplatz zurück. Mit den floral bedruckten Isolierfläschchen aus Frankreich in beiden Händen drückte ich schließlich die schwere

Eingangstür zum Kinder- und Elternparadies auf. Um mich herum so weit das Auge reichte eine Ansammlung von Rasseln, Stoffbällchen, Fläschchen, Wägelchen, Deckchen, Kissen, Spieluhren. Ich machte mich auf die Suche nach Tatzi und Nessi samt Anhang.

In der Kinderwagen-Abteilung wurde ich schließlich fündig.

»Und hier haben wir das neueste ...«, die Verkäuferin unterbrach sich, als ich mich zu ihnen gesellte und sie die Behälter in meinen Händen wahrnahm. »Wir haben hier einen extra Nanny-Raum, da können Sie die Fläschchen aufwärmen«, wurde mir beschieden.

Ich versuchte, das Missverständnis aufzuklären. »Ich bin keine...«

»Nun stell dich doch nicht so an«, fauchte Tatzi. »Mach dich doch mal nützlich.«

So degradiert, setzte ich mich ohne Widerspruch in Bewegung und fand schließlich auch nach einiger Zeit der Suche den beschriebenen Raum, in dem zwei Frauen gerade damit beschäftigt waren, Kinder zu wickeln. Als ich sie um Unterstützung bei der Suche nach einer Aufwärmstation bat, schauten sie mich an, als sei ich gerade vom Mars und nicht von der Venus zu ihnen heruntergesprungen.

»Das weiß man doch, wo das ist und wie es aussieht«, behauptete die Schwarzhaarige.

»Warum sollte ich das wissen?«, protestierte ich.

»Weil Sie eine Frau sind«, klärte mich die Brünette schonungslos über mein Geschlecht auf.

Ich entzog mich weiterer, so dezidiert vorgetragener Enthüllungen und machte mich auf, meiner unterstellten Bestimmung Folge zu leisten. Schließlich entdeckte ich zwei Behälter, die wie geschaffen schienen, um die Fläschchen vorschriftsmäßig auf Temperatur zu bringen. Noch während ich diesem Vorgang fasziniert zuschaute, wurde die Tür aufgerissen.

»Komm mal«, forderte mich Tatzi ultimativ auf. »Wir brauchen Unterstützung.«

»Jetzt auf einmal?«, gab ich zurück.

»Ja, du kannst besser erklären, worum es geht«, meinte sie.

»Und worum geht es?«, wollte ich wissen.

»Dieses Dings, was die Regierung immer sagt«, lautete ihre kryptisch wirkende Erwiderung.

Neugierig tigerte ich hinter ihr her, mir fest vornehmend, Sunny meine heutigen Erlebnisse analysieren zu lassen.

Ich hatte es satt! Ich ließ mich von meinen Freundinnen manipulieren, soviel hatte ich mir während meiner kurzen Zeit als Pseudo-Nanny schon selbst vorgehalten. Sie schufen in kürzester Zeit unseres Zusammenseins ein Klima, in dem mir die Loser-Rolle zufiel.

»Dir fehlt es an Widerspruchsgeist«, hatte ich schon einmal nach einer ähnlich lautenden Anfrage meinerseits von Sunny gehört, und mich beschlich schon jetzt eine Ahnung, dass sie sich wiederholen würde.

»Wie kommen Sie denn darauf?«, hörte ich gerade die Verkäuferin Nessi fragen.

»Das ist doch derzeit ganz en vogue«, gab die zur Antwort.

»Was?«, fragte ich, nachdem wir die kleine Runde erreicht hatten, die in der Etagenmitte zusammenstand. Nessi, die in klassisches Schwarzweiß gekleidete Verkäuferin, eine ebenso streng gestylte Kollegin, Kim und Bim in ihren Schalensitzen. In der Mitte eine offensichtlich neue Ausgabe genau des topmodernen Kinderwagens, den Nessi schon besaß. Vorne zwei große Räder, hinten zwei kleine, dazwischen eine Stangenkombination, die wie die Steuerknüppel eines Raumschiffs aussahen. Schon beim Hingucken taten mir die armen Würmchen leid, die in die offensichtlich aus Sicherheitsgründen aufwendig verlöteten und vernieteten Schmalstschalen verstaut wurden. Was für ein Martyrium für die zarten Wesen, die, hätten sie die Wahl, sich sicher lieber in die geräumigen Abmessungen früherer Kinderwagen-Modewelten zurückziehen würden.

Also, was war jetzt eigentlich das Problem?

»Gibt es die nicht in Zwillingsausführung oder was?«, vermutete ich die Ursache der Feindseligkeit ausstrahlenden Diskussionsanordnung zwischen dem Ladenpersonal auf der einen und Tatzi sowie Nessi auf der anderen Seite.

»Natürlich gibt es die«, wies mich die Fachkraft brüsk zurück. »Was denken Sie denn?«

»Ja, wo ist dann das Problem?«, wollte ich auf den neuesten Stand der Aussprache gebracht werden.

Nessi war so nett, dies zu übernehmen.

»Ich will eine Abwrackprämie«, verkündete sie in gewohntem, keinen Widerspruch duldenden Gehabe.

»Du willst was?«, ließ ich alle Beteiligten meine Überraschung spüren.

»Eine Abwrackprämie natürlich.«

»Wieso das denn?«, fragte ich entgeistert.

»Die hat doch jetzt jeder«, lautete Nessis knappe Begründung.

Ich spürte, dieses Gespräch würde eine ganz besondere Herausforderung darstellen. Ich nahm sie an.

»Nessi«, begann ich. »Eine Abwrackprämie bezahlt der Staat für ein altes Auto.«

»Eben«, Nessi fühlte sich fatalerweise mal wieder an der

falschen Stelle bestätigt. »Und dies hier ist das Auto meiner Kinder. Haben denn Kinder etwa keine Rechte in diesem Land?«

Irgendwie zollte ich Nessi ganz gegen meine Überzeugung Respekt. Ihre Beweisführung entbehrte nicht einer gewissen Logik. Dennoch versuchte ich, sie auf den Boden der Tatsachen zurückzuholen. Ich hatte bei diversen Treffen, zu denen Maxi sie begleitet hatte, ausführliche Studien betrieben, mit welcher Raffinesse er sie immer wieder vom Gegenteil ihrer manchmal sehr phantasievollen Meinungen überzeugt hatte.

Das musste doch jetzt auch von mir zu schaffen sein.

»Nessi«, startete ich meinen diesbezüglichen Versuch. »Die Bundesregierung hat lediglich den Autofahrern solch ein Angebot gemacht, um die Konjunktur wiederzubeleben und der notleidenden Autoindustrie Umsätze zu bescheren. Glaub mir, von Kinderwagen war da nie die Rede.«

»Dann fangen wir eben jetzt hier und heute damit an. Ich kurbel doch auch. Für die Industrie. Für Kinderwagen.«

»Es ging darum«, setzte ich noch mal an, »dass Verbraucher ihre alten Autos ...«

»Mein Kinderwagen ist alt«, behauptete Nessi. »Der ist von der letzten Saison, und jetzt ist ein neues, verbessertes Modell auf dem Markt. Hier, guck doch mal selbst ...« Sie drehte und wendete das progressivistische Gefährt hin und her und deutete auf die Minirädchen: »Guck doch mal, wie viel wendiger die sind als bei meinem Uralt-Modell.«

»Nun mal langsam«, wandte die Verkäuferin ein. »Ihr Modell ist gerade mal sechs Monate alt. Im Grunde ist das genau das gleiche Modell, das jetzt ganz neu auf den Markt gekommen ist ...«

»Dann ist das ja Betrug«, behauptete ich sofort. »Wenn

Sie selber sagen, dass sich im Grunde nichts verändert hat, warum verkaufen Sie dann die neue Ausführung zu einem viel höheren Preis?«

»Das Dessin des Bezugstoffes hat sich geändert …«, erläuterte die zweite Verkäuferin, die bisher geschwiegen hatte, offenbar vom Verlauf des wohl zunächst so simpel erscheinenden Verkaufsgesprächs völlig überfordert.

»Und wegen so ein bisschen Pillepalle muss man 200 Euro mehr zahlen?«, echauffierte sich jetzt Tatzi, erstaunlich bodenständig wirkend.

»Sie müssen ja gar nicht irgendetwas zahlen«, stellte zu meiner Verblüffung jetzt die andere Verkäuferin richtig. »Sie brauchen gar nichts zu kaufen, wenn Sie nicht wollen.« Mit rascher Bewegung zog sie das neumodische Gefährt von uns weg.

»Stopp!« kreischte da Nessi auf. »Der bleibt hier. Den will ich haben. Und meinen alten Wagen nehmen Sie in Zahlung und wracken ihn ab. Das ist Ihre Pflicht.«

»Ja, bin ich jetzt hier im Irrenhaus?«, fragte sich, nicht ganz zu Unrecht, die Verkaufskraft.

»Was ist denn hier los?«, schaltete sich jetzt eine dritte Babyhaus-Angestellte ein, die allerdings im Gegensatz zu ihren Kolleginnen ein dunkelgraues Kleid mit gestreifter Weste trug. An der war ein Namensschild befestigt: »Frau von Rackf.«.

Offensichtlich hörte sie auf einen extrem langen Namen, vielleicht sogar mit einer Doppelung versehen, der auf dem kleinen Schildchen keinen Platz mehr fand, so dass man sich lediglich mit einem Fragment des großen Ganzen zufriedengeben musste. Frau von Rackf. schien ohne Zweifel eine Führungsposition im Babyausstattungshaus zu bekleiden, denn die beiden Untergebenen überschlugen sich fast, ihr wortreich von ihren jüngsten Erlebnissen zu berichten.

Ich bewunderte die Dame für ihre Nervenkraft, denn sie zuckte bei den Ausführungen, die sie zu hören bekam, nicht einmal mit der Wimper. Ruhig wandte sie sich uns zu.

»Ich danke Ihnen«, dies formulierte sie in Richtung Nessi, »für Ihre Information, dass nun auch der Kauf eines neuen Kinderwagens bei Rückgabe des älteren Modells mit einer Abwrackprämie subventioniert wird. Selbstverständlich werden wir dieser für mich neuen Verfügung ab sofort auch entsprechen.«

Die beiden Verkäuferinnen schnappten hörbar nach Luft.

Nessi dagegen platzte förmlich fast aus lauter Stolz über diese Entwicklung des Geschehens.

»Siehst du!«, zischte sie mir triumphierend zu.

»Da ich«, fuhr Frau von Rackf. fort, »das Prozedere in Bezug auf die mir bisher bekannte Abwicklung einer Abwrackprämie für ein Auto sehr genau kenne, würde ich Sie nun bitten, mir den Nachweis über den Kauf ihres alten Wagens vorzulegen, damit wir dies dann bei den zuständigen Stellen einreichen können.«

Eins stand fest. Frau von Rackf. war eine psychologisch ausgezeichnet geschulte Fachkraft. Sie hatte Nessi völlig richtig eingeschätzt. Nessi hatte noch nie in ihrem Leben Quittungen aufbewahrt, geschweige denn abgeheftet. Ihr nachlässiger Umgang mit Dokumenten jedweder Art hatte unzählige Auseinandersetzungen mit Maxi und auch mit dessen Steuerberater zur Folge gehabt, der sich wiederum im ständigen Clinch mit dem zuständigen Finanzamt befand. Fast immer zum Nachteil von Maxi und damit auch von Nessi.

»Die … hab ich nicht mehr«, stammelte sie jetzt auch erwartungsgemäß.

Frau von Rackf. erhob noch nicht einmal andeutungsweise die Stimme. »Dann …«, formulierte sie jetzt fein, »kann ich, so leid es mir auch tut, Ihnen keine Abwrackprämie zukommen lassen. Ich fürchte, Sie können sich jetzt lediglich zum Kauf eines neuen Modells entschließen, oder nicht. Ich wünsche Ihnen noch einen angenehmen Tag.«

Sprach's und verschwand.

Nessi stand die Enttäuschung ins Gesicht geschrieben. Sie war ihrem Ziel so nah gewesen und konnte ihre Niederlage jetzt kaum fassen. Allerdings versuchte sie, diese schmerzhafte Pleite vor den beiden, sehr zufrieden wirkenden Verkäuferinnen zu verbergen. Mit straff nach oben gerecktem Hals wies sie mich an, die beiden Babyfläschchen zu holen, deren Existenz ich tatsächlich völlig verdrängt hatte. Schnell rannte ich zu dem Nanny-Raum und griff nach den Flaschen.

»Autsch.« Sie waren brüllend heiß. Hatte denn die Aufwärmstation in so einem exklusiven Babytempel keinen eingebauten Notschalter?

Ich nahm mir eine Windel aus dem Stapel an den Wickeltischen und versuchte, die knallheißen Dinger damit anzufassen.

»Krrrssk«, reagierte die Plastikumhüllung, die sofort einen stark verkokelten Geruch verströmte. Meine unbedachte Aktion hatte einen eklatanten Windelmaterialschaden verursacht.

»Wo bleibst du denn?«, hörte ich Tatzi fragen, die plötzlich wie aus dem Nichts hinter mir stand.

»Die sind zu heiß«, berichtete ich mit Blick auf die Fläschchen.

»Du hast aber auch gar keine Ahnung«, rügte sie mich. »Wie kann man nur solchen Blödsinn verzapfen?«

Ich fand keinen erfolgversprechenden Ansatz, mich zu erklären, und sah nur dankbar zu, wie sie sich eine Stoffwindel griff, um damit die Flaschen in den teuren Isolierbehältern unterzubringen.

»Danke«, sagte ich artig, doch Tatzi rollte nur abschätzig mit den Augen.

»Wie sollen die beiden denn jetzt daraus trinken?«, wandte sie sich an mein schlechtes Gewissen.

»Vielleicht haben die ja gar keinen Durst?«, hoffte ich inständig.

»Hier geht es nicht um Durst«, klärte mich Tatzi grimmig auf, während wir das Geschäft verließen. »Hier geht es um Hunger.«

Und den schienen Kim und Bim bedauerlicherweise zu haben, denn ihr Schreien erreichte mein Ohr bereits, noch ehe wir das Auto erreicht hatten.

»Hast du die Fläschchen?«, wurde ich auch gleich von Nessi gefragt, die ihre Kinder schon auf dem Rücksitz verstaut hatte.

»Schon«, behauptete ich, »aber …«

»Die sind kochend heiß«, verpetzte mich Tatzi. »Das kannst du dir knicken.«

Zur Strafe für so viel Unwissenheit wurde mir der Platz neben den Zwillingen zugewiesen, und ich litt ob des Lärms der protestierenden Zwillinge Höllenqualen.

»Geschieht dir ganz recht«, wurde ich von Nessi beschieden, die völlig ungerührt mit Tatzi auf dem Beifahrersitz eine ausufernde Konversation betrieb, als sei alles in schönster Ordnung. »… und so hat Mimsi …«

Sosehr ich auch meine Ohren spitzte, ich konnte zu

meinem außerordentlich großen Bedauern keine Details rund um die Verarmung der doch immer so wahnsinnig gut situiert scheinenden Freundin von Nessi und Tatzi mitbekommen.

In meiner Not erinnerte ich mich an ein altes Foto der Jungmutter Prinzessin Diana, die bei einem offiziellen Journalistentermin ihrem schreienden Baby einen Finger in den Mund gesteckt hatte. Mit Erfolg.

Und so beugte ich mich jetzt zu Kim und Bim herüber und überließ ihnen meine beiden kleinen Finger, an denen sie augenblicklich zu nuckeln begannen.

Erst als mein Nacken bei dieser komplizierten Drehbewegung schon zu schmerzen begann, schienen die beiden die eingetretene Stille zu bemerken.

»Nicht schlecht«, lobte Tatzi, ganz gegen ihre Gewohnheit, meinen Erste-Hilfe-Einsatz.

Ermutigt durch die erste, nette Bemerkung seit dem Koffermalheur, wagte ich die mich brennend interessierende Frage zu stellen: »Was ist denn nun mit Mimsi passiert?«

Tatzi drehte sich empört zu mir um. »Das haben wir doch gerade eben in epischer Breite berichtet. Du hättest nur zuzuhören brauchen. Wer zu spät kommt, den bestraft …«

Augenblicklich zog ich meine als Notstöpsel genutzten Finger wieder aus Kims und Bims Mündchen heraus und ließ die beiden brüllenden Krakeler so unbetreut dem grausamen Schicksal entgegenfahren, in Zukunft in einem veralteten Kinderwagen geschoben zu werden.

# 9

»Und wo ist jetzt der Pool?«, hörte ich Tony gerade fragen, als ich zu ihm und dem Maklerpaar trat.

Ich schaute mich in dem Garten um, der, Tristesse verströmend, nur ein paar vergammelte Sträucher, einige krummstämmige Bäumchen und eine altersschwache Kinderschaukel zu bieten hatte.

»Hier«, zeigte der Makler nach hinten.

Tony und ich machten lange Hälse.

»Wo?«, verlangte ich, den genauen Standort zu erfahren.

»Na da«, sagte jetzt die um einige Jahre ältere Maklerkollegin.

Wir traten näher. Was ich sah, war ein aufgeschütteter Sandhaufen.

»Die Vormieter hatten Kinder«, erläuterte der Makler. »Da hatten sie natürlich Angst um die Sicherheit. Und deshalb haben sie den Pool zugeschüttet.

»Welchen Pool?«, fragte Tony völlig zu Recht.

Nichts deutete auf die Abmessungen eines Bassins hin.

»Nun ja«, versuchte es jetzt die Maklerin. »Früher war das mal ein Pool, aber danach wurde es dann zu einem Fischteich …« Verwundert ob dieser nicht nachvollziehbaren Umfunktionierung schaute ich sie fragend an. »Und dann wurde der eben zugeschüttet. Aber das ist ein Klacks, wenn Sie den Teich, also den Pool, wieder benutzen wollen. Dann kommt der Sand weg und Sie haben wieder einen Pool.«

Tony und ich schauten uns zweifelnd an. Er hatte die Annonce in der Zeitung gefunden. »Traumhaus mit Swimmingpool zu vermieten!« Aufgeregt hatte er mich angerufen und versucht, mir seinen Plan schmackhaft zu machen.

»Was hältst du davon, wenn wir das gemeinsam mieten?«, hatte er mich gefragt. Dieser Plan stieß bei mir auf größtmögliche Dissonanzen.

Tony war wirklich mein allerbester Freund, aber zusammenleben? Das war eine Variante des menschlichen Miteinanders, die bei mir ohnehin enormes Unbehagen auslöste. Sogar der Mann meines Herzens hatte sich längst damit abgefunden, dass ich mit der derzeitigen Lösung, er mit einem Wohnsitz im Ausland, ich als Verfechterin des selbstbestimmten, privaten Refugiums in meinen eigenen vier Wänden, äußerst zufrieden war.

Und nun stellte Tony solche Planspiele an?

»Wie stellst du dir das denn vor?«, hatte ich zögernd wissen wollen.

»Das Haus ist groß und wir könnten die Wohnbereiche super aufteilen. Jeder hat sein eigenes Reich. Und wenn wir wollen, treffen wir uns und kommen zusammen«, lautete seine Vorstellung vom vollkommenen Glück. »Schau mal, du schwimmst doch auch gerne, und allein kann man sich kein Haus mit Pool leisten. Aber so schmeißen wir für die Miete zusammen, können uns im Sommer in unserem Pool aalen und den lieben Gott einen guten Mann sein lassen.«

Seine Vision von einer so perfekten, sommerlichen Idylle hatte schließlich mein zunächst formuliertes, kategorisches Nein ins Wanken gebracht.

Da er mich sehr genau kannte, spürte er, dass er den richtigen Ton gefunden hatte.

»Lass es uns doch mal anschauen, einfach so«, hatte er vorgeschlagen und hinzugefügt, »ist doch ganz unverbindlich.«

Diese Versicherung hatte schließlich zu meinem Umdenken geführt, und so stand ich jetzt in dem als »grüne Oase« apostrophierten Garten, der wohl niemals von einem dazu passenden, mit einem grünen Daumen gesegneten Menschen gepflegt worden war.

Ein deprimierender Anblick.

»Komm, lass uns gehen«, flüsterte ich Tony zu, der auch gerade desillusioniert den Kopf hängen ließ.

Schließlich raffte er sich zu einem vagen: »Wir müssen noch darüber nachdenken« in Richtung der professionell erwartungsfreudigen Makler auf, und wir verließen hastig das Gelände.

»Das ist ja wohl eine Frechheit«, machte ich mir sofort Luft, als wir in Tonys Mietwagen gestiegen waren. Er hatte sich dieses Mal für ein 1-Euro-Auto entschieden, dessen endgültiger Mietpreis zwar erheblich über dieser Lock-Offerte lag, dafür aber, noch erträglich preiswert, Tonys angestrebtem Zweck entsprach.

»Ich fahr erst mal alle Autos zur Probe«, hatte er mir verraten.

»Und warum machst du dann keine Probefahrten bei den Autohändlern?«, hatte ich in Erfahrung bringen wollen.

»Ist nicht mehr«, war sein Erkenntnisstand. »War früher gang und gäbe, heute kannst du im Grunde nur noch einmal um den Block fahren, das muss reichen. Die geben die Wagen nicht mehr für ein Wochenende her. Ich muss mich aber erst auf ein Fahrzeug einlassen, ehe ich weiß, welches Auto zu mir passt.«

Ergebnis dieses Testverhaltens war die Tatsache, dass wir

in diesem Moment in einem Kleinwagen saßen, dessen Karosserie mit schreiend bunten Werbeaufdrucken zum Hingucker schlechthin aufgepimpt worden war.

Ich hatte mich vom ersten Moment an, in dem ich in diesem Gefährt saß, furchtbar geniert und inständig gehofft, dass keiner meiner Bekannten, ganz zufällig, an einer Ampel stand und mich darin sehen würde. Auch die Augenbrauen des Maklerpaares hatten sich deutlich gehoben, als sie uns vorfahren sahen.

»Wahrscheinlich glauben die, wir sind Mietnomaden«, hatte Tony mir noch zugeraunt, bevor wir den Rundgang durch das Haus begannen. »Können sich kein eigenes Auto leisten und wollen ein Haus mieten.«

»Dabei sind wir doch wenigstens ehrlich«, hatte ich erwidert. »Wir fahren ja nicht mit einer dicken, nur gemieteten Luxus-Karosse vor und mimen hier auf dicke Hose.«

»Siehste, Ehrlichkeit wird nie belohnt«, lautete sein Resümee.

»Hast du die Küche gesehen?«, fragte mich Tony in diesem Augenblick.

»Ja«, bestätigte ich deren Wahrnehmung. »Wie ein handtuchgroßer Schlauch.«

»Und dann der riesige Sauna-Bereich. Wofür soll der denn gut sein?«, wollte er wissen.

Den tieferen Sinn und Zweck konnte ich ihm auch nicht erklären. Als absoluter Nicht-Saunabenutzer war es mir ein Rätsel, warum sich Menschen so ein Kabuff in ihren Keller einbauen ließen.

»Ich denke da immer an Krimis«, verriet ich Tony. »Gab's doch alles schon. Da sitzt dann der Hausbesitzer drin, der Nebenbuhler schleicht sich ran, verriegelt die Tür und stellt die Hitze auf ›kochen‹ …«

»Ihhh, wie schrecklich«, quiekte Tony. »Hast du aber eine mörderische Phantasie.«

»Nee, die Autoren«, widersprach ich, ehe wir noch einmal auf die Poolproblematik des Hausangebotes zu sprechen kamen.

»Und ich hatte mich schon im Wasser eines Mega-Pools gesehen«, seufzte Tony enttäuscht. »Weißt du, so beheizbar und mit türkisblauem Wasser …«

»Wo sollte das denn herkommen?«, fragte ich verwundert. »Meinst du, die Leute schütten Brausepulver rein, damit es so schön farbig funkelt …«

»Wenn Jiorgos jetzt hier wäre, würde er nur ›CSI Miami‹ sagen«, kicherte Tony, »dann wüssten wir, was er meint. Aber mal im Ernst, da gibt es doch so farbige Kacheln, mit denen die Beckenwände beklebt werden, und die schenken dann ›Hollywood-Feeling‹.«

Ich war beeindruckt. Apropos, Hollywood-Feeling?

»Weißt du eigentlich, was mit Mimsi passiert ist?«, wollte ich von Tony wissen.

»Du meinst, die Tussi mit dem Prachtkörperbau und dem knackigen Dekolleté?«

»Ja, genau«, bestätigte ich die Richtigkeit der Person vor seinem geistigen Auge.

»Nee, was soll denn mit der sein?«

Enttäuscht über sein Unwissen, berichtete ich Tony von den Versatzstücken, die ich von Nessi und Tatzi aufgeschnappt hatte.

»Gibt's doch nicht«, ereiferte sich Tony. »Mimsi und ihr Göttergatte waren doch so ultrareich, wohnten sozusagen in ganzen Häuserblocks in Deutschland, Amerika und … noch irgendwo.«

»Ja«, stimmte ich zu, »aber jetzt soll sie verarmt sein.«

Extrem neugierig geworden, versprach Tony, die gewünschten Informationen zu besorgen, als er plötzlich meinte: »Weißt du was? Ich kann ja Nessi gar nicht anrufen …«

»Wieso das denn nicht?«, forschte ich nach.

»Also, präziser gesagt, ich will sie nicht anrufen«, gestand Tony.

»Und warum nicht?«

»Die verlangt Schadenersatz von uns«, eröffnete er mir.

»Die will was?« Ich rang nach Luft.

Tony ließ sich gerade von der Erinnerung an Nessis unglaublicher Forderung so aufregen, dass er in Schlangenlinien fuhr.

»Vorsicht«, rief ich. »Fahr lieber rechts ran.«

Tony tat, was ich ihm vorgeschlagen hatte, und so wandten wir uns sofort einander zu, als er den Motor abstellte.

»Die will Schadenersatz für den entgangenen Einkauf aus London«, beschrieb er mir Nessis Ansinnen.

»Wie kommt sie denn darauf?«, forschte ich nach ihren Beweggründen.

»Ich hab doch die ganzen Preisschilder von den Einkäufen in der Handtasche gehabt, und das habe ich leider erzählt. Und nun will sie die Summen zusammengerechnet haben, und dann sollen wir ihr die Gesamtsumme bezahlen, die ihre Sachen ausgemacht hätten.«

»Sag mal, ist die noch ganz dicht?«, wollte ich wissen. »Sie vergisst doch, dass wir den Verlust haben. Wir haben doch die Sachen bezahlt und nicht sie. Wir haben doch von ihr keinen Bargeldvorschuss mitgenommen, den sie jetzt von uns zurückverlangen könnte. Wir kämpfen selbst mit der Fluggesellschaft darum, dass man uns den Gegenwert der Sachen im Koffer von der Versicherung erstatten lässt.«

»Richtig«, urteilte Tony, der mich regelrecht bewundernd ansah. »Wenn mir dieser innere Gesamtzusammenhang bloß schon eingefallen wäre, als sie mich wie eine Furie anging.«

Zehn Minuten später ließ ich mich von Tony in der Nähe meiner Wohnung absetzen, weil ich noch einkaufen musste. Brot fehlte auf jeden Fall, für das Abendessen wollte ich mich im Supermarkt von den Angeboten inspirieren lassen.

»Und, hast du deine teure Tragetasche dabei?«, hatte mich Tony noch gefragt, bevor ich ausstieg.

Hatte ich natürlich nicht.

»Aber dann rennst du doch gleich wieder mit so hässlichen Plastikdingern rum«, schimpfte er. »Du musst deine Luxustragetasche jetzt immer in der Handtasche dabeihaben.«

»Aber dann knittert sie doch«, gab ich zu bedenken.

Tony sah mich streng an. »Jetzt bitte ich dich aber mal, diese Tragetasche hast du jetzt, damit du als gleichberechtigtes Mitglied im Club der Schönen und Reichen gelten kannst. Und denen ist es auch egal, ob deren schweineteuren Kroko-Handtaschen einen Kratzer abkriegen.«

»Ich will aber keine Kroko ...«, wandte ich ein.

»Das ist doch nur ein Beispiel. Auch wenn deine Tragetasche knittert, was zählt, ist der Gesamtzusammenhang. Ab jetzt schleppst du ein Luxuslabel-Exemplar mit dir rum – und das nennt man ein Statement.«

»Wofür?«, fragte ich.

»Für Geschmack, Stil und Reichtum«, lautete seine Expertise.

»Wie, und das alles liest man an der Güte meiner Tragetasche ab?«, hatte ich erstaunt gefragt.

»Manno«, hatte Tony gerufen. »Deine Tragetasche aus London gibt es jetzt vom selben Label als richtige Handtasche. Aus Leder. Für teuer Geld«, brachte mich Tony auf den neuesten Stand der »Das-muss-ich-haben«-Industrie. »Vielleicht ...«, und dabei hatte er mich nachdenklich angesehen, »hast du die, mit dem Kauf deiner Papiertragetasche, überhaupt erst auf diese Idee der Vermarktung gebracht.«

Noch während ich zum Bäcker ging, dachte ich über die sorgsame, fast panische Vorsicht nach, die ich teuren Gegenständen entgegenbrachte.

Bei dem letzten Besuch meiner Mutter hatte ich versucht, in einem Gespräch mit ihr, den Grund dafür zu erforschen. Aber sie fühlte sich, wie immer, sofort angegriffen.

»Was kann ich dafür, dass du Berührungsängste hast?«, lautete sofort ihre Gegenfrage.

Ich selbst hatte bei meinen Versuchen, weit zurückliegende Erlebnisse in meine Ursachenforschung einzubeziehen, mich an die seltenen Einkäufe teurer Kinderkleidung erinnert. Aber mir war keine Geschichte eingefallen, bei der ein Mantel oder eine Tasche kaputtgegangen wäre, so dass vielleicht der Verzicht auf solche Einkäufe als eine Art Bestrafung anzusehen wäre.

Schließlich hatte mir Tante Susa, die eigentlich auf den schönen Taufnamen Susanna-Beata hörte, auf die Sprünge geholfen. »Du hattest mal zum Geburtstag einen schönen Perlenring geschenkt bekommen, und als du dann, stolz wie Oskar, aufs stille Örtchen musstest, bist du mit dem Ring beim Aufklappen des Deckels mit der Perle hängen geblieben, und die verschwand in der Schüssel.«

»Echt?«, hatte ich schockiert gefragt. »Wie schrecklich. Das habe ich total verdrängt.«

»Siehst du«, hatte Tante Susa gefolgert. »So was nennt man eine traumatische Prägung und deshalb hast du heute noch Angst, etwas zu verlieren.«

»Kann das sein?«, hatte ich meine Psychologenfreundin Sunny daraufhin bestürmt.

»Was?«, hatte die nachgefragt.

»Dass dieses Erlebnis mein Unterbewusstsein immer noch blockiert.«

»Hast du denn von deinen Eltern damals gleich einen neuen Ring bekommen?«, wollte Sunny damals wissen.

Nach einem erneuten Telefonat mit Tante Susa hatte ich Sunny das Ergebnis meiner Recherche übermittelt.

»Nein.«

»Was nein?«

»Ich hab keinen neuen Ring geschenkt bekommen«, hatte ich sie informiert.

»Wer hat dir denn einen Ring geschenkt?«, hatte Sunny, offensichtlich verblüfft, gefragt.

Ich hätte nie geglaubt, dass eine zehnminütige Pause zwischen zwei Telefonaten bei Sunny solche Gedächtnislücken offenbaren würde.

»Sunny, wir haben eben von dem Verlust meines Perlenringes gesprochen ...«

»Du hast mir davon berichtet«, hatte sie mich korrigiert. »Ich hatte nicht das Ansinnen gehabt, mich mit dir über so was zu unterhalten.«

Seit wann war Sunny denn so eklig kleinkariert geworden?

»Sunny, du hattest mir aufgetragen, mich bei Tante Susa ...«

»Wer ist denn das?«, hatte Sunny gesagt.

»Meine Tante Susanna-Beata, die mir erzählt hat, dass

ich mal als Kind zum Geburtstag einen Perlenring geschenkt bekommen habe ...«

»Warum sprichst du überhaupt mit jemanden über solche Erlebnisse?«, hatte sie dezidiert gefragt

»Weil ich Angst davor habe, dass meine Tragetasche knittert«, hatte ich wahrheitsgemäß geantwortet.

Stille.

»Willst du mal wieder bei mir vorbeikommen?«, hatte ich Sunny schließlich fragen gehört. »So zum Tee?«

Jetzt stand ich vor der Auslage des Bäckers und betrachtete betrübt die leeren Regale. Wieso waren eigentlich alle Bäcker bereits ab 16 Uhr so gut wie ausverkauft? Warum schoben die nicht noch ein paar Backbleche in die Öfen, um auch die Werktätigen nach Feierabend noch mit frischen Genusswaren zu versorgen?

Ich entschied mich schließlich für ein halbes Weißbrot, dessen andere Hälfte schon vor mir seinen Abnehmer gefunden hatte, und, was blieb mir anderes übrig, die restlichen vier Mehrkorn-Brötchen.

Als ich die Tüten nach dem Bezahlen entgegennahm, fragte mich die Verkäuferin: »Brauchen Sie eine Tragetasche?«

Eine Frage, die ich, wütend auf meinen luxustragetaschenlosen Zustand, widerwillig bejahte, worauf sie, wie aus der Pistole geschossen, forderte: »Zehn Cent.«

Was wollte sie von mir? Für dieses durchsichtige, hauchdünne Plastiktütchen, das schon beim Hingucken die Henkel verlor und das ein sinnfreier Werbeaufdruck, natürlich für die Bäckerei-Kette selbst, verunzierte, sollte ich auch noch Geld bezahlen?

»Nein, danke«, lehnte ich stolz ab, klemmte mir das Brot

unter den Arm und nahm die Tüte mit den Brötchen in die Hand. Bereits an der nächsten Straßenbiegung kullerte mir eins davon auf die Straße. Wieso packen Bäckereiverkäuferinnen die gewünschten Waren eigentlich immer in viel zu kleine Papiertüten?

Jedes, wie auch immer geformte Brot schaute garantiert mit einem Ende aus der Papiertüte hervor, so dass an dieser Stelle die Konsistenz der Ware bereits beim Eintreffen in der heimischen Küche ausgetrocknet und hart war. Beim Baguette betraf dieser Frischeanschlag auf jeden Fall sogar die ganze Hälfte der Brotstange, und ich kämpfte beim folgenden morgendlichen Frühstück mit zwiebackartiger Konsistenz der Kohlenhydratezufuhr.

Hatte die Krise jetzt schon die Bäckereien erreicht? Wurde an der Größe der Papiertüten gespart, um Entlassungswellen zu vermeiden?

So alarmiert entschied ich mich im Supermarkt für meine garantiert luftdicht verpackte Abendessen-Schnellvariante: Kartoffeln mit Sour Creme. An der Kasse feierte ich ein hocherfreutes Wiedersehen mit meiner geheimen Lieblingskassiererin.

Was ich sah, übertraf mal wieder alle rekordverdächtigen Einsätze, die ich schon bei ihr beobachtet hatte. Sie zog die unzähligen Waren meines Vordermanns mit solch unfassbarer Schnelligkeit über die Scanner-Platte, dass sich sein Einkauf in der Einpackecke innerhalb von Sekunden bedrohlich übereinanderschob.

Ich hatte längst die Theorie entwickelt, dass sie ihren Job und vor allem den damit verbundenen intensiven Kundenkontakt nicht sonderlich mochte. Dankenswerterweise lebte sie diese verständliche Aversion gegen nicht selten unhöfliche, muffelige und grummelnde Kunden keineswegs durch schleppendes Bewältigen ihrer Arbeit aus, sondern sie hatte sich in diabolisch, fast subversiv anmutender Art und Weise zu solch einer Virtuosin entwickelt, dass ihre olympische Rekordreife den Kunden angst und bange machte. Ich hatte selbst schon so oft diese Gefühlswelten bei ihr durchleiden und mir immer wieder eingestehen müssen, dass ich unterlegen war und diesen Wettbewerb nie würde gewinnen können. Egal, wie sehr ich mich auch anstrengte, wann immer sie mir den Kassenbetrag nannte, hatte ich noch nicht einmal ein Viertel meines Einkaufs in Tüten verstaut.

Ich traute mich nur noch zu ihr, wenn ich nicht mehr als vier Gegenstände käuflich erwerben wollte.

Auch jetzt beobachtete ich, fast ein wenig mitleidig, die Schweißbäche, die über das Gesicht des Kunden vor mir strömten, während er mit Panik im Blick den Warenberg vor sich betrachtete.

Zu Hause angekommen, brachte ich meinen Einkauf in der Küche unter und ging in mein Arbeitszimmer, wo ich sofort meinen Computer einschaltete. Ich hatte nämlich eine Idee. Was wäre, wenn ich versuchen würde, mir eine zweite Tragetasche des Luxuslabels übers Internet zu bestellen? Dann müsste doch meine panische Angst, das edle Teil durch Gebrauch zu beschädigen, überflüssig werden? Ich hätte dann meine Phobie nur durch die Kraft der Selbstsuggestion unter Zuhilfenahme der modernen, weltumspannenden Technik eigenständig überwunden.

Ich fühlte mich mutig. Kraft durchströmte mich. Ich sah bereits vor meinem geistigen Auge, wie ich in Zukunft ganz lässig und entspannt sämtliche Einkäufe Tag für Tag in der Luxus-Papiertasche verstauen würde und damit endlich dem von Tony geforderten Bild einer mit tadellosen Accessoires ausgestatteten Frau entsprechen könnte. Und: Mein Seelenleben wäre wieder intakt.

Vermutete ich zumindest.

Doch zunächst kramte ich eine zeitraubende Dreiviertelstunde lang in meiner Schreibtischschublade. Dort hatte ich, da war ich mir sicher, bereits vor geraumer Zeit Zeitungsausschnitte gehortet, auf denen Internetadressen für Trendklamotten, angesagte Taschen- und Schuhmodelle, Gürtel und hippe Tücher verzeichnet waren.

Ich ging auf eine dort angepriesene Seite für Luxustaschen. Wow! Die waren da aber wirklich billiger als in den Läden. Wann immer ich weiterforschte, stieß ich auf neue Links, die mich in immer schnellerer Abfolge in die schönen, bunten Warenwelten entführten, in denen Tatzi & Co. zu Hause waren.

Plötzlich stieß ich auf die Abbildung der Schuhe, die ich schon seit einigen Wochen an jeder, angeblich so vorbildlich schick gekleideten Prominenz gesehen hatte, die diese Treter vermutlich als Werbegeschenke von den Designern erhielten, damit seelenqualengebeutelte Wesen wie ich das Gefühl entwickelten, sie aus therapeutischen Maßnahmen unbedingt kaufen zu müssen.

Und ja – genau die da wollte ich haben!

In vollem Bewusstsein, dass es sich bei diesem Kauf um eine medizinische Indikation handelte, vergrößerte ich die Abbildungen, bis die Schuhe meinen ganzen Bildschirm ausfüllten.

Ja, das waren Treter de Luxe. Die Absätze gefühlte zwanzig Zentimeter hoch, die Sohle natürlich mit der angesagten Farbe beklebt, das Vorderteil auf Plateau – und der Preis entsprach exakt der richtigen Mischung, die einen zweifeln ließ, ob man ihn jemals der besten Freundin verraten würde.

Ich ließ mich registrieren, bestätigte meine Angaben und verdrängte die Tatsache, dass ich gerade etwas gekauft hatte, was ich eigentlich nicht ganz oben auf meiner aktuellen Prioritätenliste vermerkt hatte. Also ging ich wieder zur Ausgangsseite zurück, um herauszufinden, ob ich auch via Internet in den Besitz der Papier-Tragetasche gelangen würde.

Auch nach zwei Stunden hatte ich noch keine Antwort auf diese Frage erhalten. Mein Warenkorb war aber extrem gefüllt, und ich hatte mich zu einem Schnäppchenjäger entwickelt. Zumindest kam ich mir so vor. Denn hinter jeder Seite voller modischer Highlights verbargen sich weitere andere Anbieter derselben Marken, die jedoch erheblich niedrigere Preise verlangten. Und so begann ich schon jetzt, mich über den ersten Einkauf meiner Traumschuhe zu ärgern, da ich sie von einem anderen Verkäufer für schlappe sechzig Euro weniger hätte beziehen können.

In mir erwachte der Jagdinstinkt. Vielleicht hatten sich ja die Ladys, die ihre Klamotten früher zu Secondhand-Boutiquen geschleppt hatten, längst auch auf die neuen Plattformen spezialisiert und versteigerten die Luxusware im Sekundentakt.

Ich loggte mich ein und staunte.

Alle gängigen Taschen-Modelle waren im Foto-Überangebot zu bestaunen. Dass die Besitzerinnen keine Profi-Fotografen waren, bemerkte man sofort. Irgendwie beschlich mich nämlich das Gefühl, in fremde Wohnzimmer zu schauen.

Mir wurden Einblicke geboten, die ich nicht gesucht hatte und auch nicht finden wollte. Da wurden Luxustaschen auf Wohnzimmercouch, Bett oder Küchentisch gestellt, und man konnte sehr genau sehen, ob die eine aus abgeschabtem Kunstleder, das andere mit Pumuckl-Bettwäsche bezogen oder der Tisch noch mit Krümeln vom letzten Pizzaessen übersät war.

Im Falle einer kunstvoll in abgestuften Grautönen geschmückten Lacktasche eines Teuer-Designer-Hauses war, bei genauem Hinsehen und einer hilfreichen Bildvergrößerung im Hintergrund, sogar das Hochzeitsbild der Besitzerin im angelaufenen Silberrahmen auszumachen, von dem allerdings die Figur des Bräutigams schnöde abgerissen worden war.

Aha. Also wohl ein Notverkauf in Zeiten einer teuren Scheidung. Aus der kalten Computerwelt wehten mich tragische Schicksalsmomente an.

Ich zuckte zusammen. Mein Telefon klingelte.

»Was machst du gerade?«, fragte Tony. »Mir ist langweilig.«

»Ich kaufe ein«, antwortete ich einsilbig.

»Wie? Jetzt?«

Ich klärte Tony über den Inhalt meines virtuellen Warenkorbs auf, und er klinkte sich sofort ein. Wir verbrachten die nächste Dreiviertelstunde damit, uns parallel in die Lebenswelten fremder Luxusgüter-Anbieter zu versenken. Wir übertrafen uns gegenseitig mit vorgespielten Szenen aus den von uns erfundenen Besitzer-Lebensgeschichten zu Taschen, Schuhen, Schmuck, Uhren, edelsten Geschirren, barocken Schnitzfigurmadonnas, Holzpferdchen …

»Das ist Nessis Wohnzimmer«, rief Tony plötzlich aus.

»Wo?«, fragte ich aufgeschreckt ins Telefon.

»Da, der Zwillingskinderwagen vor Nessis Schleiflackkommode«, beschrieb er aufgeregt.

»Die weiße aus der Essecke?«, fragte ich, immer noch begriffsstutzig, zurück.

»Ja«, bestätigte mir Tony. »Guck doch mal, da steht ihre Kroko-Bag drauf.«

Ich schaute genauer hin.

»Aber so einen Kinderwagen hat doch zur Zeit jeder«, sagte ich zweifelnd. »Und so eine Tasche auch.«

»Nein, auf keinen Fall. Vergiss es. Das ist die supertolle Sonderausgabe der Tasche. Die hat die Schließen andersrum als die anderen. Und von denen gab es weltweit nur 200 Stück. Und ich wette mit dir, in ganz Deutschland haben nur fünf eine bekommen. Und eins weiß ich hundertprozentig, Nessi ist eine davon.«

»Ja, aber, es gibt doch auch noch andere Besitzerinnen dieser Supertasche, die auch einen Kinderwagen verkaufen wollen.«

Ich war immer noch nicht überzeugt.

»Aber keine, die gleichzeitig einen Lipgloss in ›Shadow Sweet Pink Crush‹ benutzt, den immer auf ihre weiße Kommode in der Essecke legt, ihre Kreditkarten darauf offen rumliegen lässt und den Zettel mit der Pin-Geheimnummer danebenlegt.«

Ich drückte auf die Vergrößerungstaste. Tony hatte recht.

# 10

»Isn't it beautiful ... then you will mix the green with the blue color ... marvelous ... schwampf ...«

Ich hatte Mühe, meine Augen offen zu halten. Im angenehmen Halbdämmer starrte ich schon seit einer Dreiviertelstunde in meinen Fernseher, in dem ein kraushaariger Maler eine Lehrstunde gab. Gebannt lauschte ich seinen gemurmelten Erläuterungen, mit denen er das Entstehen seiner Landschaftsbilder untermalte. Faszinierend, wie er einen Baum nach dem anderen mit kräftigen Pinselstrichen auf der Leinwand anordnete, dann deren Wurzeln skizzierte, den wabernden Nebel entstehen ließ. Mal tupfte und schraffierte er Farbpigmente so, dass sich schließlich Wolkengebilde dräuend im Hintergrund der Waldlichtung ballten, dann wieder sandte, durch seine künstlerische Fertigkeit platziert, eine untergehende Sonne letzte orangerot gemischte Strahlen auf das sonst eher düstere Motiv. Meiner Erinnerung nach tat er dies schon seit einer Ewigkeit.

Offensichtlich wiederholte ein TV-Sender diese anachronistisch anmutende Serie ununterbrochen, und immer wieder machte ich mir Gedanken, was wohl aus diesem Mann, seiner Kunst und den vielen vor laufender Kamera gemalten Bildern geworden war. Irgendwie entstand bei mir mittlerweile der Eindruck, dass die Aufzeichnungsbänder durch die Lagerung gelitten hatten. Das Gesamtbild der schlicht komponierten Serie schien wie durch einen Grauschimmer schon die Expression einer Schwarzweiß-Produktion anzunehmen. Wann immer ich nachts ziellos durch die Programme zappte, stieß ich auf den unermüdlich Zuversicht ausströmenden Künstler, der wohl irgendwann einmal den Auftrag erhalten hatte, Zuschauern das Gefühl zu vermitteln, auch sie könnten am laufenden Meter Ölschinken auf Leinwände bannen und so zu Ruhm und Ehre gelangen.

Mein Kopf sank tiefer auf meine Brust. Ich lag, eingehüllt in meinen Schlafanzug und meinen flauschigen Bademantel, auf meiner ausladend breiten Couch, die Füße in weichen dicken Stricksocken, eine Decke über meinen Knien, und entspannte mich. Dies war meine Vorstellung vom Paradies.

Niemand störte meine Kreise, weder mit einer Frage noch mit einer Bemerkung, wie schön es doch gerade sei. Für mich war so ein Hinweis auf einen gerade als nahezu perfekt empfundenen Moment immer der Entspannungskiller schlechthin. Wann immer irgendjemand versuchte, dieses Gefühl durch ein Lob auf die Situation noch zu erhöhen, setzten sich meine grauen Zellen kontraproduktiv wieder in Bewegung und quälten mich mit all den noch nicht erledigten Problemen und Aufgaben des Lebens.

Jetzt aber lag mein berufliches Tageswerk weit genug hinter mir, und mir gefiel der Gedanke, dass ich alle Last hinter den Wipfeln der gerade auf dem Bildschirm wogenden Tannen entsorgt hatte.

Neben mir lag ein Block, auf dem ich zuvor alle Produkte notiert hatte, die mir in den zurückliegenden Stunden beim aufmerksamen Zuschauen des Teleshopping-Kanals aufgefallen waren.

Ich gähnte ausgiebig.

Morgen würde ich die ganze Liste abarbeiten und die

unverzichtbar erscheinenden Artikel im Internet bestellen. Darunter die Wunder-Mousse, mit der ein Gute-Laune-Topfriseur eben die matten Haarsträhnen seiner Probandinnen zu supervoluminösen Walle-Walle-Mähnen gestylt hatte. »Badabim, Badabim«, hatte er dazu immer verkündet, und ich hatte mir diese Silbenabfolge sorgsam aufgeschrieben, da man ja offenbar ohne diese Lautmalerei nicht den gewünschten Effekt erzielen konnte.

Außerdem brauchte ich dringend die Superspar-Vorratstube der Creme, die aus extremst farbbekleckerten Blusen wieder weiße machte. Mir war zwar selbst nicht klar, wann ich mir jemals Heidelbeeren und grell gelbe Ölfarbe über meine Kleidung geschmiert und gegossen hatte, aber man konnte ja nie wissen. Vielleicht würde ich ja mal bei einer Party in der stadtnahen Künstlerkolonie mit solch ausufernd versauten Spielchen konfrontiert …

Apropos, versaut. Während ich dem englisch murmelnden Maler weiter zuschaute, der gerade demonstrierte, wie jeder Laie ganz schnell mit einer Mischung aus schwarzer und olivgrüner Farbe täuschend echt wirkende Moosbewachsungen auf den unteren Bildrand komponieren kann, tauchte Doro in meinen Gedanken auf.

»Ich werd irre«, hatte sie mir während unseres gemeinsamen Mittagessens in ihrem Lieblingsrestaurant angekündigt. Auf meine besorgte Frage nach dem Grund dieser erschreckenden Eigendiagnose, hatte sie mich ganz überrascht angeschaut.

»Ich hab mörderhammerviel zu tun«, lautete ihre schlichte Erklärung.

»Aber alle reden doch jetzt von der Stagnation in ihrem Gewerbe …«, warf ich ein.

Doro zuckte abschätzig die Achseln.

»Ich nicht«, grenzte sie sich vom Rest des mal mehr, mal weniger jammernden Volkes ab. »Ich hab Hochkonjunktur.«

»Wie kommt das denn?«, fragte ich gespannt.

»Ist doch klar«, begann Doro. »Irgendeiner muss ja die Manager verhauen. Und das übernehme ich.«

»Wie, die kommen jetzt alle zu dir und betteln um Bestrafung?«, wollte ich ganz genau wissen.

»Kindchen, reg dich ab«, mahnte sie, »das ist Business as usual. Aber jetzt kommen alle anderen auch. Die Macher gehören schon lange zu meinen Stammkunden. Aber jetzt kommen auch die Opfer …«

»Wie? Du meinst Leute, die betrogen worden sind von den Finanzhaien. Die ihre Ersparnisse verloren haben?«

Mir wurde ganz schwindlig. Wenn das der Fall war, mussten ja Heerscharen vor Doros Domina-Studio stehen. Wie sollte sie denn das bewältigen?

»Du«, beschrieb sie gerade ihre Arbeitssituation. »Ich mache jetzt sogar Gruppensitzungen, sonst komme ich nicht nach.«

»Du legst mehrere gleichzeitig in Ketten?« Solche Unternehmungen überstiegen mein Vorstellungsvermögen.

»Du hast wirklich keine Ahnung von meiner Profession«, verurteilte mich Doro. »Ich biete Gruppenspiel-Situationen an. Wir machen Rollenspiele.«

»So nach dem Motto: Heute durchleben wir das Gefühlschaos der gejagten Adeligen während der Französischen Revolution?«, wagte ich eifrig einen Vorschlag.

»Keine schlechte Idee«, lobte mich Doro, wider Erwarten. »Mir ist vor kurzem die Nachbildung einer Guillotine angeboten worden …« Während sie nachdenklich sprach, zog sie einen ledergebundenen Kalender aus ihrer Handtasche, fingerte ein im gleichen Farbton eingefärbtes Ledermäppchen aus dem darin befindlichen Seitenfach und entnahm ihm einen mit glitzernden Steinchen verzierten, dicken Füller heraus.

Geistesabwesend notierte sie auf einer der Seiten ihres Planers einige Zeilen, ehe sie wieder mir ihre Aufmerksamkeit schenkte.

»Das war wirklich super, dein Vorschlag. Ich brauche dazu allerdings einen Henker …« Während sie ihre Augen wieder in die Ferne schweifen ließ, tippte sie mit dem Glitzerschreibgerät gedankenverloren an ihre Zähne. »Das müsste ein kräftiger Mann sein, der irgendwie ungehobelt wirkt …«

»Mein Vermieter«, rief ich aus. »Der würde dir gefallen …«

»Herzchen«, beschied mir Doro. »Der muss nicht mir gefallen, sondern den Kunden. Wie oft habe ich dir schon von der Essenz meines beruflichen Wirkens berichtet …« Ich kam mir vor wie in einem Seminar meines früheren Studentenlebens. Sofort projizierte ich genau wie damals einen aufmerksam wirkenden Ausdruck auf mein Gesicht. »… denn ich bin überhaupt nicht involviert in das Geschehen. Ich stehe darüber, verstehst du endlich?«, fragte Doro nach.

Ich nickte.

»So ein Typ, der den Henker macht, muss in seiner Ausstrahlung für die Probanden erregend rüberkommen. Sie müssen Angst bekommen, ihnen müssen Schauer über den Körper jagen. Meinst du, dein Vermieter würde solche Gefühle auslösen?«

Ich dachte scharf nach.

»Nein«, urteilte ich schließlich enttäuscht von den Bildern, die ich aufgerufen hatte. »Nee, der wirkt irgendwie komisch in seiner schnaufenden Wut.«

»Und wenn du ihn dir nun vorstellst, in enganliegendem Leder, die Brustwarzen gepierct, die Pobacken unbedeckt, über dem Kopf eine Henkerskapuze?«, schlug Doro vor.

Ich folgte ihren Vorgaben und stellte mir meinen Vermieter-Hulk in solch einer Aufmachung vor, was dazu führte, dass ich lauthals anfing zu lachen.

»Ich danke dir«, prustete ich, »wirklich. Ich danke dir für dieses Bild. Das werde ich immer abrufen, wenn er wieder einmal vor der Tür steht und mir mit Abmahnung droht.«

»So weit geht der immer?«, fragte Doro nach. »Das ist ja schon mal was. Vielleicht lade ich ihn zum nächsten Rubber-Ball ein. Dann kann ich ihn ja mal in Augenschein nehmen.«

»Wohin soll er kommen?«, wollte ich wissen.

»Zum Rubber-Ball. Steht nächsten Samstag wieder an.«

»Und was bitte habe ich mir darunter vorzustellen?«, bat ich um Aufklärung.

»Das sagt doch schon der Name«, zeigte sich Doro von meiner langsamen Auffassungsgabe enttäuscht.

Ich schaute sie an.

»Was heißt Rubber auf Deutsch?«, fragte sie mich im Ton einer strengen Studienrätin.

»Gummi?«, fragte ich vorsichtig.

»Richtig«, bekam ich ein Fleißkärtchen verliehen. »Das ist ein Super-Event. Da treffen sich Fetisch-Liebhaber in voller Montur und können sich zwanglos austauschen.«

»Austauschen?«, hakte ich nach. »Was tauschen die denn da aus?«

»Werd nicht zweideutig«, mahnte Doro. »Das passt nicht

zu dir, und ich lehne solche anrüchigen Bemerkungen persönlich aufs Schärfste ab.«

Da kam sie wieder zum Vorschein, die ehemalige Steuerberaterinnen-Natur. Und obwohl sie schon so lange dieser Paragraphenwelt adieu gesagt hatte, um sich den verborgenen Lustwelten anderer Klienten zuzuwenden, schienen doch noch Wertvorstellungen aus ihrem früheren Lebenskosmos Bestand zu haben.

»O.k.«, sagte ich. »Aber was machst du dann, wenn der Klotz in normalem Outfit dahin kommt und zwischen all den in Gummianzügen eingezwängten Freunden der quietschenden Lust dasteht?«

Wieder bedachte mich Doro mit einem tadelnden Blick.

»Dann weiß ich wenigstens, dass er es ist, und ich kann ihn unverbindlich testen.«

Ich war von dieser Idee total begeistert und bedauerte sehr, dass ich diesen Moment nicht leibhaftig miterleben würde. Ich gab ihr Namen, Adresse und Telefonnummer des Quälgeistes und nahm ihr das Versprechen ab, mich in allen Einzelheiten von diesem Erlebnis zu unterrichten, wenn er denn ihrer Einladung folgen würde.

Die Vorstellung, wie mein Vermieter in einem von Domina Doro geleiteten Rollenspiel den knapp bekleideten Folterknecht geben würde, begleitete mich in meinen Schlaf, der mich sanft ereilte, obwohl der kraushaarige Maler die Landschaftsimpressionen eines im Morgendämmer nach und nach sichtbar werdenden Waldes noch nicht vollendet hatte.

Am nächsten Morgen weckte mich die Stimme einer streng sprechenden TV-Nachrichtenfrau aus meinen Träumen. Ein Blick auf die eingeblendete Uhr inklusive fortschreitendem Sekundenlauf machte mir brutal klar, dass ich auf meinem Couchlager vor laufendem Fernsehgerät eklatant verschlafen hatte.

Nach einem Dusch-Schnelldurchlauf, hastigem Schminken und routiniert erprobter Auswahl von Klamottenkombinationen hastete ich in die Garage. Mit quietschenden Reifen jagte ich mein Auto die Auffahrt hoch und stieg fluchend auf die Bremse.

Mein Vermieter stand mitten in der Ausfahrt.

Unwillkürlich fing ich an zu grinsen.

»Was gibt es da zu lachen?«, fragte er aufgebracht, so laut, dass ich es sogar durch die geschlossenen Fenster hören konnte.

Ich drückte auf den Knopf und ließ die Scheibe an der Fahrerseite ein Stück herunter. »Nichts«, behauptete ich fröhlich, »ich finde nur, dass es ein schöner Tag ist.«

»Diese Einschätzung wird Ihnen aber gleich vergehen«, kündigte er an. »Ich zeige Sie an …«

»Warum diesmal?«, wollte ich heiter wissen.

Er ließ sein wütendes Schnauben hören.

»Wegen Gefährdung von Fußgängern und …«

»Vermietern«, ergänzte ich kichernd. »Sie wissen ja gar nicht, wie Recht Sie haben«, fügte ich hinzu. »Sie sind demnächst extrem gefährdet.«

Sprach's und fuhr in einem Bogen um ihn herum.

»Das ist eine Bedrohung«, rief er hinter mir her. »Dafür kommen Sie in den Knast.«

»Und du vielleicht auch, wenn ich euch die Sittenpolizei auf den Hals hetze und dich im schnieken, pofreien Lederkostüm auffliegen lasse«, murmelte ich zutiefst zufrieden vor mich hin.

Erst am Nachmittag konnte ich mich nach vielen Terminen loseisen und an die Erfüllung eines Versprechens, das ich Tony gegeben hatte, machen.

»Du musst mir helfen, mich zu entscheiden«, hatte er gejammert. »Ich kann das nicht.«

Es hatte sich herausgestellt, dass er sich außerstande sah, allein ein Auto zu kaufen. »Das macht mich ganz wuschig«, hatte er mir gestanden, »diese vielen Angaben zu den Autos, und die Entscheidungen, die man da treffen muss.«

»Aber du musst doch einfach nur wissen, was du ausgeben kannst und welche Marke dir gefällt«, hatte ich behauptet, doch Tony war ganz anderer Meinung.

»Die haben doch so viele Facilities heute, woher soll ich wissen, ob ich eine Sitzheizung brauche oder nicht.«

»Willst du einen warmen Hintern haben, oder nicht?«, hatte ich ihm die Alternative aufgezeigt.

»Was meinst du denn?«, hatte er zurückgefragt, und ich hatte ihm schließlich einen Termin genannt, an dem ich Zeit hatte, um ihn in das größte Autohaus am Platze zu begleiten.

Als ich nun dort ankam, war von Tony weit und breit nichts zu sehen. Ich schaute prüfend auf die Uhr, die ich mir nach dem Verlust meiner eigenen während unseres London-Trips mittlerweile gekauft hatte, und stellte fest, dass ich pünktlich war und Tony nicht.

Schließlich beschloss ich, schon einmal alleine den überwältigend großen Glaspalast zu betreten und mir ein Bild des Angebots zu machen. Ich kam mir vor wie im »Raumschiff Enterprise«, so zukunftsorientiert hatten sich die Architekten mit der Raumaufteilung beschäftigt. Schräge Dachbalken aus Metallversatzstücken, deren Anblick Angst einflößend war, avantgardistisch anzuschauende Verstrebungen an den riesengroßen Fensterfronten, Podeste, auf denen sich, elektrisch angetrieben, neueste Automodelle drehten, weit ausladende Palmen, deren stromlinienförmige, ebenmäßige Blätter verrieten, hier war ein Plastikschöpfer am Werk gewesen und nicht die Natur.

»Was darf i c h denn für S i e tun?«, schreckte mich eine männliche Stimme aus meinen Betrachtungen auf.

Ich drehte mich um und stand vor einem wie aus dem All gesandten Autoverkäufer. Streng nach hinten gegeltes schwarzes Haar, das nur in einer schmalen Partie über der Stirn von grauen Strähnchen durchzogen war, ein dunkelblauer Anzug, hellblaue Krawatte auf weißem Hemd und, soweit ich beim ersten Anschein sehen konnte, dunkle, glänzende Schuhe.

»Ich interessiere mich …«, begann ich Sinn und Zweck meines Besuchs zu umreißen, als er mich schon unterbrach.

»Sie wollen ein Autochen kaufen, richtig?« Selbstzufrieden grinste er mich an.

In meinem Hinterkopf begannen Warnleuchten zu blinken und zu kreischen.

»Ich …«, startete ich den Versuch, mir solch eine verniedlichende Ansprache zu verbitten.

»Bemühen Sie sich nicht«, bat er mich begütigend. »Ich weiß doch ganz genau, was Sie brauchen.«

Da war ich aber mal widerwillig richtig neugierig.

Übergriffig umfasste er meinen Ellenbogen und zog mich in die Richtung eines Autos. »Das wäre was für Sie, nicht wahr?«, schnurrte er. »Schnittig, elegant, kein Mainstream, damit heben Sie sich von der Masse ab. Und das passt zu Ihnen.«

In Gedanken rekapitulierte ich kurz, was ich eigentlich

am Morgen angezogen hatte. Ich fühlte mich völlig unverdächtig, solch einem Klischee, wie er es gerade beschworen hatte, zu entsprechen.

Ich trug Jeans, Pumps mit gemäßigt hohem Absatz, ein weißes T-Shirt und einen schwarzen Blazer.

Entsprach so etwas seinem Bild von »schnittig, elegant, kein Mainstream«?

»Was hat der für einen Hubraum?«, markierte ich die Wissende.

Er zog eine Augenbraue hoch. »Aber ich bitte Sie, damit wollen wir doch Ihr hübsches Köpfchen gar nicht erst belasten, oder?«

Er schien diese Frage nur zum Schein gestellt zu haben, denn er fügte gleich einen Entscheidungsbedarf hinzu, bei dem er weibliche Kompetenz vermutete. »Welche Farbe soll er denn haben, das neue Flitzerchen?«

Ich stand kurz davor, einen Mord zu begehen.

»Können wir uns irgendwo hinsetzen?«, schlug ich vor, um meine überstrapazierten Emanzipationssensoren abzukühlen.

»Aber natürlich«, beeilte sich der Verkäufer zu sagen. »Wo hab ich nur meine Gedanken? Tun die Füßchen weh in den Schuhchen?«, fackelte er eine ganze Abfolge von indiskutablen Sentenzen ab, ehe wir einen improvisierten, durch Stellwände abgetrennten Raum betraten. Dominiert wurde er von einem gläsernen Schreibtisch, hinter dem natürlich er Platz nahm, nachdem er mir übertrieben geflissentlich einen durchsichtigen Plastikstuhl zurechtgerückt hatte. Vordergründig ganz in der Manier eines Kavaliers alter Schule.

»So«, begann ich. »Jetzt nennen Sie mir mal den Kraftstoffverbrauch inner- und außerorts, außerdem will ich die $CO_2$-Emissionen wissen, natürlich auch die Schadstoffnorm, Höchstgeschwindigkeit und Beschleunigung von null auf hundert.«

Erwartungsvoll sah ich ihn an, ganz beglückt darüber, dass sich meine exakte Vorbereitung auf diesen Termin ausgezahlt hatte.

Allerdings hatte ich die Rechnung ohne den Meister aller Schleimer-Klassen gemacht. Das merkte ich, als er den Mund aufmachte: »Wissen Sie was, ich gebe Ihnen jetzt einmal sämtliche Kataloge und Faltblätter zu dem Modell, das ich Ihnen gerne verkaufen möchte, mit, damit Sie sie Ihrem Gatten mitbringen können …«

»Ich habe keinen …«, versuchte ich ihn zu informieren.

»… damit er sich dann entscheiden kann«, vollendete er ungerührt seinen Satz. »Und hier, sehen Sie, machen Sie ihn bitte unbedingt auch darauf aufmerksam, dass er Ihnen, meine Liebe, einen ganz großen Gefallen tun kann, indem er auch das beleuchtete und …«, hier machte er eine bedeutungsschwangere Pause, »klimatisierte Handschuhfach beachtet, damit in Zukunft sein Frauchen ihre Schminksachen da unterbringen kann, wenn Sie beide auf die große Reise gehen, und dann …« Er hob seinen Zeigefinger. »Ist hier auch im Serienausstattungspaket enthalten, dass die Türgriffe außen und die Außenspiegel in der Wagenfarbe lackiert werden. Das ist doch Schönheit für das weibliche Auge. Und, nicht zu vergessen, ist das nicht trendy?«

Bei diesem Wort schnalzte seine Zunge ganz geschmeidig, um das rollende R in Zeitgeist-Attitüde zu betonen.

Mir fehlten die Worte.

Eine Situationsdramatik, die er sofort ausnutzte, um mich wieder mit der überflüssigsten aller Fragen zu quälen: »Welche Farbe soll denn das Wägelchen haben?«

Ich holte wieder tief Luft, pumpte mich dadurch ein wenig auf und schleuderte ihm entgegen: »Die Farbe ist mir so was von egal, das glauben Sie gar nicht. Für mich ist ein Auto ein Fortbewegungsmittel auf vier Rädern, bei dem für mich nur das Radio unverzichtbar ist …«

»Bravo«, klatschte der Verkäufer in die Hände, der noch nicht einmal für eine Sekunde von seiner vorgefassten Meinung über weibliche Autokäufer abwich, denn er plauderte genauso heiter und überheblich wie bisher weiter. »Wenn das so ist und Sie gerne flotte Musik hören, dann erzählen Sie Ihrem Gatten bitte, dass wir es hier mit einer Audioanlage WIP Sound, MP3-fähig, Bi-Tuner, mit Bedienhebel am Lenkrad, sechs Lautsprechern und Audio-Cinch-Eingängen zu tun haben. Versprechen Sie mir das, meine Liebe?«

»Das kann ich leider nicht«, zog ich grimmig Bilanz unseres Gesprächs, »denn ich …«

Noch während ich mich zu meiner vollen Größe aufrichtete, schien die Aufmerksamkeit des Verkäufers von mir abgelenkt zu werden, und so drehte ich mich selbst um, um zu erfahren, wodurch.

Hinter mir stand Tony in seiner knallengen, schwarzen, bestickten Röhrenjeans, darüber ein orangefarbenes T-Shirt, das durch eine gestreifte Weste auf Taille gepresst wurde, Sneakers an den Füßen, sein neues, mit roten Rosen bedrucktes Tuch mehrfach um den Hals geschlungen, in der Armbeuge seine teure Labeltasche in Sonderausgabe.

»Schatzi«, rief er hastig. »Hast du ihn schon gefragt, ob es das Auto auch in Pink gibt?«

# 11

»Wieso konntest du mich da so im Stich lassen?«, fauchte ich, immer noch ganz aufgebracht. »Wieso kannst du nicht einmal pünktlich sein?«

»Tststs«, machte Sunny begütigend. »Nun lass mal gut sein.«

Tony saß, schuldbewusst guckend, auf der Eckbank in Sunnys Küche. Meine so wütend vorgetragenen Fragen bildeten den furiosen Abschluss meiner Erzählung über das missglückte Autoinformationsgespräch. Obwohl der Vorgang jetzt schon sechs Wochen zurücklag, hatte er das Verhältnis zwischen Tony und mir stark strapaziert.

Wann immer wir uns sahen, brach mein aufgestauter Frust über die unerträglich selbstgefällige Arroganz dieses Autoverkäufers wieder hoch, so dass Tony schließlich den Vorschlag wagte, doch einen gemeinsamen Termin bei unserer Psychologenfreundin zu vereinbaren.

Die sah mich jetzt kühl an.

»Es ist immer wieder dasselbe«, betonte sie. »Du bist gar nicht wütend auf Tony. Deine vorgetragenen Argumente gegen ihn sind nur ein Entlastungsvorgang deinerseits ...« Ein Hoffnungsschimmer zog über Tonys Gesicht. »Du«, hier sah mich Sunny explizit an, »ärgerst dich über dein eigenes Unvermögen, den Mini-Macho in die Schranken zu weisen und dir den Ton sowie die dich in deiner Person abwertende Ansprache zu verbitten.«

Warum brachte Sunny eigentlich jeden Gedankengang ohne Stottern und Stocken zu Ende? Doch noch während ich dies monierte, verrauchte meine Wut.

»Du hast ja Recht«, gab ich jetzt zu. »Tony, tut mir leid, dass ich so ausfallend geworden bin, aber sie hat mal wieder ins Schwarze getroffen. Ich ärger mich über mich selbst.«

Ding. Dang. Dong. Die tief tönende Klingel an Sunnys Haustür meldete Besuch an. Sunny sah überrascht aus.

»Ich hab niemanden weiter eingeladen«, ließ sie uns wissen, ehe sie zur Tür ging.

»Ich brauch deine Hilfe«, hörten wir eine altbekannte Stimme.

Tatzi. Und …

»Hey«, begrüßte uns Anna, ihre Tochter.

»Mann, bist du aber groß geworden«, staunte Tony.

Diese Art von Ansprache schien schon oft gehört worden zu sein, denn Anna verzog ihr Gesicht und ließ sich, genervt wirkend, in einen Stuhl fallen.

»Selbst«, gab sie zur Antwort, die für mich keinen Sinn machte, aber ich wurde gerade abgelenkt, da Tatzi mir eines ihrer Make-up-schonenden gehauchten Bussis aufdrängte.

»Und, hast du schon eine neue Wohnung?« fragte sie mich nebenbei, was ich verneinte.

»Nee, ich hab mir aber gerade eine in einer ›bezaubernden Wohnanlage mit schönem Südbalkon für Individualisten‹ angeguckt …«, versuchte ich ihr meine letztes Besichtigungserlebnis zu erzählen, doch Sunny drückte auf eine imaginären Stopptaste.

»Da hättest du doch schon an der ausufernden Wortwahl der Annonce ablesen können, dass sich dahinter eine von lautem Kindergeschrei erfüllte Ansammlung von Wohnungen verbirgt, eine Tatsache, die Lärm und nichts Gutes verspricht. Und ein ›Balkon für Individualisten‹ heißt übersetzt, dass man einen von Wettereinflüssen über Jahrzehnte verunstalteten Austritt vorfindet. Hab ich recht?«

Ich nickte stumm.

Anna dagegen ließ ein »pffff« hören. Sie schien mit ihren 14 Jahren in einer schwierigen Lebensphase angekommen zu sein, eine, in der sie mit uns jedenfalls eigentlich nichts zu tun haben wollte.

Sichtlich.

»Und, was hast du für ein Problem?«, wurde Tatzi von Sunny jetzt gefragt.

»Eigentlich habe ich gar keins«, betonte die mit Blick auf Tony und mich, die wir gespannt zu ihr herübersahen.

»Und warum bist du dann gekommen?«, lautete Sunnys Ansprache. Bei ihr musste man sich vorsehen. Sie hielt sich nicht lange mit Präliminarien auf, sondern stach mit dem Finger immer gleich in die Wunde. Ohne Rücksicht auf Verluste.

Tatzi zierte sich immer noch. Ihr war es sichtlich peinlich, innerfamiliäre Probleme vor uns auszubreiten. Dabei konnte sie sowieso nichts für sich behalten, aber Tony und ich wussten ganz genau, dass wir von ihr immer nur mit den geschönten Versionen versorgt wurden.

Überraschenderweise meldete sich jetzt statt ihrer Mutter Anna zu Wort.

»Susanne …« Hier schreckten wir alle zusammen, als wir Tatzis Taufnamen hörten, den unsere gemeinsame Freundin Nessi in ihrer üblichen Verniedlichungsform schon vor Urzeiten so unkenntlich verballhornt hatte. »Quält das Gefühl, dass sie nicht in der Lage ist, mit meinen derzeitigen Befindlichkeiten adäquat umgehen zu können, und entsprechend ihrer Veranlagung, Probleme weit von sich fortzuschieben, versucht sie nun, dir die Lösung der sie eklatant überfordernden Ereignisse zuzuschieben.«

Wir starrten alle zu ihr hin.

Anna blieb völlig ruhig, und ich wunderte mich, wie aus dem kleinen, aufgeweckten Mädchen, das ich schon so lange kannte, eine so selbstbewusst argumentierende Person geworden war.

»Und?«, wandte sich Sunny jetzt zu Tatzi. »Wo drückt der Schuh?«

»Anna räumt nicht auf. Ich habe das Gefühl, dass sie ein Messi-Syndrom hat«, platzte Tatzi jetzt heraus. Sie schien die Anwesenheit von uns unbeteiligten Zuhörern erfolgreich verdrängt zu haben.

Aber nicht mit uns. Wir ließen uns nicht so einfach ignorieren.

»Übertreibst du da nicht ein bisschen?«, schaltete ich mich jetzt ein. »Ich meine, wir haben doch alle mal Phasen, wo wir weniger für Ordnung sorgen.«

»Halt dich besser zurück«, erlebte ich, ganz unerwartet, eine Abfuhr von Sunny. »Wir kennen deine Weihnachtsdekora…«

»Und Osterdekorationsreste«, fiel ihr Tatzi ungefragt ins Wort.

»Was meine zum Teil ganzjährige Weihnachtsdeko angeht«, verteidigte ich mich sofort. »Ich habe gerade erst von einem Mann gelesen, der seinen Weihnachtsbaum samt Schmuck konserviert, weil er damit ins ›Guiness Buch der Rekorde‹ kommen will …«

»Doll«, kommentierte Tony.

»Ja«, sagte ich eifrig, »Der steht jetzt schon seit Monaten da, und das Fernsehen hat sogar einen Bericht darüber gemacht. Das ist nämlich hochinteressant, die Nadeln von dem Baum rieseln nicht etwa, nein, die Äste werden steinhart, die muss er jetzt immer abstauben …«

»Was soll uns das sagen?«, fragte Sunny so, als säßen wir bei einer Gruppensitzung in ihrem Behandlungszimmer.

»Dass es ein interessantes Phänomen darstellt«, antwortete ich ihr. »Dass auch die Nadeln steinhart werden und nicht einfach abfallen und dass der ganze Baum samt Schmuck immer noch so dasteht wie an Weihnachten …«

»Und sieht der noch immer genauso aus wie an Heiligabend?«, fragte Tony ganz gespannt.

»Na ja«, gab ich meinen TV-Eindruck wieder. »Die Äste hängen natürlich ein bisschen gebogen nach unten, aber …«

»Ja, das ist ja auch verständlich«, ergänzte Tony mitdenkend meinen Bericht.

Sunny, Tatzi und Anna schauten uns an, als seien wir von einem anderen Stern.

Nach einer peinvollen, mehrminütigen Stille, die plötzlich eingetreten war, fragte Sunny Anna: »Kannst du die Sorgen deiner Mutter nachvollziehen?«

»Susanne sollte sich von ihrem kleinkarierten Blickwinkel endlich einmal lösen und ihren Verstand dazu nutzen, sich mit dem großen Ganzen auseinanderzusetzen«, entgegnete sie kühl. »Wir leben in Zeiten einer global verunsichernden Krise und sollten uns darauf konzentrieren, die Folgen für uns, die nachfolgende Generation, erträglich zu machen. Wen interessieren da nicht weggeräumte Dinge des täglichen Bedarfs in einer überschaubaren kleinen, heilen Welt.«

Nun wäre ich persönlich nie auf die Idee gekommen, Tatzi und Bernds üppig bemessenen Lebensraum in ihrer schmucken Villa mit schmiedeeisernem, elektrisch betriebenem Eingangstor als überschaubar zu bezeichnen, aber ich war von Annas Diktion zutiefst beeindruckt.

Wann war der Moment eingetreten, an dem sie den intellektuellen Horizont ihrer Mutter weit hinter sich gelassen hatte?

Die sah im Moment zutiefst ratlos aus. Schließlich besann sie sich auf ihre Form der Wahrnehmung und klagte: »Sie lässt ihre Klamotten umherfliegen, räumt ihre dreckigen Sportsachen nicht weg, weiß nie, wo ihre T-Shirts liegen, und knallt ihre teure Schultasche immer in den Flur …«

Tony und ich sahen uns an. Für uns erschien Anna tipptopp normal in ihrem Verhalten. Auch Sunny ließ keine Regung erkennen, die auf tiefe psychologische Besorgnis schließen ließ. Schließlich meldete ich mich zu Wort.

»Hast du noch nie deine Schuhe in die Ecke geschleudert, wenn du müde nach Hause kommst, oder hast schon mal die Klamotten vom Vortag gestapelt, bis du wieder Zeit hattest, sie wegzuräumen?«

Ganz offensichtlich empfand Sunny meine Wortmeldung als störende Einmischung in ein Fachgespräch, denn sie hob den Finger und merkte an: »Du solltest dich da raushalten. Immerhin müssen wir uns noch mit deinem Wutausbruch gegenüber Tony in Sachen Autokauf und deiner Nicht-Knittern-Phobie in Bezug auf deine Trageta…«

Das war gemein. Einfach so meine intimsten Probleme auszubreiten, die ich ihr unter dem Siegel der Verschwiegenheit unter Freundinnen anvertraut hatte, und so entschloss ich mich spontan, ihr dies heimzuzahlen.

»Du musst aber ganz stille sein«, meinte ich verletzt. »Du fährst im Straßenverkehr wie ein Rambo, ein typischer Verkehrsrowdy bist du …«

So aufgebracht hatte ich Sunny noch nie erlebt, als sie

mir antwortete: »Ich benutze die mobile Art der Fortbewegung als interaktiven Austausch, der es mir ermöglicht, mein inneres Gleichgewicht in einer stabilen Lage zu halten.«

Anna lachte spöttisch auf.

»Wahrscheinlich ist die Wahrnehmungswelt deines persönlichen Ichs nicht kongruent mit dem deiner professionellen Rolle, und deshalb benutzt du Übersprungshandlungen, um dich überhaupt noch lebendig zu fühlen«, lautete ihre Analyse von Sunnys Seelenzustand.

»Klugscheißer«, donnerte Sunny.

Noch nie hatte ich eine so schlichte Expertise aus ihrem Mund gehört. Ich war fassungslos.

Tatzi knetete, sichtlich überfordert von diesem Schlagabtausch, ihre Hände.

»Annakind, dafür haben wir nicht die vielen Therapeuten bezahlt, die dich in den letzten Jahren behandelt haben«, jammerte sie. »Dir sollte es doch besser gehen.«

»Ihr wolltet euch besser fühlen«, konterte Anna, »weil ihr euch nur um euch selbst kümmert. Du solltest mal selbst eine Therapie machen, um endlich deine Konsumsucht in den Griff zu bekommen. Mit der kaschierst du doch nur deine tiefsitzenden Minderwertigkeitsprobleme. Vielleicht wäre für die mal eine tiefenpsychologische Analyse angesagt.«

Tony und ich saßen mit offen stehenden Mündern da. So einen emotionalen Ausbruch hatten wir nicht erwartet. Und die von Tatzi eben ausgeplauderte Tatsache, dass Anna schon einen Therapiemarathon hinter sich hatte, enthüllte uns den Grund für ihre dem Alter nicht entsprechende Fachterminologie.

»Du bist übertherapiert«, stellte auch Sunny gerade in betont sachlich vorgetragener Sprachmelodie fest.

»Von Leuten wie mir lebst du doch«, konterte Anna aufsässig.

»Ich habe auch ein Problem«, meldete sich jetzt hastig Tony zu Wort. »Ich bin nämlich …« sagte er in meine Richtung, »nur deshalb zu spät zum Autohaus gekommen, weil meine Putzfrau geschlafen hat.«

Alle Köpfe wandten sich ihm zu.

»Die hat was?«, fragte ich nach.

»Geschlafen«, wiederholte Tony, sichtlich froh, dass er der zum Teil wirklich verletzenden Diskussion Einhalt geboten hatte.

»Was hat das jetzt mit allem hier zu tun?«, wollte Sunny wissen.

»Na ja, da haben wir doch vorhin drüber gesprochen. Warum ich zu spät war. Ich war noch mal kurz zu Hause, weil ich mein Tuch vergessen hatte. Kennst du doch«, dies war in Richtung Tatzi formuliert, »das mit den roten Rosen drauf, habe ich doch erst vor kurzem gekauft …«

»Tony«, ermahnte ich ihn. »Komm zur Sache.«

»Ja, und als ich in die Wohnung kam, habe ich meine Putzfrau nicht gesehen. Und da bin ich durch die Wohnung gegangen und habe sie in meinem Bett gefunden. Schlafend.«

Wir seufzten alle auf. Eins hatte sein Ablenkungsmanöver allerdings bewirkt, wir wussten alle nicht mehr so genau, worüber wir gerade geredet hatten.

Erstaunlicherweise brachte uns Anna wieder dahin zurück.

»Also, um jetzt zu einem Abschluss zu kommen«, sagte sie, während sie sich erhob. »Susanne möchte von dir die Adresse einer Entrümpelungsspezialistin. So eine hat sie natürlich im Fernsehen gesehen, und, wie es immer so läuft, jetzt will sie auch so was haben. Hast du?«, fragte sie explizit Sunny.

Die schüttelte verständnislos den Kopf, während sie nach ihrem Handy griff und darin offensichtlich im Nummernspeicher nach der passenden Ansprechpartnerin suchte.

»Hier«, sagte sie schließlich, und hielt Tatzi das Display hin.

»Danke«, meinte die schließlich, nachdem sie auf einer auf Sunnys Küchentisch herumliegenden Serviette die Nummer mit ihrem Kajal-Stift notiert hatte.

»Siehst du, Anna, jetzt wird dir geholfen«, meinte sie zufrieden. »Und wenn du dann aufgeräumt hast – mit professioneller Unterstützung –, dann lease ich dir ein Pony.«

»Was tust du?«, fragte ich erstaunt.

»Ich finde, man muss sich entgegenkommen«, formulierte Tatzi. »Also, mit den Argumenten und so. Anna hat doch vorhin eben gesagt, ich soll mich mit der Dingsbums beschäftigen, dieser Welt-Malaise und so. Und wenn sie dann jetzt demnächst aufräumt, dann kaufe ich ihr kein Pony, sondern lease eins. Das ist ja viel billiger, und dann hinterlasse ich ihr eine bessere Welt, oder?«

Anna machte eine Geste, die zweifelsohne fragen sollte, ob wir sie jetzt besser verstehen könnten und folgte ihrer Mutter, die, wie immer, ihr ungebrochenes Selbstverständnis verströmte, zum Ausgang.

Tony und ich ließen eine in tiefes Schweigen versunkene Sunny zurück, nachdem ich mir von ihr vorsichtshalber ebenfalls die Adresse der Entrümpelungsspezialistin hatte geben lassen. Erst als wir beide in meinem Auto saßen, wurde Tony wieder gesprächiger.

»Ich hab Anna überhaupt nicht wiedererkannt«, gestand er. »Die war früher so süß und unbekümmert.«

Ich stimmte ihm zu.

»Aber vielleicht musste es ja so kommen«, wagte er jetzt eine These. »Kannst du dir vorstellen, unbeschadet an Leib und Seele mit Tatzi zusammenzuleben?«

Ich grinste. »Nee, da hast du Recht. Das Kind ist eigentlich total normal in seinem Verhalten.«

Zehn Minuten später wollte ich von ihm wissen. »Und was hast du jetzt mit deiner Putzfrau gemacht?«

Tony seufzte tief auf. »Was soll ich schon machen? Ich hab sie schlafen lassen.«

»Bist du verrückt?«, fragte ich. »Die hättest du rausschmeißen müssen.«

»Aber sie putzt doch immer so schön meine Pumuckl-Sammlung«, gab er zu bedenken.

Tony war wahnsinnig stolz auf die unzähligen kleinen und größeren Exemplare, die er in mehreren Regalen zur Schau stellte.

»Aber das ist doch kein Grund«, behauptete ich.

»Sei du bloß still«, forderte mich Tony auf. »Du hast auch lange gesucht, ehe du deine jetzige gefunden hast. Und was war das Kriterium?«, wollte er streng wissen.

Nun war es an mir, einen tiefen Seufzer auszustoßen.

»Ich brauchte eine, die meinen Schnickschnack nicht anfasst«, gab ich zu.

»Und was noch?« Tony gab sich unerbittlich.

»Die meinen ›Dirty Wow Wow‹ in Ruhe lässt«, räumte ich schließlich ein.

Tony war einer der ganz wenigen Menschen, denen ich die Existenz meines Seelentrösters aus Plüsch anvertraute. Er kannte sogar dessen Namen. Burli war mein treuer Begleiter seit frühesten Kindertagen, und wie jedes Kuscheltier zeigte er unübersehbare Spuren der heftigen Liebe, die ich ihm entgegengebracht hatte. Mittlerweile war der Umfang des Plüschbären durch ausuferndes Knuddeln um mindestens die Hälfte verloren gegangen, ein Auge hatte er eingebüßt und auch eines seiner beiden krummen Beinchen hatte die Füllung verloren, so dass nur noch Fragmente des Stoffs lose an ihm herunterhingen.

Aber vor meinem geistigen Auge war er immer noch so schön wie am Anfang unserer Beziehung, und selbst der Mann meines Herzens hatte sich damit abgefunden, dass Burli immer in meiner Nähe zu finden war. Sogar in den schönsten Luxushotelzimmern in aller Welt wurde er von mir in Sichtweite postiert, und während aller Flüge trug ich ihn nah an der Frau, nämlich in meiner Handtasche. Niemals hätte ich ihn im Gepäck zur Fracht abgegeben, selbst als mir noch nicht das Missgeschick mit unserem vollbepackten London-Koffer zugestoßen war.

»Hast du was von der Versicherung gehört?«, fragte ich jetzt unvermittelt.

»Wegen London? Nichts. Da bleiben wir auf einem Riesenverlust sitzen«, fürchtete er.

Neben uns an der Ampel wurde ein Cabriolet zum Stehen gebracht. Laute Musik schallte uns entgegen, der sonnenbebrillte Fahrer wippte dazu versunken im Takt der Musik mit dem Kopf.

Tony machte runde Augen.

»Den hätte ich gern«, verkündete er entschieden.

»Das ist ein Angeberauto«, hielt ich ihm entgegen.

»Das ist mir völlig egal«, erwiderte er. »Guck doch mal, wie toll das aussieht.«

»Was glaubst du wohl, was der kostet?«, fragte ich skeptisch angesichts des spiegelnden Chroms und der cognacfarbenen Lederausstattung.

»Das kann doch nicht so viel sein«, vermutete Tony. »Der ist doch ganz klein.«

Tony beugte sich vom Beifahrersitz an mir vorbei zu dem Fahrzeug hin.

»Hallo, Sie da!«, rief er.

Der Mann wackelte ungerührt weiter mit dem Kopf.

»Halloooo!«, versuchte es Tony noch einmal.

Schließlich bemerkte uns der Mann.

»Sie«, fragte Tony, »was kostet der Schlitten?«

Offensichtlich missdeutete der Fahrer Tonys Bemühungen als plumpe Anmache, denn er hob seine rechte Hand, zeigte Tony rüde den Mittelfinger und legte dann mit quietschenden Reifen einen Blitzstart hin.

Tony ließ sich wieder in seinen Sitz fallen.

»Ignorier den Heini doch einfach«, bat ich ihn. Aber Tony schien ernsthaft gekränkt. Kurz bevor ich von der Vorfahrtsstraße abbiegen musste, sahen wir am Straßenrand den Fahrer samt seinem schnittigen Cabrio inmitten mehrerer Polizisten und deren Fahrzeuge stehen.

Verkehrskontrolle.

»Der war viel zu schnell. Den haben sie geschnappt«, jubelte ich, und auch Tonys Laune schien sich schlagartig verbessert zu haben. Als wir den rüpeligen Stinkefinger-Zeiger passierten, drückte Tony unvermittelt auf meine Hupe.

Der Fahrer wurde aufmerksam und sah zu uns hin.

Tony riss mit großer Geste seine rechte Hand nach oben und returnierte den verbotenen Autofahrergruß in dessen Richtung.

Entsetzt drückte ich hektisch auf mein Gaspedal. Nur minimalste Sekunden später hörte ich die Polizeisirenen aufheulen.

## 12

»Und ich hätte gerne den Cesars Salad, aber ohne die gerösteten Brotviertelchen, dann benutzen Sie auf jeden Fall die entfetteten Produkte für die Sauce und der Knoblauch muss minimiert werden. Und ein Wasser, still, und in Zimmertemperatur.«

Conny hatte ihre Bestellung aufgegeben. Der Kellner hielt seinen Kopf immer noch über den Block gebeugt, während er alle Extrawünsche seines anspruchsvollen Gastes notierte.

»Bei mir achten Sie auf eine Reduktion der Sauce«, startete Tatzi den Katalog ihrer Wünsche. »Was den Wein betrifft, wenden Sie sich bitte an meinen Mann.« Sie zeigte mit Grandezza auf Bernd, der ihr gegenübersaß und dessen Zugehörigkeit sie auf jeden Fall demonstrieren wollte. »Der ist ein Kenner.«

»Ist mir neu«, flüsterte Tony mir zu.

Bernd zog eine Broschüre aus seiner Jacketttasche und begann ein Referat über die zum Essen passenden Weine. Inklusive der Geschmacksnuancen der einzelnen Jahrgänge. Der Kellner wippte von den Fersen auf die Zehen. Hin und her. Dies schien eine Art der Stressbewältigung für ganz spezielle Momente seines beruflichen Daseins zu sein. Schließlich nutzte er einen längeren Diskurs Bernds über eine Variante des südafrikanischen Rebenanbaus, um sich mir zuzuwenden.

»Was darf ich Ihnen denn servieren?«, fragte er, während er unwillkürlich ergeben den Kopf einzog, da er auch von mir eine länger dauernde Aufzählung sämtlicher Extras befürchtete.

»Das halbe Hähnchen ohne alles«, bat ich.

Er zuckte zusammen und flüsterte schließlich: »Sind Sie sicher?«

»Ganz sicher«, erwiderte ich und lächelte ihm aufmunternd zu. Wir hatten bereits geschlagene vierzig Minuten damit zugebracht, die Bestellungen für unser Abendessen aufzugeben. Bernd hatte uns eingeladen, seinen Geburtstag mit ihm zu feiern.

»In kleiner Runde«, wie er hinzugefügt hatte, was ungewöhnlich für ihn und vor allem Tatzi war. Normalerweise luden sie 150 und mehr Gäste in ihr Haus ein, wenn sie Familienfeste gebührend zelebrieren wollten. Aber dieses Mal waren tatsächlich nur Hanni und ihr Gatte Manni, Conny, Elli, Tony und ich anwesend, allerdings in einem Restaurant der gehobeneren Kategorie.

»Sie sind verarmt«, hatte Tony mir, trotz des aufwendig gestalteten Ambientes, beim Betreten des Raums sofort zugeraunt, auch er total überrascht über die auffällige Begrenzung der Gästezahl.

»Wir wollten es mal intim halten«, hatte uns dagegen Tatzi eine Erklärung geliefert, die mich ein wenig misstrauisch machte. Wie kam ich dann zu der Ehre einer Einladung? Ich hatte mich so lange von ihr und den anderen absentiert, dass ich eigentlich vermutet hatte, längst aus dem Inner Circle verbannt worden zu sein. Stattdessen wurde ich nun Zeuge, wie sich die Anwesenden gegenseitig mit Wissenswertem aus der Küchenwelt übertrumpften. Hatten alle heimlich einen Kochkurs gemacht?

»Herr Ober«, rief Tatzi gerade unseren gestressten Kellner zurück. »Sie achten bitte darauf, dass das Filet für meinen Mann mit folgenden Kräutern gewürzt wird …«

Sie begann anschließend, Gewürze aufzuzählen, von deren Existenz ich überhaupt nichts wusste.

»Wir haben kürzlich eine ganze andere Variante ausprobiert«, trumpfte Hanni plötzlich auf und beschrieb detailreich ihre Version.

Ich klinkte mich aus und checkte lieber die Nachrichtenlage auf meinem Handy. Eine Unart, die ich mir sonst niemals zuschulden kommen lassen würde, aber ich griff in meiner Not nach jedem Strohhalm.

»Hat geklappt«, las ich schließlich eine Nachricht von Doro. »Dein Vermieter hat zugesagt. Werde ihn unter die Lupe nehmen.«

»Mein Vermieter-Klotz geht zum ›Rubber-Ball‹«, flüsterte ich Tony verschwörerisch zu. Er sah mich nur verständnislos an. »Doro«, versuchte ich ihm auf die Sprünge zu helfen. »Gummi-Montur …«

»… und deshalb haben wir beschlossen, uns von all dem Überflüssigen zu trennen und unser Haus zu verkaufen«, hörte ich gerade noch Bernd verkünden.

Allgemeine Laute der Überraschung. »Was?«, »Warum denn?«, »Das würde ich aber nicht tun.«

»Habe ich es dir nicht gesagt«, flüsterte Tony, äußerst mitleidlos klingend, in mein Ohr. »Verarmt.«

»Ja, Bernd hat Recht« betonte Tatzi mit strahlendem Gesichtsausdruck. »Wir folgen damit einer Anregung unserer Tochter Anna, die uns ermahnt hat, wichtig zu denken, nicht wahr, Bernd? So war es doch, oder?«

Wichtig zu denken? Hatte Tatzi da mal wieder etwas falsch verstanden?

Wir schauten alle gespannt zu Bernd hin. Er rutschte auf seinem Stuhl ein wenig unbehaglich hin und her.

»Das hast du verwechselt«, korrigierte er. »Ihr ist die Zukunft unseres Planeten wichtig. Eine typische Erscheinung ihres Teenager-Daseins. Nein, es ist vielmehr so, dass ich mich beruflich demnächst in einer anderen Stadt engagieren werde.«

»Er ist gefeuert«, übersetzte Tony mir leise das Vorgetragene.

»Und deshalb wäre es sinnlos, das große Haus zu behalten.«

»Du ziehst mit um?«, fragte ich Tatzi überrascht.

»Ja«, nickte sie tapfer.

»Das ist ja furchtbar«, meinte Elli, die unmittelbar nach dieser Bestätigung nach ihrer Zigarettenschachtel samt Feuerzeug griff. »Sorry«, stieß sie hervor, ehe sie zum Ausgang stürmte, um draußen die dringend benötigten Züge aus einem Glimmstängel zur Beruhigung ihrer Nerven zu tun. So zahlenmäßig noch mehr reduziert, saßen wir zunächst sprachlos um den Tisch herum.

»Das ist aber schade«, beteuerte Manni, der sich seit der mittlerweile in unseren Erzählungen sagenumwobenen Hochzeit mit Hanni auf Mykonos mit Bernd regelrecht angefreundet hatte. Eine Entwicklung, die ich aufgrund der unterschiedlichen Lebenswelten der beiden nie erwartet hätte.

»Ja, aber wenn man solch eine interessante berufliche Perspektive erhält, kann man nicht nein sagen«, erläuterte Bernd mit wichtigtuender Miene, und Manni nickte verständnisvoll.

»Er ist gefeuert worden und hat gar nix«, lautete Tonys eigene im Flüsterton vorgetragene brutale Einschätzung.

»Und was ist jetzt?«, fragte Elli, die außer Atem von ihrem offenbar hektisch verkürzten Freiluftaufenthalt zu uns zurückkehrte und wie üblich über den ihr entgangenen Fortgang unseres Gesprächs informiert werden wollte.

Den Rest des Abends verbrachten wir in grübelndem Nachdenken über die neue Entwicklung in unserem Freundeskreis. Die Unterhaltung wurde allerdings vordergründig aufrechterhalten durch ausufernde Erzählungen von Beobachtungen, die alle, außer Tony und mir, bei dem Anschauen sämtlicher Kochsendungen im TV gemacht hatten.

Ich war raus aus der Diskussion.

Ich konnte dieses Interesse überhaupt nicht teilen. Wann immer ich einmal in diese Form der Unterhaltung geriet, wunderte ich mich über die Faszination, die sie auslöste. Kochen war für mich ein notwendiges Übel, mit dem ich mich am Leben erhielt. Aber mir Gedanken zu machen, um raffinierte Gerichte aus schier tausenden von Einzelheiten zusammenzubrutzeln, löste nur Stress und Unbehagen aus.

Außerdem redeten immer alle die Köche, die sich da in TV-Studios tummelten und um die Wette schnippelten, rührten, klopften, probierten, so wild durcheinander, dass ich schnell den Faden verlor.

Mir reichte mein angegrabbeltes und im Laufe der Zeit von diversen Fett- und Saucenflecken gezeichnetes Uralt-Kochbuch aus einem, eigentlich für seine Puddingherstellung gerühmtem Unternehmen völlig aus, um darin jedes Jahr erneut nachzuschauen, ob man Spargel nun in kaltem oder kochendem Wasser auf den Herd brachte.

»Wir sollten uns mal treffen. Allein«, raunte mir Tatzi beim Abschied verstohlen ins Ohr.

»Was hältst du davon?«, fragte ich Tage später meine Mutter, die ich eigentlich angerufen hatte, um mich über die fatalen Folgen eines mir von ihr gegebenen Tipps zu beschweren.

»Wovon?«, fragte sie zurück.

»Dass Bernd und Tatzi wegziehen.«

»Die Krise, mein Kind«, lautete ihre Erwiderung, »muss doch im Moment für alles herhalten. Wahrscheinlich hat er sie wieder betrogen, und die Ehe ist im Eimer.«

»Mama«, ermahnte ich sie, was sie, ganz gegen ihre Gewohnheit, nicht mit einem »Ich heiße Hedda« zu korrigieren versuchte.

»Tony hat mir alles über die beiden erzählt, als ich bei dir gewohnt habe und er sich um mich gekümmert hat«, brachte sie mir jetzt in Erinnerung. »Weil du ja mal wieder keine Zeit hattest«, fügte sie auch noch überflüssigerweise hinzu.

»Ja, ja«, wehrte ich ihre sehr deutlichen Vorwürfe ab. »Aber es ist ja schon ein Riesenschritt, das Anwesen zu verkaufen …«

»Mir brauchst du mit diesem Geschwätz von Krise & Co. sowieso nicht zu kommen«, unterbrach sie mich gut gelaunt. »Ich habe ein Supergeschäft gemacht.«

»Wieso?«, fragte ich verblüfft.

»Ich habe meine Aktien verkauft, bevor die ganze aufgeblasene Finanzwelt zusammengekracht ist.«

»Warum hast du das gemacht?«, wollte ich, tiefbeeindruckt, wissen. Ich hatte überhaupt keine Ahnung davon gehabt, dass sie Wertpapiere ihr Eigen genannt hatte.

»Weil ich clever bin«, lautete ihre offenbar völlig treffende Selbsteinschätzung.

Erst Stunden nach unserem Telefonat fiel mir wieder der

Grund dafür ein, warum ich sie angerufen hatte. Vor geraumer Zeit hatte ich ihr von gelegentlich auftretenden Schlafstörungen berichtet, und sie hatte mir sofort einen Beruhigungstee empfohlen, der absolut zuverlässig wirken würde. Nachdem ich ihn endlich in der Apotheke bekommen hatte, stellte ich nach kurzer Zeit fest, dass ich mir ein weitaus störenderes Problem eingehandelt hatte. Zwar schlief ich zügig ein, um aber im Laufe der Nacht mindestens drei Mal auf die Toilette gezwungen zu werden.

Nix mit Durchschlafen.

»Kein Wunder«, hatte mir mein Internist, den ich um Rat gefragt hatte, amüsiert mitgeteilt. »Wenn sie abends noch eine Kanne Tee trinken, müssen Sie sich nicht wundern.«

Entschlossen wählte ich erneut ihre Nummer.

»Hast du was vergessen?«, lautete ihre Begrüßungsformel.

»Woher weißt du denn, dass ich es bin?«, fragte ich verblüfft.

»Ich seh doch deine Nummer«, erwiderte sie prompt.

»Seit wann das denn?«

»Seit ich meine neue Multifunktionsanlage in Betrieb habe«, lautete ihre Erklärung. »Mir hat das alles immer viel zu lange gedauert. Mein Internetanschluss brauchte eine Ewigkeit.«

»Seit wann bist du denn so ein Technik-Freak?«, wollte ich wissen.

»Seit ich halt mit Aktien deale«, bekam ich zur Antwort. »Da muss man fix sein, um die Nase vorn zu haben.«

Ich traute meinen Ohren nicht. Es war noch gar nicht so lange her, dass sie mit trutschiger Frisur und strengem Gehabe mein Unterbewusstsein in Angst und Schrecken versetzte, wenn sie nur ansatzweise die Ankündigung fallenließ, mich besuchen zu wollen. Und jetzt hatte ich das Gefühl, dass sie, was ihre Power betraf, mir immer um mindestens einen Schritt voraus war.

»Ach ja«, begann ich, »dein Tipp mit dem Beruhigungstee war ein Rohrkrepierer.«

»Wieso? Kannst du immer noch nicht schlafen?«

»Ein bisschen schon, aber dann treibt mich meine Blase aufs stille Örtchen, und ich bin zwangsläufig wach.«

Es trat eine kurze Pause ein.

Schließlich hörte ich: »Du musst ja nicht jeden Tipp von mir annehmen.«

»Hast du vielleicht noch einen besseren?«, fragte ich resigniert.

»Ich schaue in der Apotheken-Zeitschrift nach. Ein wahnsinnig ergiebiges Blatt.«

»Dann kann ich ja gleich zu meinem Apotheker gehen«, warf ich ein.

»Zu diesem Zweck solltest du dich vorher in diesem Wegweiser durch die menschliche Körper-Problemwelt fortbilden, denn erst dann bist du für ein dich in der Apotheke erwartendes Fachgespräch gerüstet«, lautete ihre Anweisung.

»Übrigens habe ich eben mit Tony telefoniert«, fuhr sie fort. »Der fährt im Sommer mit Jiorgos nach Mykonos. Schließlich muss der Bub ja seine Familie mal wiedersehen.«

»Du meinst Jiorgos?«, wollte ich sichergehen.

»Natürlich, Tony hat ja mich«, stellte sie, mich wie gewohnt vereinnahmend, fest. »Und du kommst in diesem Jahr mit mir auf eine Kreuzfahrt.«

»Ich komme was?« Ich glaubte, mich verhört zu haben.

»Ich lade dich ein, wahrscheinlich bist du ja sowieso wieder etwas klamm.«

Ich schluckte. Wusste sie vom Zustand meines Kontos? Gaben etwa Bankbeamte heimlich engen Familienmitgliedern Auskunft über stark beanspruchte Dispos?

»Tony hat mir vorhin erzählt, wie sehr du es liebst, dich beim Zuschauen vom Teleshopping-Kanal zu entspannen. Da dachte ich mir gleich mein Teil. Wahrscheinlich guckst du ja nicht nur, sondern orderst auch ganz kräftig.«

Warum nur war Tony so vertrauensselig und plauderte alles aus, was ihm so in den Sinn kam? Seit er meine Mutter während ihres letzten Besuchs bei mir so intensiv betreut hatte, waren die beiden ein Herz und eine Seele. Da Tony keinerlei Kontakt zur eigenen Familie pflegte, hatte er meine Mutter kurzerhand adoptiert.

Mit dem Ergebnis, dass ich nicht mehr wie bisher mein kostbares Eigenleben vor ihrem Wissensdurst abschotten konnte.

»Das kann ich nicht annehmen«, wehrte ich mich sofort.

»Papperlapapp«, erwiderte sie, »du kommst mit. Es wird höchste Zeit, dass du einen adäquaten Mann kriegst.«

Hatte Tony etwa...

»Nein«, hörte ich sie überraschend sagen. »Nein, Tony hat nichts vom aktuellen Stand deiner Beziehung erzählt. Aber das braucht er auch gar nicht. Du und dein ...« hier ließ sie eine kurze, aber vielsagende Pause eintreten, »Partner leben viel zu weit auseinander. Das wird nie was. Und auf einem Schiff lernt man so viele interessante Menschen kennen.«

»Mama«, begann ich streng. »In meiner Beziehung steht alles zum Besten. Und verkuppeln lass ich mich sowieso nicht.«

»Was für ein hässlicher Begriff«, schalt sie mich. »Nimm

es doch einfach mal als eine Auszeit aus deinem hektischen Berufsleben. Du bist doch sowieso so rappelig, du brauchst ja schon Beruhigungstee« – hier nutzte sie einwandfrei ihr einmal anvertrautes Wissen schamlos aus – »und dann beschwerst du dich auch noch, nur weil du nachts mal aufs Örtchen musst. Nein, du brauchst dringend eine Auszeit. Und das ist jetzt abgemachte Sache. Du kommst mit und wir treffen beim Anlegen in Griechenland die beiden Schätzchen. Bussis.«

Ich blieb nach diesem Telefonat, den Hörer in der zur Faust geballten Hand umklammernd, wie betäubt sitzen.

Das musste ich verhindern. Und wenn ich zu letzten Mitteln greifen und entweder einen unaufschiebbaren Termin oder einen Grippeanfall vorschützen würde.

Mit meiner Mutter auf ein Kreuzfahrtschiff – niemals.

Eine Woche später saß mir Tatzi in meinem Wohnzimmer gegenüber. Trotz ihrer noch nicht lange zurückliegenden Schönheits-Generalüberholungen sah sie, so zusammengesunken verheult wie in diesem Moment, wie eine verhuschte, graue Maus aus.

»Es ist aus«, klagte sie gerade. »Aus und vorbei.«

»Was?«, wollte ich wissen. »Seine Karriere?«

Tatzi sah mich überrascht aus rot angelaufenen Augen an.

»Wieso seine Karriere?«

Tonys Kommentare während Bernds traurigem Geburtstagsessen noch im Ohr, fragte ich, meine Überraschung nur unzureichend kaschierend: »Ja, stimmt das denn wirklich, dass er jetzt eine bessere Position in einer anderen Stadt hat?«

»Quatsch«, erwiderte sie und bestätigte damit, ohne es zu wissen, Tonys Annahme, Bernd sei gefeuert.

»Wir lassen uns scheiden. Das ist die Wahrheit«, weinte Tatzi sich den Kummer aus der Seele.

»Mann, Mann, Mann«, murmelte ich vor mich hin.

»Aber warum sagt ihr das dann nicht einfach?«, war die einzige Frage, die mir einfiel.

»Nein«, wehrte Tatzi solch ein Ansinnen kategorisch ab. »das will ich auf keinen Fall.«

»Aber warum nicht?«, fragte ich verständnislos.

»Damit sich alle das Maul zerreißen und ›Siehste, hab ich doch immer gewusst,‹ schreien?«, presste Tatzi anklagend mit tränenerstickter Stimme hervor.

»Aber das würde doch keiner tun«, log ich tapfer. »Im Gegenteil, alle würden sich nett um dich kümmern.«

»Du glaubst wohl wirklich immer noch an den Weihnachtsmann«, mutmaßte Tatzi in gewohnt patziger Manier, dementsprechend lag die Vermutung nah, dass sie sich ein wenig gefasst hatte. »Ich dachte ja immer, du hättest deinen Weihnachtsdeko-Fimmel nur aus gestalterischen Gründen, aber jetzt merke ich erst, wie naiv du bist. Du hast ja noch einen richtigen Kinderglauben.«

Ihre Erfahrungen mit dem Mysterium »Freundschaft unter Frauen« schienen sie völlig desillusioniert zu haben. »Ehe ich das allen verkünde, bringe ich mich lieber um.«

»Na, na«, versuchte ich, sie ein wenig zu beruhigen. »So schlimm ist es ja nun auch wieder nicht. Aber wenn du so denkst, warum erzählst du es dann mir?«

Tatzi sah mich scharf an. »Weil du die Einzige bist, die sich in letzter Zeit aus dem ganzen Klüngel rausgezogen hat. Du gehörst ja eigentlich nicht mehr wirklich dazu.«

Das saß.

So war es immer. Man bezahlte ein Kompliment, in diesem Fall für meine angeborene Diskretion, gleich mit einem

Tiefschlag, der einem gratis dazugegeben wurde. So, als solle man nur ja nicht abheben in seiner Freude über eine positive Einschätzung.

Irgendwie kam mir das Thema vertraut vor. Was brachte mich jetzt darauf? Ach ja, meine Angst, meine teure Papiertragetasche aus London zu zerknittern.

Richtig. Es ging nämlich darum, dass, wann immer man sich auf der Sonnenseite des Lebens wähnte, irgendeine Hiobsbotschaft über einen hereinbrach, etwas, was einen wieder verängstigte und man sehr schnell darüber vergaß, dass es einen Grund zur Freude gegeben hatte.

»Der Perlenring«, murmelte ich wie von einem Geistesblitz getroffen vor mich hin.

»Was für ein Ring?«, fragte Tatzi sofort.

»Ach, nichts«, versuchte ich, sie abzulenken. »Erzähl mal lieber, was jetzt passiert ist, dass ihr an Scheidung denkt.«

Sofort füllten sich Tatzis Augen wieder mit Tränen.

»Er hat eine Geliebte«, gestand sie.

Das war ja nun nichts Neues. Ich kam mir vor, als würde mich ein Déjà vu heimsuchen. Hatte ich nicht schon einmal vor ihr gesessen und sie hatte genau diesen Satz gesagt? Waren es damals nicht Frühlingsgefühle gewesen, die Bernd in die Arme einer anderen Frau getrieben hatten?

»Und wie bist du drauf gekommen?«, fragte ich, mir in diesem Fall vermeintlicher Untreue Bernds schon fast routiniert erscheinend.

»Tja, wie macht man das?«, fragte Tatzi, die mich jetzt schon wieder an ihre Ausstrahlung bei unserem letzten Abendessen erinnerte, so, als würde sie auch jetzt abgeklärt eines ihrer TV-Lieblingsrezepte referieren.

»Er war halt immer so viel unterwegs, und ich habe seine Kontoauszüge gecheckt. Die Hotelrechnungen, verstehst du? Und da habe ich gesehen, dass er andere Preise bezahlt hat als im letzten Jahr. Und da habe ich bei den Hotels angerufen und erfahren, dass er mit seiner …« Hier fing sie wieder an zu schluchzen. »Frau abgestiegen war und deshalb die Suiten gebucht hatte.«

»Als was hast du dich denn ausgegeben?«, wollte ich wissen. Vielleicht konnte man durch ihre Winkelzüge etwas fürs Leben lernen.

»Als seine Sekretärin natürlich«, klärte sie mich auf.

»Und dann?«

»Und dann habe ich in seinem Unternehmen angerufen und gefragt, wie noch einmal seine Sekretärin heißt. Ich habe behauptet, ich hätte ihr versprochen, ihr ein ganz bestimmtes Buch zu besorgen und ich müsse noch einmal mit ihr den Titel absprechen. Und als ich ihre Handy-Nummer hatte, habe ich seine Telefonrechnungen überprüft und gesehen, dass er ununterbrochen ihre Nummer wählt …«

Wieder fing sie an zu weinen wie ein kleines Kind.

»Und dann hast du ihn darauf angesprochen?«, nahm ich an.

»Wen?«, stellte sie die Verständnisfrage.

»Na, Bernd. Hast du ihn mit den recherchierten Tatsachen konfrontiert?«

»Nein, wie kommst du denn darauf? Ich habe seinen obersten Boss angerufen und ihm das erzählt. Und der hat sich Bernd zur Brust genommen, das kannst du mir aber glauben.«

Fast glänzten ihre Augen in diesem Moment mehr aus Stolz über ihre Rache als wegen der voraus durchlittenen Tränenfluten über den Verlust ihres Mannes.

»Und der hat ihm gesagt, dass in Zeiten wie diesen, na,

du weißt schon, wegen dieses Schlamassels, jetzt, so weltweit und so, also, da könne sich niemand solche Sperenzchen erlauben. Und er solle sich gefälligst am Riemen reißen …«

»Hat dir denn das nun wiederum Bernd erzählt?«

»Nein, natürlich nicht«, wies sie meine Vermutung zurück. »Die Sekretärin vom obersten Boss hat's getan. Die hat mich angerufen und das ganze Donnerwetter in allen Einzelheiten beschrieben. Sie ist eine Schwester im Geiste. Die ist auch von ihrem Mann mal so schäbig betrogen worden …«

»Aber, Tatzi, jetzt hör doch mal auf. Was ist denn jetzt die Sachlage? Bernd erzählt uns bei seinem Geburtstagsessen, dass er in eine andere Stadt geht, weil er ein besseres Jobangebot hat, du fügst hinzu, dass du mitgehst und jetzt sagst du mir, dass ihr euch scheiden lasst. Ist das eine gemeinsame Spontanentscheidung von gestern oder wie hab ich mir das vorzustellen?«

Tatzi schaute mich schnüffelnd an. Sie schien echt zu überlegen.

»Das weiß ich jetzt auch nicht so genau«, gab sie schließlich zu. »Ich auf jeden Fall lass mich scheiden. Das steht fest.«

Ich schloss genervt die Augen. Die Situation überforderte mich. Wie konnten zwei Menschen, die schon so lange zusammen waren und zwei Kinder miteinander hatten, so entschlossen aneinander vorbeihandeln und -leben? Waren denn die gemeinsamen Schönheits-OPs das einzige vereinigende Band zwischen ihnen gewesen? Ich konnte mich noch gut daran erinnern, wie ausgelassen sie in dieser Zeit gemeinsam seine neue Six-Pack-Modellierung und ihre plötzlich ausladende neue Oberweite zur Schau gestellt hatten und sich dabei mit gegenseitigen Komplimenten schier überschütteten.

»Tatzi«, startete ich schließlich, »habt ihr gemeinsam beschlossen, das Haus zu verkaufen?«

»Nein«, gab sie schließlich nach einigem Nachdenken zu. »Das hat er gesagt. Aber erst, nachdem ich es gesagt hatte.«

»Was hattest du gesagt?« Mich beschlich plötzlich das Gefühl, kurz vor einem Nervenzusammenbruch zu stehen.

»Dass ich das Haus verkaufen will«, erklärte sie.

»Und hast du ihm auch einen Grund dafür genannt?«, forschte ich nach.

»Wofür?«

»Dass du das Haus verkaufen willst, weil du dich scheiden lassen willst?«

»Nein.«

Ich massierte mir meine schmerzenden Schläfen.

»Tatzi, du musst jetzt dringend erst einmal zur Ruhe kommen, nachdenken und dann mit Bernd ein Gespräch führen. Er hat uns, so viel habe ich selbst miterlebt, angekündigt, das Haus verkaufen zu wollen, um dann mit dir und den Kindern in eine andere Stadt zu ziehen.«

»Aber das war ja vorher, bevor ich alle Beweise über seine Untre…«

»Das kann alles sein«, unterbrach ich sie rasch. »Irgendwas ist hier falsch. Irgendwas stimmt ganz und gar nicht. Geh nach Hause, sprich ihn an, und dann kommst du wieder, und berichtest mir, was dabei rausgekommen ist. Versprochen?«

Tatzi stand zögernd auf. »Meinst du wirklich?«

»Ja, ganz wirklich und jetzt sieh zu, dass du ihn schnell erwischst.«

Bevor sie an meiner Wohnungstür angekommen war, überraschte sie mich plötzlich mit einem Themenwechsel. »Wie findest du eigentlich meine neuen Ballerinas?«

Noch ganz in Gedanken mit ihrem Ehechaos beschäftigt, antwortete ich ihr ohne lange zu überlegen wahrheitsgemäß: »Ich finde, Ballerinas machen dick.«

»Das ist ja wohl das Allerletzte«, befand sie schnaubend. »Ballerinas sind der letzte Schrei, und man kann sie mittlerweile auch zu Röcken und Kleidern tragen.«

Jetzt begann sie, mir gehörig auf den Nerven rumzutrampeln. Ehekrise hin. Ehekrise her.

»Ich finde aber, dass ein positiver Effekt nur bei Elfen mit Kleidergröße Nummer ›Ist-nicht-vorhanden‹ demonstriert wird. Alle anderen Frauen haben plötzlich einen verkürzten Unterbau und wirken so, als hätten sie dicke Waden«, informierte ich sie entschieden über meine Sicht der Dinge.

Als sich das Knalltrauma in meinen Ohren, ausgelöst durch den wütenden Schwung, mit dem Tatzi meine Haustür ins Schloss geworfen hatte, ein wenig gelegt hatte, hallte ihr letzter Satz hartnäckig in mir nach: »Mit dir kann man aber auch über nichts reden!«

# 13

»Wie siehst du denn aus?«, entfuhr es mir ungewollt.

»Wieso?«, fragte meine Mutter spitz zurück. Sie saß in ihrem Bett, zwei Kissen hinter ihren Rücken gestopft, und schaute mich argwöhnisch an.

»Auf deiner Stirn«, deutete ich mit meinem Zeigefinger in ihre Richtung.

»Was soll schon sein?«, erwiderte sie ungerührt. »Das ist Paketband. Gegen die Falten.«

»Und damit schläfst du immer?«, erkundigte ich mich.

»Natürlich«, lautete ihre Antwort. »Davon klebe ich mir vorm Zubettgehen ein Stück drauf, und es glättet die Stirn über Nacht und morgen ist die Haut dort …«, sie tippte sich an die Stirn, »glatt wie ein Kinderpopo.«

»Und die Wickler?«

»Das sind Heizwickler, die bleiben jetzt drin, und morgen ist meine Frisur tipptopp.«

Während ich in mein Bett in der gemeinsamen Kabine kroch, ließ mir der Anblick ihrer Aufmachung immer noch keine Ruhe.

»Aber das tut doch weh, wenn du auf den Dingern liegst«, vermutete ich.

»Ich liege nicht, ich sitze«, gab mir meine Mutter Einblick in ihre Schlafgewohnheiten.

»Du sitzt? Das ist ja furchtbar«, bewertete ich ihr Verhalten.

»Im Gegenteil. Das ist auch noch gut für die Halsmuskulatur. Guck hier«, forderte sie mich auf, die Beschaffenheit ihres Halses aus der Nähe zu beurteilen.

Widerwillig tat ich ihr den Gefallen.

»Und? Was ist? Siehst du eine Falte?«, wollte sie wissen.

»Wenn du den Hals so nach oben reckst, kann ja keine Falte zu sehen sein«, weihte ich sie in meine Sicht der Dinge ein.

»Ich habe dir immer gesagt, schön den Kopf oben halten, dann bleibt dein Aussehen tadellos«, rief meine Mutter Erinnerungen an meine Jugendunterdrückung wach.

Müde drehte ich mich zur Wand.

»Mach das Licht aus«, bat ich sie, »ich bin kaputt.«

Noch während sie auf den Ausschaltknopf drückte, teilte sie mir mit: »Ab morgen machen wir Programm, damit du wieder zu Kräften kommst. Du bist viel zu schlapp.«

Trostsuchend griff ich nach Burli und drückte ihn an mein Gesicht. Mein Schnüffeltier roch tröstlich nach unserer gemeinsamen heimischen Umgebung, und ich dachte kurz an meinen Lebensabschnittsgefährten, der mir noch vor meiner Abreise zur gefahrvollen Expedition unter dem Titel »Mutter und Tochter machen Urlaub« ein Buch geschenkt hatte mit dem Titel »Dirty Wow Wow«, der internationalen Bezeichnung für Seelentröster aus Plüsch. Darin waren Fotografien von geliebten Stofftieren, einige in Burlis Zustand, andere bestanden nur noch aus Fäden, so dass man noch nicht einmal mehr im Ansatz erkennen konnte, was und wen sie einmal dargestellt hatten.

Er hatte nachsichtig gelacht, als mir vor Rührung die Tränen in die Augen schossen, und als ich die dazu abgedruckten Erinnerungen der inzwischen erwachsen gewordenen Besitzer an ihre geliebten Kuscheltiere las, hatte ich mir umständlich die Nase putzen müssen.

»Siehst du«, hatte er gesagt, während er mich verständnisvoll in den Arm nahm. »Du bist nicht allein. Eigentlich müsste man dir goldene Treuepunkte verleihen, für die Beharrlichkeit, mit der du Burli liebst.«

Ich fand es generös, dass er noch nicht einmal einen Funken von Eifersucht zeigte, und argwöhnte gleichzeitig, dass er Burli vielleicht gar nicht als vollwertigen Gegner erkannte, sondern nur für ein seelenloses Kunstprodukt hielt.

»Da hat er sich aber geirrt, was, Burli?«, fragte ich ihn jetzt leise. Was sofort mit einem lauten: »Redest du jetzt schon mit dir selbst?« meiner Mutter quittiert wurde.

Ich seufzte.

Die Anreise per Flugzeug mit zweimaligem Zwischenstopp hatte ich noch mit meinem iPod im Ohr gut überstanden, das Betreten des Schiffs allerdings hatte bei mir klaustrophobische Gefühle ausgelöst.

»Unser Traumschiff«, hatte dagegen meine Mutter gejubelt, außer sich vor Freude, womöglich gleich auf einige ihrer Lieblingsschauspieler aus der Dauerbrenner-Fernsehserie zu stoßen.

Ich hatte sie jedoch sofort dahingehend korrigiert, dass dies nicht der Drehort für ihr Lieblingsprogramm war, ein gezielter Desillusionierungsversuch, den sie jedoch sofort mit einem: »Du hast doch nun mal gar keine Ahnung« ungestüm vom Tisch der Argumente fegte.

»Wann hast du dir denn schon mal diese wunderbare Serie angeschaut?« Ich ließ die Frage unbeantwortet und fragte einen Steward, wo denn unsere Kabine gelegen sei.

Schnell hatte ich kapieren müssen, dass meine Mutter keine Außenkabine mit Balkon, nein, leider auch keine Außenkabine mit Fenster, sondern eine Innenkabine ohne alles gebucht hatte. Als wäre das noch nicht schlimm genug, es war tatsächlich nur eine ohne alles für uns beide zusammen.

»Ja, glaubst du denn, ich heiße Rockefeller?«, hatte sie mich ärgerlich gefragt, was ich mit einem Hinweis auf veränderte Weltzusammenhänge im Großen und im Kleinen konterte.

»Dieser fabulöse Name hat heute auch nicht mehr das Gewicht wie früher«, sagte ich. »Die sind auch von der Finanzkrise gebeutelt.«

»Die haben aber immer noch das Rockefeller-Center als Sicherheit«, trumpfte meine Mutter mit Fachwissen auf.

»Der Donald Trump kann sich für seinen kitschigen Trump Tower auch kein Butterbrot mehr kaufen«, gab ich zurück.

Wir befanden uns noch mitten im schönsten Schlagabtausch zwischen Mutter und Tochter, als der braungebrannte Steward gutgelaunt verkündete: »Ladys, ihre Kabine.«

Ich trat ein.

Und hielt unwillkürlich die Luft an. Vor mir lagen knappe vierzehn Quadratmeter mit jeweils einem Einzelbett an den Wänden, dazwischen ein schmaler Gang, direkt neben der Eingangstür ein Tisch, auf dem ein bescheiden beladener Obstkorb stand – das war's.

»Nein«, formulierte ich laut und deutlich.

»Gefällt es Ihnen nicht?«, erkundigte sich der Steward sofort.

»Wunderschön ist es hier«, behauptete meine Mutter, die dem besorgt Dreinblickenden einen Schein Trinkgeld in die Hand drückte.

»T r a u m h a f t«, fügte sie noch genießerisch hinzu, ehe sie ihn aus der Tür schob.

»Mama, das kann doch nicht dein Ernst sein«, erklärte ich.

»Was?«

»Wenn wir hier drei Wochen, auf so engem Raum gemeinsam auf hoher See, eingeschlossen sind, bringen wir uns gegenseitig um«, warnte ich vorausschauend.

»Du mich vielleicht«, änderte sie meine Voraussage leicht ab. »Ich werde viel zu beschäftigt sein, um solch unmenschliche Pläne zu schmieden.«

Sprach's und begann, umgehend ihre Koffer auszupacken. Missmutig schaute ich ihr zu, wie sie die wenigen Schrankelemente zu achtzig Prozent mit ihren mitgebrachten Outfits, Schuhen, Taschen und Kosmetika füllte.

»Mama, ich brauch Luft«, behauptete ich schließlich und machte mich auf den langen Weg durch das Innere des Kreuzfahrtschiffs.

Es war erst vor kurzem in Betrieb genommen worden, und der Prospekt, den mir meine Mutter zugeschickt hatte, zeigte prächtig kolorierte Einblicke in das Innen- und Außenleben des riesig anmutenden Schiffes.

Mehr als 1600 Kabinen, was mich gleich zu der angstvollen Feststellung gegenüber Tony veranlasste: »Rechne doch mal hoch, wenn in den meisten Kabinen bis zu vier Menschen mitfahren, wie viele ich da treffen werde.«

»Wirst du doch gar nicht, dazu ist der Kasten viel zu groß«, hatte Tony versucht, mich zu beruhigen. »Guck doch mal hier. ›Luxuriöses Design‹, steht hier, ›prachtvolle Inneneinrichtungen setzen Maßstäbe‹. Boah, hier, allein der Spa-Bereich mit sechs Pools erstreckt sich auf über 8000 Quadratmeter. Was sagst du jetzt?«

Tony war beim Durchblättern des Katalogs Feuer und Flamme. »›Dampfbad, Türkisches Bad, Fitness-Center, Wohlfühl-Oase‹ … Mensch, Schatzi, ich beneide dich.«

»Ich mich aber nicht«, hatte ich bitter geantwortet. Ich hatte auf der ganzen Linie verloren.

Meine Mutter hatte mir kategorisch eröffnet, dass sie keine Ausrede akzeptieren würde und mir auch gleich die zwei Varianten, die ich bereits als Fluchtmittel in Erwägung gezogen hatte, selbst vorgebetet. »Mit den beiden brauchst du gar nicht erst kommen. Kenne ich schon. Und selbst wenn du auf die Idee kommen solltest, dir irgendeins deiner Gliedmaßen vorsorglich in Gips legen zu lassen, dann schieb ich dich eben mit einem Rollstuhl aufs Schiff und erzähle jedem an Bord, dass du ein Selbsthasser bist …«

Ich stieg in einen Aufzug, der mich auf ein Pooldeck brachte. Vergoldete Putten mit Flügeln zeigten anmutig auf einen der Pools, über dem zweiten schwebten furchterregend bunt bemalte Drachen, wohl dort angebracht, um symbolisch über das Wohl der Badegäste zu wachen. Eines der achtzehn Restaurants war mit zwei Freitreppen in schreiend kobaltblauem Dessin geschmückt, und ich dachte wehmütig an den noblen Geschmack zurück, mit dem die Innenausstatter der »Titanic« dem Schönheitssinn der zahlenden Gäste geschmeichelt hatten.

Na ja, besser keinen Gedanken an diese fabulöse Welt verschwenden, sonst gesellte sich zu meiner Weltuntergangsstimmung auch noch die Furcht vor einer gemeinen Karambolage.

»Das kann ja übrigens auch nicht passieren«, hatte meine Mutter schon vorab meinen geheimen Gedanken an einen, wie auch immer gearteten frühzeitigen Abbruch der Kreuzfahrt abgeschmettert. »Wir passieren keine Eisberge.«

»Und Piraten?«, hatte ich ihr noch eine meiner verborgenen Ängste enthüllt.

»Vergiss es!«, lautete ihre knappe Antwort.

»Ein bisschen gruselig, nicht?«, wurde ich jetzt von einer Stimme gefragt.

»Ein bisschen?«, gab ich spontan zurück. »Ein bisschen sehr viel Bling-Bling!«

Ein amüsiertes Auflachen deutete ich als bestätigende Antwort, und ich drehte mich um. Vor mir stand eine großgewachsene Brünette, schlank, ohne dünn zu sein, geschminkt, ohne aufgetakelt zu wirken, schlicht gekleidet, ohne überladen daherzukommen, in schmal geschnittenen Hosen, einer weißen Bluse und flachen, beige getönten Loafers.

Kurzum. Richtig sympathisch.

»Wie hat es Sie denn auf dieses Schiff verschlagen?«, fragte sie mich unverblümt.

»Meine Mutter …«, begann ich.

»Bei mir ist es mein Vater«, verriet sie mir, und wir beschlossen, uns einen ruhigen Platz zu suchen, um unsere Erfahrungen als mitgeschlepptes erwachsenes Kind miteinander zu vergleichen.

»Diddi«, stellte sie sich vor, als wir in roten, hochlehnigen Sesseln Platz genommen hatten, vor uns ein kleiner, runder Tisch, hinter uns eine geschwungene, goldgetönte Bar-Landschaft mit in mattem, goldenem Leder bezogenen Hockern, über unseren Köpfen zwei Emporen aus edlem Marmor, die mit Hilfe von darauf befestigten Goldgittern erhöht worden waren. Diese schwebend anmutenden Wandelgänge mündeten wieder in eine breite, sich diesmal kompliziert windende Freitreppe, darüber wölbte sich eine mit bunten Fresken bemalte Decke.

»Soll das ein Panorama von Venedig darstellen?«, fragte ich Diddi, ob dieser überwältigenden Pracht unwillkürlich flüsternd.

»Nee, eher Verona, oder?«, lautete ihre Vermutung.

Bei dem mit weißem Stehkragenhemd und schwarzer Stoffhose bekleideten Ober bestellten wir uns zwei Tassen Cappuccino, worauf wir abrechnungstechnisch gefragt wurden, ob wir das »Getränke-all-inklusive«-Angebot gebucht hätten.

»Keine Ahnung«, zuckte ich mit den Achseln, während Diddi die Frage klar bejahte.

»Mein Vater würde sich so eine Vergünstigung niemals entgehen lassen«, urteilte sie.

Ich lachte bei dieser realistischen Einschätzung laut auf. Irgendwie hatte sich meine Stimmung verbessert. Als ich meine neue Reisebekanntschaft fragte, wie sie zu ihrem Namen gekommen sei, verriet sie mir den Grund.

»Ich heiße eigentlich Dietlinde«, hier verzog sie ihr Gesicht, »und ich bin ganz dankbar für die etwas schnittigere Verkürzung.«

Ganz gegen meine Gewohnheit begann ich aufgekratzt von mir zu erzählen. Während ich ihr noch von der Angewohnheit meiner Freundin Nessi berichtete, allen Bekannten und Verwandten einen Kosenamen mit Endung auf i zu verpassen, hatte ich das Gefühl, sie schon ewig zu kennen. Nach anderthalb Stunden waren wir beim zweiten Gin Tonic angekommen, gefolgt von dem Beschluss, uns zu duzen, und als ihr Handy klingelte und sie von ihrem Vater gebeten wurde, in die Kabine zu kommen, schieden wir mit dem Versprechen, uns gleich am nächsten Tag wieder zu treffen.

Doch drei Tage später hatte diese Verabredung immer noch nicht geklappt. Ich hielt die Augen offen, wenn ich mit meiner Mutter die x-te Freitreppe, dieses Mal in spiegelverglaster Anmutung mit Marmorgeläuf, in eines der diversen Frühstücksrestaurants herunterschritt. Dann wieder am Pooldeck, wo sich meine Mutter, in einen grell leuchtenden, türkisfarbenen Flatter-Pareo gehüllt, mit gleichfarbigem Turban geschmückt und auf klappernden silberfarbenen High-Heel-Sandaletten, mit unerbittlicher Wucht eine Liege besorgte und ihren Nachbarn mit dem Hinweis, sie sei, ärztlich bescheinigt, selbstmordgefährdet und ich ihre, sie beaufsichtigende, amtlich bestellte Pflegerin, von seiner Liege verscheuchte. Und auch abends fand sich keine Spur von Diddi und ihrem mir noch unbekannten Vater, wenn wir ins klassizistisch angehauchte Interieur des größten Dinner-Restaurants trabten. Das heißt, ich hinter meiner Mutter, die sich in einem lurexglitzernden Kleid präsentierte, um den Hals eine mehrreihige Perlenkette und an den Fingern zwei Ringe, deren Steine man wohl getrost als pflaumengroß bezeichnen konnte.

»Sag mal, wieso takelst du dich eigentlich so auf?«, hatte ich sie am ersten Abend gefragt, als wir an einem runden, festlich gedeckten Tisch Platz genommen hatten.

»Man muss sich an die Gegebenheiten anpassen«, hatte sie mich informiert. »Und ich finde, auch du könntest ein bisschen mehr Wert auf deine Garderobe legen.«

Unbewusst hatte ich prüfend an mir heruntergeschaut.

»Was gibt es da zu meckern?«, hatte ich Kritik geradezu herausgefordert. Ich trug einen schwarzen Hosenanzug, Pumps mit mittelhohem Absatz, war korrekt geschminkt. Es passte, wie ich fand.

»Ein bisschen mehr Farbe könnte dir guttun«, urteilte sie damals fachmännisch. »Ein Kleid wäre auch nicht fehl am Platz. Und ein bisschen mehr Schmuck könntest du auch anlegen.«

Dumm nur, dass ich ganz bewusst auf dessen Mitnahme verzichtet hatte, denn ich wusste schon, dass ich den Platz im zimmereigenen Safe nutzen würde, um Burli dort unterzubringen, wenn ich die Kabine verließ. Nicht auszudenken, wenn ihm während meiner Abwesenheit etwas zustoßen würde.

»Na ja, ich kann dir ja morgen etwas leihen«, hatte meine Mutter gedroht, ehe sie sich den herannahenden Gästen zuwandte, die offenbar ebenfalls für unseren Tisch gebucht hatten.

Eine Dame in Begleitung eines jüngeren Mannes stellte sich vor, und meine Mutter begrüßte die sorgfältig frisierte Lady mit Wangenküsschen. Ihr Begleiter verbeugte sich höflich, und mir wurde schlagartig bewusst, dass ich in der Falle saß.

Er war ein Sohn, sie seine Mutter. Er war gut situiert. Er war Single.

Den restlichen Abend erlebte ich meine Mutter in Höchstform. Sie pries mich und meine beruflichen Erfolge in den höchsten Tönen an, verstieg sich auch zu der Behauptung, dass ich mich so schrecklich einsam fühlen würde, weil: »Sie wissen schon, Erfolg immer einsam macht ...«, erforschte gleichzeitig penetrant aufdringlich die Vermögensverhältnisse unserer Tischgenossen und wies schließlich betont dezent darauf hin, dass auch sie selbst ein beachtliches Vermögen ihr Eigen nennen könne, dass sie sich »selbst erarbeitet« habe.

Es war der blanke Horror.

Ich durchkreuzte schließlich ihren sehr offensichtlichen Plan, mich mit dem ein wenig dröge wirkenden Muttersöhnchen zu verkuppeln, indem ich Magenschmerzen vorschob: »Sie wissen ja, die Seekrankheit«, und mich auf den Weg zur Kabine machte.

Dort angekommen, fiel ich ansatzlos in einen tiefen Schlaf und bekam nicht mehr mit, wann meine Mutter schließlich ihre Abendunterhaltung beendet hatte.

Am nächsten Morgen war ich hochgeschreckt. Laute Musikuntermalung und eine irgendetwas anpreisende Stimme hatten mich geweckt.

»Bist du auch schon wach?«, hatte meine Mutter diesen Vorgang kommentiert. Sie hielt eine Fernbedienung in Richtung des in der Kabine befindlichen kleinen, viereckigen Fernsehers und ließ sich, wie ich schnell feststellte, virtuell durch das Schiff führen.

»Jetzt schau dir doch mal diese schönen Shops an«, hatte sie mich aufgefordert, während ich gerade damit beschäftigt war, mich mühsam aufzurappeln.

Als ich mich vor Wochen entschlossen hatte, ihrer Einladung, die mehr einem ultimativen Befehl entsprach, nachzukommen und mit ihr tatsächlich ein Kreuzfahrtschiff zu betreten, hatte ich wohl völlig ausgeblendet, dass dies bedeuten würde, mir eine Minikabine mit ihr zu teilen. Ich hatte mir in Wahrheit überhaupt keine Gedanken gemacht, was alles auf diesem Trip auf mich zukommen würde.

Dass sich diese Verweigerungshaltung so bitter rächen würde, dass ich damit bestraft wurde, die intime Nähe meiner Mutter auszuhalten, war vermutlich nur gerecht. Hätte ich mich früher gekümmert …

»Schau mal, da gehen wir nachher shoppen«, kündigte mir meine Mutter am vierten Tag an, und ich warf einen Blick aus verschlafenen Augen auf den Minifernseher. Viel Glitzer, viel Chrom, viel Glas zeichnete die Shoppingmall aus.

»Was gibt es denn da?«, fragte ich gähnend.

»Alles«, teilte sie mir mit einer solchen Begeisterung mit, dass das aufgeklebte Paketband an ihrer Stirn Wellen warf. »Schau mal, ist das nicht toll, solche virtuellen Impressionen im bordeigenen Fernsehkanal geliefert zu bekommen? Guck, hier steht es ja, ›im Webcam-Bereich sehen Sie in Echtzeit die Position der Schiffe der Reederei, ihre Routen, die Navigationsdaten und Bilder vom Bug- und Heckbereich‹. Spannend, nicht?«

»Ich brauch erst mal einen Kaffee«, tat ich ihr kund, während gerade mal ein erstes Bein den Boden berührte.

»Dann ruf doch mal beim Kabinenservice an«, wies sie mich lässig an. »Das habe ich gerade bei meinem virtuellen Informationsspaziergang gelernt. Wir in unserer Klasse können nur das Frühstück in der Kabine zu uns nehmen, die Suitenbenutzer können sich den ganzen Tag alles in ihren Zimmerfluchten servieren lassen.«

»Na, Sozialneid?«, fragte ich nach, während ich zum Telefonhörer griff. Irgendwie kam ich mir nach dieser Eröffnung wie die armen Auswanderer in den unteren Decks der *Titanic* vor, die nur aus der Ferne den Glanz und Glamour der Millionärsreisenden auf den blattgoldverzierten Oberdecks bestaunen durften.

Seufzend gab ich meine Bestellung durch und machte mich dann auf den Weg ins Minibad.

Den ganzen Tag lang grübelte ich über das mysteriöse Verschwinden meiner neuen Bekannten Diddi nach. War sie etwa über Bord gegangen?

Als ich die wichtigeren Crew-Mitglieder rund um den Kapitän schließlich mit meiner schrecklichen Vermutung konfrontierte, machten die ernste Gesichter.

»Das ist aber ein furchtbarer Verdacht«, urteilte der Chefsteward streng. »Wie heißt denn Ihre Bekannte?«

»Diddi«, erwiderte ich zögernd.

»Und weiter?«

Ich zog ratlos meine Schultern hoch.

»Keine Ahnung.«

»Und welche Nationalität hat Diddi?«, wurde ich gefragt.

»Na, deutsch«, ließ ich ihn wissen. »Glaube ich zumindest.«

Seufzend wandte sich der weiß Uniformierte an einen Untergebenen. »Bitte, nehmen Sie sich der Sache an.«

Es war überdeutlich, dass er mich abwimmeln und die Last der Verantwortung auf andere abschieben wollte.

»Vielleicht könnten Sie ja veranlassen, dass eine Phantomzeichnung angefertigt wird, und dann könnten wir sie an Bord suchen lassen«, schlug ich eifrig vor.

Langsam drehte sich der in der Bordhierarchie ziemlich weit oben angesiedelte See-Fachmann zu mir um.

»Schade nur, dass wir unseren schiffseigenen Fahndungszeichner gerade ans FBI ausleihen mussten«, bedauerte er. Er hatte Humor, das musste man ihm lassen.

Ohne etwas erreicht zu haben, holte ich meine Mutter in der Kabine ab. Heute hatte sie sich, dem Anlass angemessen, in einen weißen Hosenanzug geworfen, darunter ein Top, auf dessen Vorderseite ein goldener Anker prangte. Auf dem Kopf trug sie zu meiner Pein eine stilisierte Kapitänsmütze, darunter baumelten große Creolen-Ohrringe in rot-weiß-blau.

Ich griff mir aus meinem, aus Platzgründen nur halb ausgepacktem Koffer meine bisher noch nie benutzte Londoner Luxuslabeltasche aus Karton. Jetzt schien für mich der Moment gekommen zu sein, sie in Gebrauch zu nehmen. Während des für einen Teil der Reisenden am gestrigen Abend zu absolvierenden Cocktailempfangs hatte ich noch einmal versucht, meine Mutter auszuquetschen, was es ihrer Meinung nach mit meinem Unbehagen auf sich hatte, kostbar und teuer wirkende Gebrauchsgegenstände zu benutzen.

»Ich glaube, das kommt von deiner Oma«, hatte sie mir zur Antwort gegeben. »Die hat immer gesagt, solche Sachen, die etwas mehr kosten, sollten nur zu besonderen Gelegenheiten benutzt werden. Sie sagte immer, die sind für ›best‹.«

»War die Engländerin?«, hatte ich tief beeindruckt wissen wollen.

»Quatsch, die kam aus Niebüll«, hatte sie mir knapp beschieden, bereits abgelenkt durch einen verstohlenen Hinweis, den sie mir gab, in dem sie mir mit schmerzhaften Folgen auf den Fuß trat.

»Au«, war es mir entschlüpft, »geht's noch?«

»Psst«, hatte sie gmacht. »Siehst du den allein stehenden Herrn da hinten an der Bar?«

Ich hatte mich umgedreht, während ich vorsichtig versucht hatte, meine tauben Zehen wieder ins Leben zurückzurufen. Was ich sah, war ein mittelgroßer, ein wenig rundlicher Mann, der in seinem ganz offensichtlich zu engen Anzug um Luft rang.

»Mama, bitte …«

»Sag jetzt hier vor allen Leuten bitte Hedda zu mir. Vielleicht glauben die ja dann, wir sind Schwestern.«

Ich hatte mich bei dieser Überlegung fast an meinem labberig warmen, viel zu süßen Cocktail verschluckt.

»Mama, jetzt mal ehrlich …«

»Hedda«, konnte sie noch zischen, ehe sie einen Herrn ansprach, der mit dem Rücken zu uns in eine Unterhaltung mit zwei anderen Gästen vertieft war.

Indigniert hatte er sich nach dem Störenfried umgeschaut, als meine Mutter schon eine Kaskade munterer Nichtigkeiten vom Stapel ließ.

Ich hatte Abstand zum Geschehen gesucht und war mit einer Person zusammengestoßen, der ich den rosarot gefärbten Inhalt meines Glases über den Körper goss.

»Pass doch auf«, hatte mich die mahnende Stimme meiner Mutter erreicht, als ich plötzlich hörte: »Wie schön, Sie wiederzusehen.«

Der wie ein begossener Pudel vor mir stehende Reisende hatte sich als das Muttersöhnchen unseres ersten Dinners entpuppt.

»Ich habe Sie schon überall gesucht«, gestand er mir ungefragt.

»Schätzchen«, mischte sich meine Mutter sofort hocherfreut ein. »Nun hilf ihm doch mal. Schließlich bist du ja für diese Art von Schiffstaufe verantwortlich.«

Ihre Begeisterung für ihren eigenen kleinen Scherz teilte der Mann, den sie zuvor aus seiner Unterhaltung gerissen hatte, so gar nicht, und er teilte nach einer kurzen, angedeuteten Verbeugung mit, er müsse sich nun leider verabschieden, da er mit seiner Tochter verabredet sei.

»Wie charmant«, hatte meine Mutter erklärt, »ich bin auch mit …«

Sie hatte sich fast an der treffenden Bezeichnung für meine Person verschluckt. Was er äußerst charmant mit der Bemerkung: »Oh, und ich dachte, es sei Ihre Schwester« quittiert hatte.

Die daraufhin einsetzende begeisterte Schockstarre meiner Mutter hatte ich umgehend ausgenützt, um eine Servicekraft auf den derangierten Zustand des Muttersöhnchens aufmerksam zu machen und sie zu bitten, seine Kleidung wieder vorzeigbar zu reinigen.

»Mutter«, hatte ich ihr schließlich äußerst gereizt am späteren Abend mitgeteilt. »Lass die Kuppelei. Ich bin glücklich in meiner Beziehung, und die Typen, die du hier aufgabelst, sind bei genauerem Hinsehen in genau dem Zustand wie die meisten der Wohnungen, die ich bisher besichtigt habe.«

»Aber sie sind doch charmant«, hatte meine Mutter beleidigt behauptet.

»Und das heißt immer verwarzt«, hatte ich sie belehrt.

Die Shoppingmall besaß erstaunlich überschaubare Abmessungen. Allerdings vermittelte sie durch golden eingefasste Türen der einzelnen Läden, große Glasfronten und ein unglaublich glitzerndes Warenangebot unleugbar einen Eindruck von kostbarem Luxus. Sogar im Marmorboden funkelten eingelassene Glitzerpartikel, und die Decke, zusammengesetzt aus einzeln ausgeschnittenen Spiegelelementen, fing das Geblitze und Flirren der Umgebung so spektakulär ein, dass man sich in einer Welt aus Tausendundeiner Nacht wähnte.

Da wir wegen der Begeisterung meiner Mutter für jedes noch so kleinste Detail nur im Schneckentempo vorankamen, war ich schließlich aufgrund meiner schmerzenden Füße überzeugt, die Mall müsse doch die Ausmaße eines gigantischen amerikanischen Einkaufszentrums haben.

»Ist das nicht wundervoll?«, fragte sie mich ununterbrochen, und ich hatte meine Antworten aus Kraftersparnisgründen schließlich aufs bloße Nicken reduziert.

Ich schaute nur noch stumm zu, wie sie sich drei Cocktailkleider mit üppigen Volants und viel Glitzerdruck zulegte, dazu passende Pumps in Lila, Rosé und Gold, diverse Feuchtigkeitscremes und zwei Parfüms in der Parfümerie kaufte, sich ein Armband mit glitzernden Symbolanhängern in einem mit wagenradgroßen Uhren bestückten Juweliergeschäft gönnte, ehe wir gefühlte drei Stunden später in einem Shop für »ausgewählte Produkte« landeten.

»Welche findest du gut?«, fragte meine Mutter. Gemeint waren Sonnenbrillen, die in etwa dreihundertfacher Auswahl über- und nebeneinander dekoriert waren.

»Das ist jetzt nicht dein Ernst?«, wies ich jede Verantwortung während des anstehenden Wahlvorgangs von mir.

»Aber sicher ist es mir ganz ernst damit«, stellte sie fest und begann, nacheinander jedes der Exemplare aufzuprobieren.

Ich bat schließlich die Verkäuferin, mir einen Stuhl zu gönnen, und betrachtete den Vorgang aus sicherer Entfernung.

Zum geschätzten zwölften Mal wurde ich in diesem Moment von einer Mitreisenden angesprochen, die von mir wissen wollte: »Wo gibt es denn den Shop?«, während sie, genau wie alle anderen Frauen vor ihr, auf meine Luxustragetasche deutete. Ich war fix und fertig. Nie im Leben hatte ich mit solch einer anstrengenden Reaktion auf mein Londoner Kartonagenmodell gerechnet.

Und vor allem nicht mit dem Gefühl der Schmach, das mich jedes Mal beschlich, wenn ich wieder erklären musste, dass ein Shop dieser Marke auf dem Schiff gar nicht existierte, und ich mit dem amüsiert-abschätzigen Blick der Fragenden leben musste, die nun glasklar erkannte, dass ich peinlicherweise der Schicht der zu kurz Gekommenen zugerechnet werden musste, die normalerweise nicht ihre Waren in Luxustempeln kauften. Und deshalb eben auch nicht, wie die von Tony beschworenen Schönen und Reichen, die Tragetasche aus den Luxusshops genauso lässig entsorgte wie unsereins die peinlichen bedruckten Plastiksäckchen aus unserer Welt. Ich hoffte allerdings, dass man mir nicht auch noch ansah, dass ich für mein Prachtexemplar viel Geld auf den Verkaufstresen gelegt hatte.

»Die ist toll, nicht?«, forderte meine Mutter in diesem Moment Zustimmung. Sie präsentierte sich mir mit einem übergroßen Brillenmodell auf der Nase, das das Gesicht fast bis zu den Lippen zu verbergen schien. Der Gesamteindruck wurde gekrönt von einem Faltpreisschild, das wie eine mehrseitige Buchausgabe in Miniaturformat vor ihrem Kinn baumelte.

»Toll!«, bestätigte ich erschöpft.

»Oder doch lieber diese?«, wechselte sie rasch das Gestell.

Mutter hatte mich mal wieder voll im Griff. In meinem normalen Leben hätte sich diese Einkaufsorgie nie abgespielt, da ich mich niemals als tütenschleppender Sherpa zur Verfügung gestellt hätte. Und da sie das wusste, nutzte sie jetzt gnadenlos alle Vorteile aus, die ihr der abgeschlossene Lebensraum eines Schiffes bot.

Ich kam mir deshalb folgerichtig vor wie ein Galeerensträfling in finstersten Potentaten-Zeiten, in denen das soziale Gefälle zwischen unten und oben schmerzhaft eindeutig festgeschrieben war.

Noch während ich überlegte, wie ich dem Treiben ein

Ende bereiten könnte, wohl wissend, dass ich keine Handhabe dazu hatte, blickte meine Mutter plötzlich auf die Uhr und verkündete überraschend: »Ich muss leider weg. Ich habe eine balinesische Massage gebucht. Oh Gott, bin ich spät dran.«

Sprach's und drückte der verdutzten Verkäuferin, die in Gedanken wohl schon mindestens drei, an meine Mutter verkaufte Brillen auf ihrem Haben-Konto verbucht hatte, das zuletzt aufprobierte Exemplar in die Hand.

»Nun komm schon«, forderte sie mich ungeduldig auf, doch ich streikte.

»Greif dir einen Steward, der dich zum Spa-Bereich bringt«, schlug ich vor. »Ich muss mich erst einmal erholen.«

»Du solltest mitkommen«, meinte meine Mutter. »Gönn dir mal eine Schlamm-Körpertherapie. Du musst dich entgiften.«

Um uns herum hörten vier Kunden den lautstark vorgetragenen Vorschlag meiner Mutter mit, und sie begannen wie es mir schien, mich mit äußerst kritischen Blicken zu beäugen. Ich hatte den Eindruck, dass sie in mir schließlich einen Junkie vermuteten, der von einem resoluten, sich aufopfernden Familienmitglied zum heilsamen Entzug gezwungen werden musste.

»Musst du immer so laut sprechen?«, raunte ich ihr zu, als ich mit hochrotem Kopf die Boutique verließ.

»Hallo, Sie da«, wurde ich im selben Moment wegen meiner Tragetasche erneut angesprochen. »Wo gibt es denn hier diesen Laden?«

Mit einem Schulterzucken ließ ich die Fragende stehen, ohne Antwort zu geben, was sie zu dem Ausruf: »Sie Prollette, so geht man nicht miteinander um« veranlasste.

»Lass doch diese alberne Tragetasche endlich in der Kabine«, forderte mich meine Mutter auf. »Das Ganze ist ja peinlich.«

»Ach ja«, giftete ich zurück. »Peinlich sind ja wohl deine Outfits mit Bling-Bling und Chichi.«

»Was willst du denn damit sagen?«, keilte sie zurück.

»Na, haben die beiden Schwestern wieder Diskussionsbedarf?«, ließ sich in diesem Moment eine männliche Stimme vernehmen.

»Sie …«, hob meine Mutter gerade zu einer heftigen Antwort an, als sie merkte, wer sie da angesprochen hatte.

»Ah, Sie sind es«, gurrte sie.

»Ja«, bestätigte genau der Herr, den sie an der Bar in seiner Unterhaltung gestört hatte, ihr Wiedererkennungstalent. »Und wie ich sehe, waren Sie shoppen«, kombinierte er messerscharf bei meinem Anblick. Neben meiner kostbaren Tragetasche, die meine Schulter aufgrund der darin verstauten Waren sichtbar schmerzend nach unten zog, schleppte ich noch drei weitere, große Einkaufstüten meiner Mutter.

»Wo gibt es denn diesen Shop hier?«, stellte er gerade die an diesem Tag meistgerichtete Frage an mich.

»Nirgends«, antwortete ich gereizt,

»Die hat ihr hier eine Verkäuferin gegeben, weil sie die nicht mehr brauchte«, hörte ich gerade meine Mutter lügen. »Diese jungen Dinger wollen ja immer mehr scheinen, als sie wirklich sind. So eine Angebertüte, wissen Sie, damit jeder glaubt, dass sie dort einkaufen können.«

Mein Puls erhöhte sich um etliche Frequenzen.

»Ach, das ist aber jammerschade«, kommentierte der Mann das Gehörte ohne weiteren sozialkritischen Kommentar. »Meine Tochter kauft dort ein, und ich hätte ihr gerne etwas mitgebracht.«

Mit einem höflichen Kopfnicken ließ er uns stehen, noch ehe meine Mutter es schaffte, ihn zum Abendessen an unseren Tisch einzuladen.

»Sag mal, du hast ja eine tolle Meinung von mir«, schimpfte ich.

»Wieso?«, fragte sie, während sie neben mir hertrippelte.

»Deine Geschichte rund um meine Tragetasche entbehrte ja nicht einiger geschickt platzierter Beleidigungen«, stellte ich grimmig fest.

»Mein Gott, Kindchen, bist du aber empfindlich. Ich wollte dir helfen, aus dieser entsetzlich unangenehmen Situation rauszukommen. Was hättest du ihm denn gesagt?«

»Ja, nichts«, entgegnete ich, »was geht denn den meine Tasche an?«

»Tragetasche, Liebes, Tragetasche«, korrigierte sie mich. »Und im Übrigen finde ich, dass er ein ausgesprochen liebenswürdiger Mann ist, vermögend, gebildet, herzenswarm ...«

»Woher willst du denn das jetzt schon wieder wissen?«, gab ich widerwillig meiner Neugier nach.

»Ich habe mich beim Chefsteward ein bisschen schlaugemacht«, gestand sie.

»Woher kennst du denn seinen Namen?«, fragte ich nach.

»Kenn ich gar nicht«, sagte sie. »Aber ich bin mal alle passenden Konstellationen durchgegangen.«

»Bei dieser immensen Anzahl von Menschen hier?« Ich traute meinen Ohren nicht. »Die Anzahl der Passagiere hat doch Kleinstadtstärke.«

»Ja, und?«, meinte sie ungerührt. »Ich habe meine Suche

eingekreist auf die Männer mit Töchtern, und da blieben nicht so viele übrig.«

»Aber die Stewards wissen doch gar nicht …«

»Du und dein Kinderglaube«, wiederholte sie eine Einschätzung meiner Person, die ich vor kurzem von jemand anderem gehört hatte. Doch noch ehe ich mich erinnern konnte, wer das gewesen war, überflutete mich meine Mutter mit ihrem aktuell erworbenen Wissen. »Er ist Anwalt, lebt in einer klassischen Millionärsgegend, ist geschieden und reist mit seiner Tochter …«

»Und warum haben wir die noch nicht mit ihm gesehen?«, unterbrach ich sie.

»Weil sie wahrscheinlich im Kids-Club betreut wird«, war sie nicht um eine Antwort verlegen.

»Da liegst du aber gewaltig schief«, fuhr ich ihr in die Parade. »Er hat gerade gesagt, dass seine Tochter gerne im Luxus-Preissegment shoppt. Das tut ja wohl keine Kids-Club-Betreute.«

»Hast du aber eine Ahnung«, widersprach sie vehement. »Heute haben schon Zehnjährige ihre eigene Kreditkarte.«

Mit dieser Erkenntnis verließ sie mich und verschwand im Eingang zum Spa-Bereich, nicht ohne mir vorher noch ein affiges Luftküsschen zuzuhauchen.

Ich schleppte mich zu unserer Kabine, wo ich die Einkaufsberge auf ihr Bett fallen ließ. Das Einzige, was mich jetzt noch aufrecht hielt, war die Aussicht auf unseren nächsten Stopp. Dann würden Tony und Jiorgos zu uns stoßen, und ich ordnete schon jetzt gedanklich die Reihenfolge, in der ich Tony von meinen verstörenden Erlebnissen an Bord berichten wollte.

Die Liste war lang.

Bisher hatte ich keinen einzigen Landgang mitgemacht. Die Zeit, in der die meisten der Reisenden voller Vorfreude ihre bereits gebuchten Besichtigungstouren genossen, hatte sich zu meiner ganz persönlichen Wohlfühlphase an Bord entwickelt. Das Geschnatter und Gedrängel um mich herum war dann verschwunden. Ich hatte sogar festgestellt, dass einer der Pools menschenleer in der Sonne lag. So alleingelassen, zog ich meine eigene Vorstellung vom Dolce Vita durch. Bestieg das Wasser, zog meine entenlahmen Runden, ohne mir Gedanken darüber machen zu müssen, wie mein Stil ankam, ob mein altersschwacher Badeanzug kritisiert werden würde und wie die Konsistenz meiner Oberschenkel in der Bewertungsskala eingeordnet wurde.

Außerdem nutzte ich meine mitgebrachten Kopfhörer, um mich mit den an den Liegestühlen angebrachten Lautsprechervorrichtungen zu verkabeln, die es mir ermöglichten, kitschige Liebesfilme aus aller Herren Länder auf der oberhalb des Pools angebrachten Leinwand anzuschauen.

Ein volles Kinoprogramm ganz für mich alleine, zum ersten Mal fand ich die Facilitys an Bord des Luxus-Liners außerordentlich durchdacht.

Und ganz nebenbei war ich fortwährend dankbar, nicht in diesen Landgang-Momenten mit meiner Mutter mitleidig von einheimischen Bewohnern der Länder wahrgenommen zu werden, die zwar sicherlich schon einige touristische Ausrutscher durchlitten hatten, aber definitiv noch nie eine Frau erlebt hatten, die es sich in den Kopf gesetzt hatte, ihre Vorstellungen von landesüblichen Outfits zu präsentieren.

Und so hatte ich sie an einem Morgen in einer orientalisch anmutenden Pumphose, einem kaftanähnlichen Oberteil mit aufgestickten goldenen Pailletten an Land gehen sehen, einen ihrer unvermeidlichen Turbane auf dem Kopf und ihre frisch pedikürten Füße in ausflugsuntauglichen Klapperpumps, deren Bleistiftabsätze einen gedrechselten Schwung aufwiesen.

»Das ist grotesk, Mutter«, hatte ich sie beschworen, was sie voller Empörung weit von sich wies.

»Das ist eine Hommage an das Land und seine Menschen«, hatte sie im sinnfreien Idiom von Politiker-Sprech verkündet.

»Hör mal«, hatte ich eingeworfen. »Auf der Info-Tafel hier an Bord stand, man solle sportliche Kleidung während der Landausflüge tragen. Man müsse beim Besuch vieler Sehenswürdigkeiten immer daran denken, dass angemessene Kleidung vorgeschrieben sei, keine kurzen Hosen, Bermudas oder ärmellose Tops …«

»Deshalb ziehe ich mich so an«, hatte meine Mutter nachdrücklich erklärt. »Siehst du bei mir ein Fitzelchen nackter Haut? Nein. Bin ich bedeckt von Kopf bis Fuß? Ja. Und deshalb bin ich wahrscheinlich einer der ganz wenigen Teilnehmer dieses Landausflugs, der alle geforderten Kriterien erfüllt.«

In meiner fantastisch verlassenen Welt rund um einen der Pools versuchte ich immer wieder, darauf zu kommen, wann die wundersame Wandlung meiner Mutter eingesetzt hatte. Schließlich kam ich zu dem Schluss, dass Tony den Anstoß gegeben haben musste, ihrem Leben eine völlig neue Wendung zu geben.

Nach ihrem mehrtägigen Besuch bei mir, in dem Tony sich statt meiner intensiv um sie gekümmert hatte, da erinnere ich mich genau, war sie modisch verjüngt wieder abgereist. Und ganz offenbar hatte sich die Veränderung nicht nur aufs Äußere beschränkt.

Ich hatte beschlossen, diese Überlegungen auf meine lange Agenda zu setzen, deren Themen ich mit Tony intensiv erörtern wollte.

# 14

Mykonos. Endlich waren wir am Ziel. Zwar nicht dem unserer Kreuzfahrt, aber dem meiner Rettung. Aufgeregt wie ein kleines Mädchen beobachtete ich aufmerksam von der Reling aus, ob sich Tony und Jiorgos dem Schiff näherten. Als ich sie schließlich entdeckte, jubelte ich unbewusst in der kreischigen Attitüde enthemmter Frauen los.

Tony schien diesen menschlichen Sirenenklang zu verstehen, denn er setzte sofort zum Sprint an, und als er endlich vor mir stand, fielen wir uns um den Hals wie zwei Menschen, die sich ein halbes Leben lang schmerzlich vermisst hatten.

»CchZack und CchCody an CchBord«, erreichten vertraute Laute mein Ohr.

Während ich Jiorgos genauso herzlich wie Tony abknuddelte, fragte ich leise in dessen Richtung: »Welches TV-Programm ist das denn?«

»Das ist ein Film aus den USA«, klärte der mich schnell auf. »Jiorgos will ausdrücken, hier treffen sich Menschen an Bord, die ganz dicke Freunde sind.«

Gerührt schaute ich Jiorgos an.

»Wie geht es euch?«, wollte ich sofort wissen.

»Prächtig«, behauptete Tony, der sofort seine gleichmäßige Bräune im Gesicht anpries.

»Toll«, bescheinigte ich ihm. »Dann warst du ja mal richtig in der Sonne.«

»Falsch«, wehrte er meine naheliegende Vermutung ab. »›Sunshine Melody Puder Nr. 12‹, mit Glitzerpartikeln«, gab er zu Protokoll. »Ich lass mich doch nicht rösten.«

Jiorgos grinste breit.

»Ssshopping-Cchanal«, weihte er mich in Tonys Kaufverhalten ein.

»Kommt, wir essen erst mal was«, schlug ich vor und zog die beiden in Richtung Oberdeckrestaurant, wo während des ganzen Tages Snacks und leichte Speisen serviert wurden.

Jiorgos und Tony machten große Augen, als sie die verwirrend üppigen Dekors, die abenteuerlich gemixten Farbkombinationen und beeindruckenden Materialien des Schiffsinneren in Augenschein nahmen. Als wir es uns an einem abgeschiedenen Dreiertisch auf dem Oberdeck gemütlich gemacht hatten, und Jiorgos den offenen Grill vor sich sah, bemerkte er anerkennend: »CchKocharena, super!«

Tony und ich nickten seine Klassifizierung zustimmend ab, und ich überfiel Tony ansatzlos mit meinem drängendsten Problem.

»Die Idee mit der Tragetasche war idiotisch«, stellte ich fest und erzählte ihm von meinen Erlebnissen an Bord.

»Das konnte doch niemand ahnen, dass die Leute so bescheuert reagiert würden«, wies Tony jede Verantwortung von sich. »Und außerdem bist du ganz allein auf die Idee gekommen, so ein Ding zu kaufen.«

»Tony«, erklärte ich ihm. »Ich mache dir doch keinen Vorwurf, aber du hattest mir vor kurzem in Aussicht gestellt, dass ich mit diesem Utensil am Arm der vielbeneideten besitzenden Klasse zugerechnet werden würde. Und jetzt ist genau das Gegenteil eingetreten. Man registriert sehr genau, dass ich mich mit einem Statussymbol schmücke, dass überhaupt nicht zu meinem Lebensstil passt.«

Das in makellos weißes Tuch gekleidete Mitglied der Schiffscrew brachte uns Crevetten in süßsaurer Sauce, ein Minifilet mit Kräuterbelag und einen Teller mit Spaghetti Napoli.

Tony schüttelte missbilligend den Kopf.

»Wieso isst du immer dasselbe?«, monierte er. »Du bist hier auf einem Luxus-Liner der gehobensten Kategorie. Da musst du mal deinen Gaumen schulen lassen.«

»Aber die Sachen sind immer so artifiziell«, warf ich mit vollem Mund ein. »Da gibt es immer so unzählige ... schwampf ... sonderliche Sachen, die ich ... mmpff ... nicht mag.«

»Das weißt du doch gar nicht, wenn du sie nicht probierst«, mahnte er, während er sich beim Essen begeistert umsah.

»Das ist Luxus«, urteilte er. »Guck dir das glitzernde Meer an. Und dann die Aussicht auf den Hafen, schau mal ... Ist das nicht Hedda?«

Ich drehte mich um.

»Cchie sszauberhafte CchJeanni«, staunte Jiorgos in tadelloser Wahrnehmung.

Ich verzog gequält den Mund.

»Ja, das ist meine Mutter, die sich dem landesüblichen Geschmack anpassen will.«

Jiorgos schaute erstaunt an sich herunter. Er trug eine weiße Leinenhose und ein weißes, weit geschnittenes Flatterhemd.

»CchIch bin ein CchGrieche«, stellte er stolz fest.

»Ja, und ›Grieche sucht Griechin‹«, fügte diesmal ich in seiner üblichen Filmtitelmanier hinzu.

Jiorgos schnalzte anerkennend mit der Zunge.

»Ich glaube ja, dass du für diese makabre Kostümierung meiner Mutter verantwortlich bist«, schob ich Tony die Schuld zu.

»Ich? Wie sollte ich das denn bewerkstelligt haben? Übersinnliche Telepathie oder was?«, fragte er entrüstet zurück.

»Als du bei mir zu Hause die Betreuung meiner Mutter übernommen hast«, begann ich ihm meine Ursachenforschung für Mutters dramatische Wesensveränderung zu schildern, »muss sie den psychologischen Urknall erlebt haben.«

Tony schaute mich ratlos an, bevor er erwiderte: »Ich hab mich nur intensiv mit ihr beschäftigt, etwas, was du offensichtlich seit vielen Jahren nicht mehr getan hattest. Und deshalb fühlte sie sich ...«

»A n t h o n y«, jodelte meine Mutter genau in diesem Moment.

Sie hatte uns an diesem, bis zu dem Moment idyllisch abgeschiedenen Flecken an Bord entdeckt.

Zunächst wurde Tony von ihr überschwänglich geherzt und gebusselt. Dann war Jiorgos an der Reihe, der sich mit lautem »CchHello« und »CchHeddissima« revanchierte.

Mir nickte meine Mutter nur sehr selbstzufrieden zu, ehe sie sich von einem Kellner einen Stuhl heranziehen ließ.

»Champagner«, flötete sie, während sie, peinlicherweise dabei in die Hände klatschend, auf sich aufmerksam machte.

»Jiorgos-Darling, deine Heimat ist ganz wundervoll«, bedachte sie den vor sich hin kauenden Angesprochenen mit einem Kompliment. »Diese weiß gekalkten Häuschen mit den putzigen blauen Kuppeldächern, ein Gedicht.«

»CchHerrlich, nicht?«, ergänzte Jiorgos hingerissen.

»Wie lange könnt ihr bleiben?«, unterbrach ich diese Meinungsäußerungen mit einer schnöden Frage.

»Wir dachten uns, drei Tage an Bord wären schön«, informierte mich Tony. »Wir wollen mal sehen, ob wir noch eine Kabine bekommen können.«

»Da werde ich aber für sorgen«, versprach meine Mutter durchsetzungsbereit umgehend ihre Unterstützung.

»Und euer Gepäck?«, wollte ich natürlich wieder Probleme erörtern.

»Das haben wir schon am Flughafen aufgegeben«, berichtete Tony. »Und was wir sonst noch so brauchen ... Wir dachten, du könntest uns ein paar T-Shirts leihen«, meinte er an mich gerichtet. »Dann werden sie doch hier bestimmt Einmal-Zahnbürsten haben für Reisende, die alles vergessen haben, und den Rest kaufen wir hier in den Boutiquen.«

Überrollt von seiner dezidierten Planung, bot ich ihm an: »Dann kannst du meine Tragetasche haben. Du kannst damit umgehen.«

»Ich kümmer mich mal eben um eure Bleibe«, kündigte meine Mutter an, die mit einem gefüllten Glas Champagner in der Hand lostrippelte.

»Hast du denn hier nette Leute kennengelernt?«, fragte Tony gespannt, während er gleichzeitig die Dessert-Karte orderte.

Ich berichtete ihm von meiner Kurzbekanntschaft mit Diddi, die sich seitdem in Luft aufgelöst hatte.

»Typisch, wenn ich mal wen Nettes treffe, wird nichts draus«, resümierte ich schicksalsergeben.

»Und, was machen die Männer?«, stellte er die, offenbar alle interessierende Zusatzfrage.

»Tony«, erwiderte ich streng. »Jetzt mach mir hier nicht

meine Mutter, die reicht mir schon im Original. Wusstest du, dass sie sich nachts die Stirn mit Paketband straff klebt?«

»Natürlich«, bekam ich zu hören. »Das ist doch mein Tipp. Hat sie es tatsächlich wahrgemacht.«

»Wieso? Hast du das etwa schon ausprobiert?«

»Klar, das mache ich jeden Abend. Da bekommst du keine Falten. Aber erzähl mal lieber, welche Typen dir gefallen haben.«

»Tony, ich verbitte mir schon bei meiner Mutter solche Einmischungen in mein Privatleben. Jetzt fang du nicht auch noch davon an.«

Mit einem lauten »Geht alles klar« meldete sich in diesem Augenblick meine Mutter zurück.

»Hedda«, wandte sich Tony ihr sofort zu. »Erzähl, was hast du alles so gemacht?«

Und so erfuhr ich im nun einsetzenden Erlebnisbericht meiner Mutter, was sie im Laufe der zurückliegenden Tage so getrieben hatte.

»Ich bin Bridge-Meisterin meiner Klasse geworden …«

»Bei den Teenagern?«, fiel ich ihr gereizt ins Wort.

»Bitte«, verbat sie sich mit Nachdruck solche satirischen Äußerungen. »Nein, bei den Dreizig- bis Vierzigjährigen …«

»Mama«, protestierte ich.

»Was denn?«, wollte sie wissen. »Da muss man doch nicht beamtenehrlich sein. Glaubst du, ich leg denen meinen Personalausweis vor? Ich hab genau die Altersklasse gewählt, der ich mich innerlich wie äußerlich zugehörig fühle.«

»CchBravo«, kommentierte Jiorgos dieses Vorgehen. Er schien paradoxerweise in der Zeit in seinem Heimatland mehr Deutschkenntnisse gespeichert zu haben als je zuvor. Zumindest schien er mehr zu verstehen.

»Und dann habe ich Krafttraining gemacht, Aerobic, Stretch und Tone und Aquafitness ...« Wir drei hörten ihr aufmerksam zu. Sie genoss jede Sekunde ihres Vortrags. »Und Yoga und Pilates, habe jeden Morgen den Jogging-Parcours im Freien genutzt, habe Tennisstunden genommen und will heute Nachmittag Rollerskates fahren.«

Ich klappte meinen offen stehenden Mund wieder zu.

»Wann hast du das denn alles gemacht?«, wollte ich schließlich ergründen.

»Wenn du dich hinter deinen Büchern verschanzt hast«, trug sie vorwurfsvoll vor. »Wenn du vor dem Fernseher in der Kabine versackt bist und wenn du vor dem Zeitungsstand gewartet hast, um die neu angelieferten Zeitungen als Erste zu kriegen.«

»Und was liegt heute an?«, fragte Tony tief beeindruckt von Heddas Tour de Force.

»Heute ...«, sie schaute konspirativ in die kleine Runde, »machen wir es uns bei einer weiteren Flasche Schampus in der Bar bequem und überlegen, was wir morgen Abend bei der großen Entertainment-Gala auf der Bühne anbieten können.«

Beifallheischend nahm sie jeden von uns ins Visier. Was sie sah, konnte sie nicht wirklich überraschen.

Ich hielt meine Hände abwehrend vor mich hin, Tony und Jiorgos lagen sich jubelnd in den Armen.

»Doch«, informierte sie mich, »du machst mit.«

Wir verbrachten tatsächlich den Rest des Tages unter fortwährender Alkoholzufuhr und mit dem Schmieden ausufernder Pläne für das von meiner Mutter gewünschte Vorhaben, in einem der Theater Teil einer, wie sie ankündigte, spektakulären Show zu werden.

»Ihr glaubt ja nicht, wie riesig feudal das Theater ist«, beschrieb sie den Austragungsort. »Da werden sonst Wahnsinnsshows von Profis geboten, aber einmal während der Touren werden die Gäste zu Attraktionen«, erläuterte sie Sinn und Zweck der Unternehmung.

»Und was stellst du dir vor?«, fragte Tony ganz gespannt.

»CchLet's CchDance?«, schlug Jiorgos vor.

»Nee, dann können wir ja nicht alle zusammen auftreten«, wies meine Mutter seinen Vorschlag zurück. »›Let's dance‹ ist doch eine TV-Tanzshow, bei der Paare miteinander im Wettbewerb stehen. Das ist nichts für uns.«

»Dann müssen wir eine Band darstellen«, fiel Tony ein, der sich, an mich gewandt, von mir einen Rat erhoffte.

»Kannste vergessen«, entzog ich mich jedweder Verantwortung.

»Komm, stell dich nicht so an, du kennst dich doch mit Gruppen aus. Wen könnten wir denn mimen?«

»Was heißt mimen?«, echauffierte sich meine Mutter. »Wir singen und performen live.«

»OhCchGott, oh CchGott!«, jammerte Jiorgos, der offenbar geglaubt hatte, zu Playback auftreten zu dürfen.

»CchWaterloo«, befürchtete er folgerichtig angesichts der ihn erwartenden Herausforderungen.

»Ja, auf dem Felde der Ehre unterlegen«, stimmte ich seinem gedanklichen Bild zu.

»Nein«, schrie Tony auf. »ABBA. Das ist es. Wir sind vier. Zwei Frauen. Zwei Männer. Du bist …« er schaute meine Mutter an, »Anni-Frid und du …«

»Nein, ich bin nicht Agnetha«, kam ich ihm zuvor. »Die

tritt nämlich schon seit Jahren nicht mehr auf, und genauso werde ich es auch halten. Mich kriegt ihr nicht auf die Bühne.«

»Spielverderber«, urteilte meine Mutter hart.

»Das muss ich jetzt aber auch sagen«, pflichtete ihr Tony bei. »Das ist nicht fair. Wir wollen doch nur einen Riesenspaß haben …«

»Ihr werdet eine Riesenblamage erleben«, entsprach ich meiner üblichen Außenseiterrolle. »Das steht fest.«

»Mensch, gib dir doch mal einen Ruck«, insistierte Tony. »Wovor hast du denn Angst? Dich kennt doch hier niemand. Da ist es doch egal, wenn du dich zum Affen machst.«

»Genau das liegt mir so gar nicht«, gab ich zu. »Das Einzige, was ich euch verspreche, ist, Beifall zu klatschen. Ich mach den Jubler für euch.«

»Da werden wir genug von haben«, glaubte meine Mutter. »Aber du lässt uns im Stich. Das vergessen wir dir nie.«

Diese harsche Beurteilung teilten allerdings zu ihrer großen Überraschung weder Tony noch Jiorgos. Sofort schlugen sie sich auf meine Seite – ihr Gerechtigkeitssinn gegenüber Minderheiten war doch sehr stark ausgeprägt.

Schließlich wechselten wir die Location und nahmen die von meiner Mutter reservierten Plätze an einem Tisch im Haute Cuisine Club ein.

»Guck mal«, flüsterte Tony Jiorgos zu. »Da gibt es einen Schokoladenbrunnen, drüben in der ›Coffee and Chocolate Bar‹. Da halten wir nachher unseren Kopf rein und lassen uns volllaufen.«

Die beiden kicherten in freudiger Erwartung auf diese Erfüllung ihres Traums, den sie gemeinschaftlich hegten, seitdem sie sich den Film »Charlie und die Schokoladenfabrik« angeschaut hatten.

Meine Mutter orderte für Tony, Jiorgos und sich Kammmuschel-Gratin, Paté Maison mit Trüffeln, eine Langustencremesuppe, Grüne Ravioli gefüllt mit Bresaola, Steinpilzen und Frischkäse in cremiger Käsesauce, Garnelen Fra Diavolo mit Reis und Gemüse serviert und Lachs im Salatblattmantel mit Salzkartoffeln.

»Und Sie?«, fragte mich die Servicekraft freundlich.

»Tagliatelle mit Tomaten und Basilikum«, erwiderte ich, ohne weiter in das Angebot der Karte zu schauen.

»Natürlich«, kommentierte der Kellner meine Wahl.

»Habt ihr vielleicht jetzt eine Idee für unseren Auftritt?«, kam meine Mutter unerbittlich wieder auf unsere bisher erfolglos gebliebene Diskussion zurück.

»Ich muss erst mal was essen«, eröffnete ihr Tony, als plötzlich ein »Guten Abend« Aufmerksamkeit forderte.

»Ah, wie nett. Sie speisen auch hier«, zwitscherte meine Mutter los. Ich schenkte mir einen Blick hinter meinen Rücken, bei dem Ankömmling konnte es sich nur um den Vater der bisher unsichtbar gebliebenen Tochter handeln.

»Ja, und wie ich sehe, sind Ihre Söhne dazugestoßen«, meinte der von meiner Mutter als erfolgreicher Anwalt Klassifizierte beim Anblick von Tony und Jiorgos, die nicht zu verstehen schienen, wie ihnen geschah.

»Nein«, wies meine Mutter solch eine Vermutung empört zurück. »Das sind meine lieben Freunde.«

»Oh«, machte der Herr, ein wenig enttäuscht klingend.

»Wie schön, dann haben Sie und Ihre Schwester ja jetzt Gesellschaft.«

»Schwe…«, versuchte, Tony zu fragen.

»Frag nicht«, beschied ich ihn knapp. »Das willst du nicht wirklich wissen.«

»Wir werden morgen alle gemeinsam im Theater bei der Überraschungsgala auftreten«, verriet meine Mutter ablenkend. »Werden Sie uns zuschauen?«

»Jetzt, wo ich das weiß, selbstverständlich«, versprach der Angesprochene.

»Bringen Sie doch Ihr Töchterchen mit«, schlug meine Mutter unerbittlich aufdringlich fort.

Ich spürte förmlich, dass der Mann eine Augenbraue hochzog, hörte jedoch, wie er freundlich versprach: »Wenn ich Sie überreden kann mitzukommen, sehr gerne.«

»Was war denn das?«, wollte Tony anschließend von meiner Mutter wissen.

»Ein sehr netter Mann, findest du nicht auch?«, buhlte sie um Zustimmung.

»Ja, aber wie kommt der darauf, dass wir deine Söhne und vor allem, sie deine Schwe…« Meine Mutter unterband die Ausformulierung des Punktes, der Tony am dringendsten interessierte, indem sie enthusiastisch das gerade erfolgende Servieren der georderten Speisen begrüßte.

Beim anschließenden Absacker in der Bar starrte Jiorgos fasziniert zum Kronleuchter empor, der, an der niedrigen Decke hängend, schummeriges Licht durch unzählige dunkelgrüne Leuchten im feudal gestalteten Beleuchtungskörper verströmte.

»Und jetzt muss uns etwas einfallen, sonst schaffen wir das nicht mehr bis morgen«, beschwor uns meine Mutter im Stile eines Basketball-Trainers. »Wir müssen uns doch auch noch um die Kostüme kümmern«, gab sie zu Bedenken.

Die Lämpchen warfen mit ihrem Schein kleine grüne Flecken auf ihr Gesicht, was den Eindruck einer glitzernden Pailletten-Färbung hervorrief, und ich erinnerte mich an …

»Die Supremes«.

Und schaute in verständnislose Gesichter.

»Ihr gebt morgen Abend die Supremes. ›Baby Love‹. Den Hit kennt ihr doch.«

»Wer ist das denn?«, fragte meine Mutter misstrauisch.

»Diana Ross and The Supremes«, assistierte Tony begeistert. »Mensch, das ist eine tolle Idee.«

Auch Jiorgos signalisierte freudige Zustimmung.

»Siehst du wohl, wie gut es ist, dass ich so viel lese?«, fragte ich meine Mutter.

»Was hat denn das mit lesen zu tun?«, gab sie zurück.

»Die Supremes haben gerade irgendein Jubiläum und deshalb habe ich diverse Artikel über sie gelesen. Und wenn ich so was nicht tun würde, hättet ihr jetzt für morgen keine Idee.«

»Leben die denn noch?«, fragte sie besorgt.

»Was hat das denn mit eurem Auftritt zu tun?«, wollte ich wissen.

»Wenn die schon unter der Erde sind, macht mich das alt«, befand sie kühl. »Und ich will doch auch bei den jüngeren Zuschauern punkten. Die stimmen doch mit über unsere Platzierung ab.«

Ich seufzte.

»Da kann ich dich beruhigen, Diana Ross ist putzmunter und vor allem immer noch sehr attraktiv. Und da du diesen Part übernehmen wirst, bist du auf der sicheren Seite.«

Tony und Jiorgos waren Feuer und Flamme. Sie warfen sich mit einer Begeisterung in die Vorbereitungen, dass sogar ich mich wider Willen davon anstecken ließ. Gemeinsam stöberten wir am nächsten Morgen in dem von den

Animateuren bereitgestellten, Kostümfundus und suchten nach roten Glitzerroben. Was wir fanden, übertraf unsere kühnsten Erwartungen.

Grell funkelnd hingen schließlich drei ähnlich aussehende, figurbetonende Abendkleider auf einem Ständer, dazu zwei Paar Pumps in den gesuchten Männergrößen, meine Mutter wollte in ihre eigenen Exemplare schlüpfen.

Am Nachmittag stand die Generalprobe für die große Gäste-Gala an. Via Internet hatte ich den Text für den Song gefunden, den die drei vortragen wollten. Nun versuchten sie unermüdlich, den richtigen Ton zu treffen. Bisher mit wenig Erfolg.

»Du singst jetzt ›ooh, ooh, ooh‹«, beschwor Tony zum x-ten Mal meine Mutter, die immer wieder das dritte Ooh unter den Tisch fallenließ.

»Und dann kommen wir: ›baby love, my baby love‹, verstehst du nicht?«

»Wieso sollte ich das nicht verstehen?«, wehrte meine Mutter solche Unterstellung ab. »Aber wann kommt dann ›I need you, oh, how I need you‹?«

Für mich entbehrte der Anblick dieser Proben nicht einer gewissen Komik. Meine Mutter, bereits im Paillettendress, Tony und Jiorgos noch in ihren normalen Klamotten, allerdings schon mit den ungewohnten High Heels an den Füßen.

»Zum Eingewöhnen, verstehst du?«, hatte Tony mir eröffnet, als ich mich über seinen Anblick auf den ungewohnten Stöckelschuhen amüsierte.

In dieser Probenphase allerdings wurde der Ton zwischen den drei Akteuren deutlich rauer.

»Wir singen dann ›but all you do is treat me bad‹«, erklärte Tony jetzt zum wiederholten Mal, was meine Mutter mit den Worten: »Das tust du aber wirklich« bestätigte.

Mittlerweile schien ihr die Dramatik der Stunde bewusst zu werden. Nur noch wenige Stunden bis zum alles entscheidenden Auftritt, und sie konnte weder ihren Text noch traf sie die Melodie. In ihrer aufsteigenden Panik hatte sie wohl die Tatsache verdrängt, dass sie selbst es gewesen war, die das Trio beim Wettbewerb um den originellsten Auftritt angemeldet hatte.

Jiorgos versuchte unterdessen unermüdlich, seinen beiden Partnern die von ihm entworfene Choreographie zu vermitteln.

»CcHier … Cchtop … und … CcHhopp«, kommandierte er – ohne großen Erfolg.

»Wie soll ich denn hoppen, wenn ich gleichzeitig ›ooh, ooh, ooh‹ singen muss?«, fragte meine Mutter aufgebracht.

Jiorgos raufte sich entnervt seine schöne Lockenmähne.

»Wie viele Strophen hat denn der Song?«, wollte meine Mutter jetzt wissen.

»Fünf«, informierte ich sie schnell von meinem Beobachterposten aus, »und dann noch drei Mal einen unterschiedlichen Refrain.«

»Bis ich wieder ›ooh, ooh, ooh‹ singen muss?«, fragte sie.

»So ungefähr«, stimmte ich zu.

Das Theater hatte beeindruckende Ausmaße. Auf den Rängen, rundum mit goldenen Verstrebungen in einzelne Sitzreihen unterteilt, fanden meiner Einschätzung nach mindestens 800 Zuschauer Platz. Sie hatten von allen Seiten freien Blick auf die erhöhte Bühne, die sich bis in die Mitte des Raums erstreckte. Dort würden weitere Gäste auf den in unterschiedlichen Höhen angeordneten Sitzreihen freie Sicht auf das Geschehen haben. Die versetzt festgeschraubten Plätze bestanden aus bequemen Sesseln, bezogen mit schwerem Stoff mit geschwungenen Ornamenten. Vor jedem zweiten Sessel erhob sich ein Tisch aus dem Boden, auf dem vermutlich bei der Abendveranstaltung Drinks abgestellt werden konnten.

An der Decke des Theaters, die von golden glänzenden Metallpfeilern gestützt wurde, waren geschickt Scheinwerfer in länglichen Boxen versteckt, die vermutlich am Abend die Laienschar in gleißendes Licht tauchen würden – darunter meine Mutter. Es war schon ein erhebendes Gefühl, sie sich als Mittelpunkt eines solch professionell betreuten Auftritts vorzustellen. Allerdings schwankte ich in meiner Erwartung noch zwischen zaghafter Vorfreude und der quälenden Ahnung, sie mit Pauken und Trompeten untergehen zu sehen.

Wurden bei so einer Veranstaltung, die den ungeübten Protagonisten das Äußerste abverlangte, auch Eier und faule Tomaten an die Zuschauer verteilt? Wohl eher nicht, beruhigte ich gerade meine flatternden Nerven, als Tony auf der Bühne das Handtuch warf.

»Ich kann so nicht arbeiten«, befand er wütend.

»Was ist denn passiert?«, rief ich in Richtung Bühne.

»Siehst du es nicht selbst, oder was machst du da unten?«, schrie er zurück.

So kannte ich Tony nicht. Er schien bis zum Anschlag überreizt.

»Er verlangt, dass ich Slang singe«, setzte mich meine Mutter jetzt in Kenntnis.

»Welchen Slang?«

»Na komm rauf und hör es selbst«, forderte sie mich auf

und ich erklomm die Bühne. Uih, ich schaute mich um. Es war wirklich furchterregend sich vorzustellen, dass dieser noch menschenleere Saal später mit hunderten von amüsierwilligen Besuchern gefüllt sein würde.

»Er will«, startete meine Mutter, »dass ich ›been missin' ya, miss kissin' ya‹ singe. Das ist nicht meine Art, englisch zu sprechen. Ich bin doch kein Rapper«, empörte sie sich weiter.

»Lass mich mal gucken«, bat ich sie um Einblick in den von mir selbst besorgten Text.

»Das ist aber richtig so«, gab ich Tony recht. »Das muss man so singen. So haben's die Supremes auch gemacht.«

»Und wir müssen ja auch so ulkig singen«, versuchte Tony jetzt, sich in einem etwas ruhigeren Ton verständlich zu machen. »Später kommt ›let's do some kissin', and makin' love‹. Hört sich auch bescheuert an, aber sonst passt's nicht auf die Musik.«

Eine Animateurin schob sich näher an uns heran.

»Gibt es ein Problem? Eins, das wir lösen können?«, bot sie ihre Hilfe an.

Als sie von den Schwierigkeiten meiner Oxford English präferierenden Mutter hörte, machte sie einen Vorschlag zur Güte: »Und wenn Sie es mal mit einem Volksmusik-Auftritt versuchen?«

Da war sie aber bei meiner Mutter an der Falschen gelandet.

»Schau'n Sie mich mal genau an«, giftete sie. »Entspreche ich etwa Ihrer Vorstellung von einer Heile-Welt-Diseuse?«

Ich suchte das Weite, nicht ohne vorher noch mit der Kamera meiner Mutter etliche Schnappschüsse vom Geschehen zu machen. Sie hatte mich so inständig gebeten, jede Sekunde rund um ihren großen Auftritt festzuhalten, dass ich mich entschlossen hatte, wenigsten diesen Beitrag zum Coming-out meiner Mutter als Show-Star erledigen zu wollen.

Sie selbst hatte von dem Moment, als Tony und Jiorgos an Bord auftauchten, unentwegt ihre Kamera im Anschlag gehabt und mich damit mal wieder ein wenig verletzt. Während des, zugegebenermaßen nicht von häufiger Zweisamkeit geprägten, Urlaubs hatte sie nicht ein Foto von mir gemacht. Gestern Abend allerdings war ich häufiger mit aufs Bild gerutscht.

Die gereizten Diskussionen der drei Möchtegern-Supremes hatten inzwischen etliche ihrer Mitbewerber angelockt, die, miteinander tuschelnd, vom Zuschauerraum aus zusahen. Tony bat seine Mitstreiter deshalb, die Proben in einer der Garderoben unter Ausschluss der Öffentlichkeit fortzusetzen.

Ich sah die drei erst kurz vor dem großen Event in unserer Kabine wieder. Die war nicht wiederzuerkennen. Unzählige Kleider, Korsagen und Dessous lagen wild im Raum verstreut, der klein bemessene Beistelltisch war mit Kosmetik-Artikeln überhäuft, Schals zu einem Knäuel verwickelt, Schuhe zu einem Berg angehäuft, und mittendrin klebte sich ein stöhnender Jiorgos gerade die Füße mit Pflastern voll, sie schienen von Blasen übersät, während Tony sich in ein korsettähnliches Gebilde zwängte.

»Was ist denn das?«, fragte ich überrascht.

»Ein Figur-Former von deiner Mutter«, klärte er mich zwischen zusammengepressten Zähnen auf.

»Und wieso brauchst du das und nicht sie?«, wollte ich in Erfahrung bringen.

»Weil ich mit meinem Bauch unmöglich in dem Kleid rüberkomme«, meinte Tony überkritisch. Sein Kopf nahm gerade eine rötlich violette Färbung an, offenbar schnürte das Taillenband aus Gummi seine Luftzufuhr ab.

»Wie willst du denn damit singen?«, warnte ich. »Du kriegst doch überhaupt keine Luft mehr.«

»Egal. Hauptsache, ich sehe gut aus«, lautete sein dringendster Wunsch.

In diesem Moment betrat meine Mutter aus unserem Minibad das Zimmer.

Ich schloss geblendet die Augen. Sie funkelte, so schien es, aus jeder Pore ihres Körpers, mit Hilfe ihres Paillettenkleides, des Glitzer-Haarsprays auf ihrer hochtoupierten Löwenmähne, des aufblitzenden Colliers um ihren Hals, des schimmernden, lang hängenden Ohrgeschmeides, des golden flirrenden Puders auf ihrem Gesicht und des feucht glänzenden Lipgloss auf ihrem Mund.

»Wow!«, lautete mein Fazit.

Als sie geschmeichelt einen kleinen Ausfallschritt machte, entblößte sie durch den gigantischen Schlitz im Kleid ihre in eine gleißende Wonder-Po-Strumpfhose gehüllten Beine.

»Das ist meine«, protestierte ich.

»Die du nicht anziehst, weil sie dir zu glänzend ist«, beschied meine Mutter ohne den Hauch eines Schuldbewusstseins. »Soll ich noch meine mehrreihige Perlenkette umlegen?«, fragte sie uns drei.

Da wir alle nicht wussten, wo sie diesen Schmuck an ihrem Körper noch unterbringen wollte, antworteten wir wie aus einem Mund: »Nein!«

»Ich bin schließlich Diana Ross«, betonte sie noch einmal ihre herausragende Rolle als Mittelpunkt des Auftritts, ehe sie ihre Band-Mitglieder diktatorisch zum Abmarsch aufforderte. Ich eilte durch die langen Gänge zu einem der gläsernen Aufzüge, ließ mich auf das Theatergeschoss transportieren und suchte mir hastig einen der wenigen, noch freien Plätze in der Nähe der Bühne aus.

Die Show begann.

Während ich etliche mir vom Sehen bekannte weibliche Reisende beobachtete, die sich fatalerweise alle für einen Auftritt als »Lady Gaga« entschieden hatten, außerdem drei mal mehr, mal weniger talentierte Hobby-Jongleure, die Mutter des maulfaulen Single-Sohnes als Dompteuse ihres lauffaulen Mopses und ein Best-Ager-Ehepaar, das wie weiland Ginger Rogers und Fred Astaire über die Bühne schwebte, wollte ich mir lieber nicht vorstellen, was sich jetzt bei meinen Supremes hinter der Bühne abspielte. Vermutlich würde Tony zum allerletzten Mal versuchen, meine Mutter auf die benötigte gemeinsame Intonation des Hits einzuschwören und Jiorgos wäre leidenschaftlich damit beschäftigt, die von ihm so kunstvoll ausgearbeitete Choreographie final zu vermitteln.

Mir schwante Schlimmes. Vermutlich würde ich jetzt, gemeinsam mit hunderten von amüsierwilligen Gala-Gästen, einen Reinfall par excellence durchleiden müssen.

Jetzt war es so weit. Ich hielt, wie mir geheißen, mit schweißnasser Hand die Kamera meiner Mutter im Anschlag, um ihren Auftritt für die Ewigkeit festzuhalten, als der Conferencier, obligatorisch in Frack und Zylinder, meine Lieben ankündigte.

Die Bühne wurde für einen Moment verdunkelt, dann richtete sich der Lichtkegel eines Scheinwerfers auf die Mitte und ich sah »The Supremes«. Alle drei hatten die Hände in der erprobten Attitüde divenhafter Stars in die Taille gestemmt, Tonys und Jiorgos' falsche Busen waren ein gleichwertiger Anblick wie der meiner Mutter.

»›Ooh, ooh‹ ...« Die mir vertrauten Klänge hoben an. Meine Mutter, das musste ich ihr zugestehen, stemmte den gesamten Auftritt. Sie ignorierte dabei stoisch jegliche Form von Jiorgos' so mühevoll einstudierter Schrittfolge, veredelte selbstsüchtig den Klang der Strophen mit ihrer Oxford-Diktion, während sich Tony sklavisch an die Originalfassung hielt. Jiorgos hingegen half sich, genau wie im richtigen Leben, mit einer gewissen Lautmalerei aus der Klemme und legte dafür mehr Ausdruck in seine tänzerische Begabung.

Meine Mutter blieb stehen wie ein Fels in der Brandung und wiederholte stoisch nur die erste Strophe, während ihre beiden Mitstreiter sämtliche Textvorgaben zu Gehör brachten.

Es war einfach großartig.

Die Zuschauer hielt es nicht mehr auf den Sitzen. Sie klatschten und johlten um die Wette. Dieser kollektive Ausbruch spontaner Begeisterung verführte meine Mutter zur Ausübung eines nicht abgesprochenen Show-Acts der besonderen Güteklasse. Ich ahnte mehr, als dass ich verstand, dass nun etwas kommen würde, was niemand im Saal hatte vorhersehen können. Es war schlicht zu außergewöhnlich.

Meine Mutter ging nämlich bei den letzten Klängen der Musik kurz in eine angedeutete Hocke, sprang wie von einem unsichtbaren Katapult unterstützt in die Höhe und landete grätschend in einem gigantischen Spagat.

Das Publikum brüllte um die Wette.

»Das muss das tägliche Training bewirkt haben«, schoss es mir hochachtungsvoll durch den Kopf.

Sekundenlang verharrte meine schwer atmende Mutter tapfer in dieser Wahnsinns-Schlusspose, und der professionell denkende Lichttechniker tat das einzig Richtige: Er bündelte noch einmal alle vorhandenen Scheinwerfer auf meine Mutter, und das Lichtspektakel ergoss sich förmlich auf ihren artistisch verbogenen Körper.

Danach wurde es, wie nach jedem Auftritt, kurz dunkel im Saal. Als die Lichter wieder angingen, sahen wir, wie Tony und Jiorgos sich verzweifelt abmühten, meine Mutter wieder aus ihrer gespreizten Lage in die Senkrechte zu hieven. Das Gewicht ihres Körpers widerstand jedoch diesen offensichtlich schweißtreibenden Versuchen. Mutter verharrte wie angedockt in ihrer Zwangslage auf den Brettern, die angeblich die Welt bedeuten.

Nach endlos anmutenden Sekunden tänzelten schließlich drei muskulöse, männliche Animateure auf die Bühne und unterstützten die verbissen Zerrenden und Ziehenden tatkräftig bei ihrem hoffnungslos scheinenden Bemühen. Rauschender Beifall war ihr Lohn.

Meine drei hatten den fulminanten Schlussauftritt der Gala hingelegt, und die Jury – zusammengesetzt aus dem Kapitän, der salomonisch bisher jedem der Show-Aspiranten die volle Punktzahl verliehen hatte, der penetrant gut gelaunten Chefanimateurin seines Schiffs und zwei nicht miteinander verwandten Gästen, wie uns ununterbrochen versichert worden war – steckte nun kurz ihre Köpfe zusammen, ehe sie ihre Wertungsschilder hochrissen. Auf allen die höchste Wertung.

Meine Mutter hatte haushoch gesiegt. Ein Triumph ohnegleichen.

Als ich sie schließlich bei der After-Show-Party wiedersah, überschüttete ich sie mit meinem begeisterten Lob. Die drei standen inmitten eines Pulks von Bewunderern. Tony schüttelte wie ein siegreicher Formel-1-Star eine Magnum-Champagnerflasche so wild, bis es ihm gelang, den Inhalt weitläufig spritzend über die Gratulanten zu verteilen. Hysterisches Gequieke und Gelächter war die Reaktion.

»Ich bin ja so froh, wenn ich gleich meine Strumpfhose ausziehen kann«, teilte er mir gleich mit. »Der Zwickel klemmt im Schritt.«

»Willkommen im Club«, begrüßte ich ihn. Endlich spürte er mal am eigenen Leib, wie es sich anfühlte, eine Frau zu sein.

Jiorgos sonnte sich strahlend in der Anbetung einer Vielzahl männlicher Groupies, die ihm ekstatisch huldigten.

Meine Mutter aber war die Königin des Abends. Sie hielt Hof und nahm geschmeichelt die Komplimente ihrer Bewunderer entgegen. Allen voran die des Anwalts, den sie so lange vergebens angebaggert hatte.

»Bernd ist ganz begeistert«, sagte sie mir mit undeutlicher Aussprache, als ich mich endlich durch die ausgelassene Menge zu ihr hingekämpft hatte.

Bernd?

Siedend heiß schoss es mir durch den Kopf, dass ich die Tatzi-&-Bernd-Problematik schon seit geraumer Zeit völlig ausgeblendet hatte.

»Wir nennen ihn Bernd II.«, rief Tony mir gerade ins Ohr. »Sonst kommt man ja total durcheinander.«

Meine Mutter sprach mit etwas schleppender Zunge, was mich jedoch nicht weiter beunruhigte, da ich vorhin von Tony erfahren hatte, dass der Schiffsarzt ihr nach dem triumphalen Auftritt eine Spritze gegen den beim Spagat eingeklemmten Ischiasnerv verpasst hatte, und die darauffolgende Mischung mit einigen Gläsern Champagner bestätigte gerade die Wirkung, die bei diesem Mix auf sämtlichen Arznei-Beipackzetteln immer beschrieben wird. Sie redete etwas wirr – was aber niemandem außer mir aufzufallen schien. Bernd II. jedenfalls hing bewundernd an ihren Lippen und saugte aufmerksam jede noch so schwampfig vorgetragene Bemerkung auf.

»Und seine … Tochter ist auch ganz … hin und … weg«, berichtete mir meine Mutter in diesem Augenblick stolz, während sie eine junge Frau an ihre Seite zog.

Diddi!

»Wo kommst du denn her?«, rief ich überrascht aus.

»Und wo hast du dich versteckt?«, fragte sie zurück.

Es stellte sich schließlich heraus, dass wir, unabhängig voneinander, ein völlig identisches Leben an Bord geführt hatten. Auch sie hatte mich zunächst tagelang gesucht, bis sie sich, genau wie ich, genervt vom *social life* an Bord eines Schiffes, in ihre Kabine zurückgezogen hatte. Wie ich feststellen musste, hatte sie zu diesem Zweck erheblich mehr Lebensraum als ich nützen können.

»Mein Vater hat eine Superieur-Suite mit großem Außenbalkon gebucht, und da hatte ich alles, was ich brauchte«, erzählte sie mir nun. Und so hatte sie sich dort sämtliche Mahlzeiten servieren lassen, hatte ihre Bücher auf einer Liege auf dem Balkon verschlungen und war »… nur bei den Landgängen der anderen in den Pool gegangen.«

»Ich auch«, bestätigte ich ihr, und wir bedauerten sehr, dass dieses Schiff so viele Schwimmmöglichkeiten an Bord aufwies.

»Und weißt du, was ich fast jede Nacht gemacht habe?«, appellierte sie an meinen Spürsinn.

»Erzähl«, forderte ich sie auf.

»Ich habe diesen komischen Maler in irgendeinem TV-Sender gesehen, der immer so …«

»… vor sich hin murmelt und dabei Waldimpressionen entstehen lässt«, vervollständigte ich ihren Bericht.

»Ja«, freute sie sich über mein Verstehen. »Und ich habe mal im Internet geforscht, wer das ist.«

Ich schlug begeistert die Hände zusammen. Das hätte ich mir nie träumen lassen, dass ich ausgerechnet während einer ungeliebten Kreuzfahrt das Geheimnis lüften würde.

»Der hieß Bob Ross, ist in Daytona Beach in Florida als Sohn eines Zimmermanns geboren worden«, unterrichtete mich Diddi, »hat am College Malerei studiert und schließlich die Nass-auf-Nass-Methode entdeckt. Und dann reiste er durch die Staaten, um auch anderen Menschen beizubringen, wie man schöne Landschaftsbilder kreieren kann. Und schließlich ist er so 'ne Art Guru im Fernsehen geworden. Herrlich, nicht?«

»Und ich finde, diese alten TV-Aufnahmen …«, warf ich ein.

»… sind schon richtig grau und verwaschen, und er brummelt so herrlich einlullend vor sich hin, findest du nicht auch?«, vervollständigte Diddi.

Was für ein Jammer, dass wir auf dem Schiff aneinander vorbeigelebt hatten. Dass auch sie den guten Bob Ross als Einschlafhilfe benutzte, war der letzte Beweis, dass wir einen prächtigen Urlaub hätten zusammen erleben können.

Am letzten Tag unseres Aufenthalts begann ich nach einem gemeinsam mit Diddi und ihrem Vater seelenstreichelnd an einem aufwendig gedeckten Tisch auf ihrem Kabinenbalkon eingenommenen Frühstücks, mit dem Packen. Als ich schließlich alle meine Habseligkeiten verstaut hatte, griff ich nach Burli, der wie bisher jede Nacht mit mir im Bett verbrachte hatte. Doch meine Hand griff ins Leere. Hektisch riss ich die Bettdecke auf den Boden, warf die Kopfkissen hinterher und steckte schließlich suchend meinen Kopf unter das Bett.

Burli war weg.

Aufgrund meiner aufsteigenden Panik verwechselte ich zwei Mal die Zahlenkombination zum Öffnen des Safes, und erst als meine Mutter hinzukam, glückte es ihr, anhand der richtigen Abfolge, die Tür aufzureißen.

Nichts.

»Mutter, Burli ist weg«, heulte ich auf.

»Aber, aber …«, schlüpfte meine Mutter ausnahmsweise wieder in die Rolle eines fürsorglichen Aufsichtspflichtigen. Ihre anschließende Bemerkung: »So ein schäbiges Ding nimmt doch keiner mit«, entsprach allerdings wieder ihrem normalen Umgangston mit mir.

Dem war ich aber in diesem Moment nicht gewachsen. Ich war nämlich auf das Niveau eines zutiefst verschreckten, todtraurigen Kleinkindes gesunken, unfähig, rational mit dem Verlust meines geliebten Kuscheltieres umzugehen.

»Nun lass uns doch noch mal alles durchgehen«, schlug meine Mutter jetzt vor. »Wir haben nicht mehr viel Zeit. Unser Taxi wartet am Kai.«

Ich schüttete meinen Koffer wieder aus, schüttelte jedes Kleidungsstück durch, immer in der Hoffnung, Burli würde plötzlich herausfallen.

Nichts. Auch im prall gefüllten Gepäck meiner Mutter – nichts. Keine Spur von Burli.

Laut schluchzend fanden mich Tony und Jiorgos inmitten des Kleiderberges vor. Auch sie drängten zum Verlassen des Schiffs, doch ich weigerte mich beharrlich, auch nur einen Schritt aus der Kabine zu tun, dem Platz, an dem ich Burli zuletzt gesehen hatte.

Schließlich klopfte der Chefsteward an die Tür, den seine Mitarbeiter wohl darüber informiert hatten, dass eine Passagierin einen Nervenkoller angesichts der Tatsache, dass die schöne Reise vorüber sei, erlitten habe. Als der jedoch von mir aufgefordert wurde, die Schiffsmotoren abzustellen und den gesamten Riesenkahn nach Burli absuchen zu lassen, alarmierte er umgehend seinen Kapitän.

»Sie müssen Ihre Waschanstalt hier an Bord Millimeter für Millimeter absuchen lassen«, forderte ich diesen auf. »Vielleicht ist Burli in die Schmutzbettwäsche gerutscht. Sie haben doch die Macht hier«, beschwor ich ihn. »Sie können doch auch so kitschige Trauungen mit Hochzeitsarrangement hier abhalten«, referierte ich mein Katalogwissen, »dann können Sie auch was machen, falls ein Mann über Bord geht.«

Väterlich tätschelte er meinen Oberarm.

»Das ist schon richtig«, bestätigte er, »aber in diesem Fall handelt es sich ja nur um …«

»Wagen Sie ja nicht, jetzt von einem Stofftier zu sprechen«, drohte ich ihm, »sonst vergesse ich mich. Burli ist mein bester Freund. Und das schon mein Leben lang.«

»Kind«, warf meine Mutter völlig überflüssigerweise ein. »Nun übertreib mal nicht. Du hast ihn doch erst im Alter von vier Jahren bekommen.«

Als der Kapitän, besorgt auf die Uhr blickend, mir schließlich eröffnete, er müsse jetzt aus Gründen des Schiffszeitplans das Sicherheitspersonal rufen, damit die mich von Bord brachten, setzte ich mich im Schneidersitz auf den Boden und kündigte einen Hungerstreik an, den ich selbstverständlich im Internet weltweit publik machen würde.

»Da hätten die aber was zum Lachen«, murmelte Tony, eine Bemerkung, die ich ihm zutiefst übelnahm.

Mich im Taxi, zwischen Tony und Jiorgos eingeklemmt, wiederfindend, hämmerten zwei zutiefst erschreckende Erkenntnisse in meinem Schädel: dass der Kapitän mir ein lebenslanges Reiseverbot auf seinem Kreuzfahrtschiff verkündet hatte und dass Burli verschwunden blieb.

Mit dem Ersten konnte ich leben, mit dem Zweiten nicht!

# 15

Die Blätter schienen Purzelbaum zu spielen. Mal ließen sie sich vom Wind in die Höhe katapultieren, dann überschlugen sie sich in der Luft, um nur wenige Meter weiter wieder sanft auf die Erde zu segeln. Mit einem Seufzer wandte ich mich von meinem Fenster ab. So stürmisch wie meine Außenwelt, so turbulent fühlte sich mein Innerstes an.

Schon seit Wochen hetzte ich von einem beruflichen Termin zum anderen. Freizeit hatte ich ausgeblendet. Ich jagte mich selbst voran. Hin und wieder telefonierte ich mit meiner Mutter, die es sich in den Kopf gesetzt hatte, engeren Kontakt mit mir zu pflegen. So hatte sie mir jedenfalls den Grund ihrer Anrufe erläutert.

»Du hast doch selbst festgestellt, dass du eigentlich einen recht schönen Urlaub auf dem Schiff hättest haben können, wenn du dich nicht immer so gesperrt hättest.«

»Mutter«, hatte ich geseufzt, »was willst du mir damit sagen?«

Dies war der von ihr erhoffte Startschuss für ihren nun einsetzenden Rede-Marathon gewesen. »Dass du immer erst nach einem Urlaub bemerkst, was du alles Schönes in dieser Zeit hättest erleben können. Warum du dies jedoch immer erst am letzten Tag …«

»Bitte, Mutter«, unterbrach ich sie schroff. »Erinner mich nicht an den schrecklichen letzten Tag, an dem …«

»Jetzt lass mal den Quatsch beiseite«, forderte sie rüde. »Du hattest dich doch am vorletzten Tag so nett mit Bernds Tochter ausgetauscht. Ihr hättet doch so wunderbare Gespräche haben können ...«

»Mutter, wir haben uns auf dem verfluchten Kahn aber nicht mehr getroffen, erinnerst du dich? Wie soll ich da etwas bedauern? Oder präziser, was habe ich da selbst daran versemmelt?«

»Du hättest dir den vollen Namen von ihr sagen lassen können, als ihr euch kennengelernt habt ...«

»Jetzt hör aber auf«, forderte ich. »Du hast auch nicht gewusst, wie dein Bernd eigentlich heißt ...«

»Aber jetzt weiß ich es«, antwortete sie ohne einen Funken von Logik.

Mir wurden die zu nichts führenden Auseinandersetzungen mit ihr zu viel. Allerdings schützte mich diese Erkenntnis nicht vor der Einsicht, dass ich tatsächlich dazu neigte, immer erst nach einem Ereignis die guten Seiten daran zu erkennen und vielleicht auch mit einer Spur von Bedauern anschließend darüber nachsann, ob ich es nicht vielleicht einfacher gehabt hätte, wenn ich mich nicht zunächst so gegen das Geschehen gesperrt hätte.

Ich war ein Alleiner, so viel stand fest. Am liebsten teilte ich mir mein Leben so ein, wie es meinen ganz persönlichen Vorlieben entsprach. Und ich hatte immer wieder feststellen müssen, dass diese nur von ganz wenigen Menschen geteilt wurden, die ich sorgsam auswählte. Ansonsten kam ich allein ganz gut zurecht.

Noch während ich auf dem Weg in die Küche war, um mir etwas zu essen zuzubereiten, klingelte mein Handy. Eigentlich hatte ich es vorsichtshalber auf lautlos stellen wollen, aber da ich nun auf der Anzeige sah, dass es nicht meine Mutter war, die mich sprechen wollte, meldete ich mich.

Das sportive Makler-Püppchen, das mir vor Urzeiten die Wohnung mit Gestaltungsfreiraum auf Kosten meines eigenen Geldbeutels gezeigt hatte.

»Ich habe eine exklusive, traumhafte, charmante Drei-Zimmer-Dachgeschosswohnung in allerbester Lage im Herzen Ihres absolut bevorzugten Wunsch-Stadtgebiets für Sie«, vertraute sie mir jetzt verschwörerisch im üblichen Superlativ-Stakkato ihres Berufsstandes an. »Die habe ich extra für Sie reserviert. Und nur für Sie.«

»Wie komme ich denn zu der Ehre?«, fragte ich sie schroff, mich sehr genau daran erinnernd, wie professionell ungerührt sie mich damals im Rennen um den besten Ausgangsplatz für den Treppen-Abstiegsmarathon zur Seite geschubst hatte.

»Die Zeiten haben sich geändert. Jetzt haben auch Leute wie Sie eine Chance«, berichtete sie mir zu meiner Verblüffung.

»Wie bitte?«, wollte ich noch einmal sichergehen, ob ich diese, wie ich fand, abwertende Bemerkung tatsächlich gehört hatte.

»Die Manager brechen uns weg. Sie wissen doch, diese dramatische Veränderung der Weltlage. Früher haben uns die Unternehmen jeden Preis für Wohnungen für ihre Topangestellten gezahlt. Anstandslos. Da gab es überhaupt keine Diskussionen. Stellen Sie sich mal vor, heute kommen die Manager zur Wohnungsbesichtigung mit der U-Bahn. Früher fuhren die in Super-Autos vor. Eine Schande ist das.«

»Tja, da muss ich Ihnen sagen, ich eigne mich nicht als Ersatz. Lückenbüßer bin ich nicht für Ihre verkorkste Prämienbilanz«, ließ ich sie wissen.

Sie schien ihren Fehler im psychologischen Umgang mit mir bemerkt zu haben.

»Aber, ich bitte Sie«, begann sie deshalb unverhüllt zu schmeicheln. »Sie gehören doch auch zu den Entscheidern, den ›Movern und Shakern‹.«

»Gerührt oder geschüttelt?«, konnte ich mir nicht verkneifen zu fragen, ehe ich das Gespräch kommentarlos beendete.

In meinem Computer sammelten sich zwei Stunden später weitere Wohnungsangebote, darunter eins, das mit »einer top-modernen, exklusiv gestalteten Küche mit sämtlichen Elektrogeräten der Sonderklasse« angepriesen wurde. Der in Klammern hinzugefügte Hinweis »kann auf Wunsch abgelöst werden« bewies mir, dass die Krise doch noch nicht so weite Kreise gezogen hatte, dass die Menschen auf Phantasiepreise für die Überlassung ihrer abgewohnten Küchenlandschaften inklusive veralteter Gerätschaften verzichten gelernt hatten. Der Preis, der hier erwartet wurde, entsprach nämlich meiner Vorstellung von einem mit Blattgold verzierten Hightech-Labor.

»Stürzt du dich jetzt wieder in eine Ersatzhandlung?«, fragte mich Tony drei Tage später. Wir hatten uns in seiner Lieblingsbar getroffen, in der er Stammkunde war. Von allen Seiten wurde ihm permanent »Hello«, »Servus« oder Hällööchen« zugerufen. Tony fühlte sich gut.

»Wofür?«

»Weil doch dein Tierchen weg ist«, begründete er seinen Verdacht.

»Tony, lass dieses Thema«, bat ich aufgebracht.

»Siehst du, und weil du nicht darüber reden willst, wendest du dich einer anderen Baustelle deines Lebens zu.

Jetzt suchst du mal wieder zum Ausgleich eine neue Wohnung.«

»Hast du mit Sunny gesprochen?«, argwöhnte ich.

»Nee, mit Hedda«, gab er zu, »und die ist immer noch stinksauer.«

»Wieso denn diesmal?«, verlangte ich zu wissen.

»Wegen des Fotos«, lautete seine Erklärung.

Ich rollte mit den Augen. Das Foto. Natürlich. Nachdem die ausufernd zelebrierten Feierlichkeiten für den furiosen Sieg des Traumtrios verklungen waren, hatte meine Mutter das Geschehen noch einmal in aller Ruhe selbst in Augenschein nehmen wollen und hatte sich ihre Kamera geschnappt.

Ihr Gesicht hatte bei der Suche nach der bei mir bestellten lückenlosen Dokumentation in Sekundenschnelle alle nur denkbaren Farbschattierungen angenommen. Von blass über Rosa bis hin zu wütendem Rot.

»Was ist das denn?«, hatte sie wissen wollen, und ich hatte ihr wahrheitsgemäß gestanden, dass ich viel zu aufgeregt gewesen sei, um während ihres Auftritts lückenlos auf den Auslöser zu drücken.

»Ich finde das sowieso blöd«, hatte ich vehement dargelegt, »dass die Menschen heute überhaupt nicht mehr das wahrnehmen, was sie eigentlich sehen wollen, sondern immer nur auf das Display ihrer Kameras starren, die sie zu diesem Zweck auch noch hochhalten. Das ist sozusagen nur noch eine Ausschnittswahrnehmung der medial gefilterten Realität.«

»Spar dir deine schlauen Vorträge für jemand anderen«, hatte sie mich zornig aufgefordert. »Guck lieber mal, was du gefiltert hast.«

Ich folgte ihrer Aufforderung und sah das einzige Bild, das ich geschossen hatte, und zwar in genau dem magischen Moment, als meine Mutter in die Spreizlage gesprungen war. Das Einzige allerdings, was auf dem Foto abgebildet war, waren die Hinterköpfe meiner Vorderleute, die in exakt diesem Augenblick begeistert aufgesprungen waren und frenetisch Beifall spendeten. Natürlich hatten sie dadurch meine Mutter auf dem Bühnenboden total verdeckt, nur die verschwitzten Köpfe von Tony und Jiorgos waren noch schemenhaft auszumachen.

»Das ist alles?«, hatte sie mich grollend gefragt, was ich bejahte, um ihr anschließend zu raten, sich doch mal vertrauensvoll an den Bordfotografen zu wenden, der sicherlich einen ausgezeichneten Job gemacht hatte.

»Und nachdem sie sich über dieses Thema wieder aufgeregt hatte«, holte mich jetzt Tony in die Wirklichkeit zurück, »kamen wir wieder auf das Drama um Burli zu sprechen.«

»Bitte, tu mir einen Gefallen«, sagte ich, »lass mich damit in Ruhe. Ich fand es sowieso unmöglich, wie du dich verhalten hast.«

Tony schaute schuldbewusst in sein Glas.

Ganz anders, aber nicht viel gehaltvoller, war die Reaktion meines Lebensabschnittsgefährten auf Burlis Verschwinden gewesen.

Zwar schien er über meinen schmerzlichen Verlust ehrlich betrübt, aber seine Äußerung ließ den Schluss zu, dass auch er die Dramatik nicht adäquat einschätzte: »Ich hatte mir zwar aufrichtig gewünscht, dass die Kuppelversuche deiner Mutter keinen Erfolg haben würden und du nicht mit einem Kerl an der Seite zurückkehrst, aber dass du nun auch noch ohne deinen wirklich wichtigen, männlichen Begleiter, nämlich Burli, auftauchst, das habe ich nicht gewollt. Ich schwör's!«

Mit seinem gespielt zerknirschten Gesichtsausdruck hatte er mich wenigstens zu einem verhaltenen Lachen gebracht, was er, zu Recht, als ganz großen persönlichen Erfolg verbuchte.

»Tony«, sagte ich jetzt, »irgendwie passt nichts mehr zusammen. Ich kann mich zu nichts anderem mehr aufraffen, als zu arbeiten.«

»War Burli denn so wichtig?«, fragte er.

»Das ist nicht der Punkt. Ich stagniere. Du weißt doch nun ganz genau, wie viel Tatendrang ich hatte. Und jetzt ist nichts mehr davon übrig.«

»Das ist der November-Blues«, meinte er beschwichtigend. »Warte nur, wenn dein Weihnachtshoch wieder kommt, dann wirst du aufblühen.«

Aber nichts davon trat ein. Unlustig schleppte ich mich durch die sonst von mir so heiß ersehnte Vorweihnachtszeit. Ein Verhalten, das sogar Sunny beunruhigte.

»Reiß dich zusammen«, forderte sie mich, ganz entgegen ihrer üblicherweise auf nachsichtiges Verständnis programmierten Psychologennatur, auf.

»Tu was. Entrümpel deine Wohnung und auch dein Leben.«

»Heißt so dein neues Buch?«, fragte ich.

»Quatsch, du solltest den Verlust deines Schmusebären als dramatischen Hinweis darauf deuten, alten Krempel zu entsorgen und neu durchzustarten. Du wirst sehen, wie erleichternd und motivierend es ist, seinen Keller aufzuräumen.«

»In den komm ich doch wegen Überfüllung überhaupt nicht mehr rein«, teilte ich ihr wahrheitsgemäß mit. »Das kann ich mir knicken.«

»Umso wichtiger, dass du endlich damit beginnst. Du stößt sozusagen im übertragenen Sinn die Pforte zu deinem Unterbewussten auf, indem du den Müll deines Lebens neu stapelst. Ordne ihn endlich, damit du ihn sinnbildlich wegschließen, also vergessen kannst.«

»So viel Platz habe ich gar nicht, um Erinnerungen, die im Keller lagern, irgendwo anders unterzubringen.

»Das ist metaphysisch gemeint«, versuchte Sunny genervt, mir auf die Sprünge zu helfen. »Du sollst den Krempel nicht neu verteilen, du sollst dich mit den dadurch ausgelösten angenehmen und unangenehmen Reminiszenzen auseinandersetzen. Stell dich deinem Leben!«

»Iiiiiihhhhh!«, lautete meine Antwort.

»Was soll das denn?«, fühlte sich Sunny missverstanden.

»Die Marmelade«, versuchte ich, ihr den Grund für meinen Ekel begreiflich zu machen, indem ich auf das Glas auf ihrem Küchentisch zeigte. Sunny hatte sich aufgrund ihrer Besorgnis um mich aufgerafft, mich zu einem sonntäglichen Brunch einzuladen. Ein Akt, der mir bewies, dass ich ihr tatsächlich nicht ganz gleichgültig zu sein schien.

»Was ist mit meiner Marmelade? Die ist selbstgekocht«, stellte sie heraus.

Das war nun wirklich mal ein Einblick in ihr privates Leben, der mir normalerweise weitgehend verborgen blieb.

»Ich mag keine Klumpen in der Marmelade«, gab ich zu.

»Was heißt hier Klumpen?«, ereiferte sie sich. »Die Klumpen sind Früchte.«

»Eben«, erklärte ich mich eifrig. »Ich mag nur diese chemischen Ersatzprodukte …«

»Nichts anderes als das, was du in den Supermärkten kaufen kannst«, wertete Sunny.

»Ja, aber genau die mag ich. Da bleibt dir nichts zwischen den Zähnen hängen, da sind keine Knubbel …«

Sunny nahm das Glas mit ihrer selbst zubereiteten kostbaren Konfitüre mit großer Geste vom Tisch und stellte es in den Kühlschrank.

»Das ist wirklich entlarvend«, teilte sie mir nach kurzem Grübeln ihre Expertise mit. »Dein perverser Marmeladengeschmack beweist, dass du am Leben nur abgeschottet teilnimmst und auf keinen Fall in das pralle Ganze involviert werden willst. Ja, du hast recht. Das Leben stellt sich nicht als glattes, wie sagst du, knubbel-, also hindernisloses Gebilde dar. Da bleiben schon mal Blessuren im Miteinander zurück, von dir als Fäden zwischen den Zähnen treffend charakterisiert.«

Tief beeindruckt lauschte ich ihren Ausführungen.

Schließlich wagte ich zu fragen: »Was hättest du denn bei mir analysiert, wenn Honig auf dem Tisch gestanden hätte?«

Sunny entließ mich schließlich mit einer Bemerkung, die mir wohl Trost spenden sollte: »Dein Burli war wenigstens ein ungefährliches Ventil für deine Bindungsphobie. Das infantile Anklammern an einen seelenlosen Gegenstand ist auf jeden Fall ungefährlicher als der Griff zu Drogen jedweder Art oder der Gefahr, zu körperlichen Attacken zu neigen. Diese Art von Kompensation durch die Hinwendung zu Entlastungsobjekten wird, zumindest stillschweigend, von der Gesellschaft sanktioniert.«

Infantil. Bindungsphobie. Entlastungsobjekt.

Sunnys schonungslos unemotionale Ansprache begleitete mich durch meinen Alltag. Selbst als ich am darauffolgenden Wochenende zu einem Spaziergang mit Doro aufbrach, unterrichtete ich sie als Erstes über die mir verpassten Beurteilungen über meine innersten Verhaltensmuster.

»Seelenklempner-Gewäsch«, urteilte Dodo gnadenlos. »Du darfst nicht vergessen, dass Sunny selbst ein Autist ist und deshalb nichts von Menschen versteht.«

»Boah«, machte ich beeindruckt.

»Viel interessanter ist doch, wie sich dein Vermieter so macht.«

»Und?« Ich war gespannt.

»Traumhaft«, berichtete Doro, äußerst zufrieden wirkend. »Der Typ hat's drauf.«

»Erzähl«, bettelte ich aufgeregt.

»Das Beste ist, dass er handwerklich begabt ist.«

»Was hat das denn mit seinem Werdegang in deinen verborgenen Welten der Lust zu tun?«, fragte ich zutiefst enttäuscht nach.

»Die Guillotine hat geklemmt«, klärte mich Doro auf. »Du glaubst ja gar nicht, wie geschäftsschädigend das wäre, wenn ein Top-Manager sich zitternd auf dem Brett windet und das rasiermesserscharfe Fallbeil bleibt quietschend stecken.«

»Nicht auszudenken«, stimmte ich zu.

»Ja, und da ist dein Vermieter-Monster kurz vor dem ersten Durchgang erst mal aufs Schafott gestiegen …«

»… in voller Lack-und-Leder-Montur?«, wollte ich wissen.

»In voller Montur und hat die Apparatur wieder ins reibungslose Laufen gebracht«, erinnerte sich Doro.

»Aber das ist doch sowieso wahnsinnig gefährlich«,

meinte ich. »Hast du da gar keine Angst, dass es mal schiefgeht und irgendein Kunde kriegt den Kopf abrasiert?«

Doro blickte versonnen in die Parklandschaft. »Das würde meinen Ruf als Top-Domina nur noch weiter verfestigen«, behauptete sie kühl. »Dann würden noch mehr Klienten aus aller Welt zu mir reisen. Merk dir bitte, ich habe keine Kunden, nur Klienten. Ich bin seriös.«

»Keine Frage«, bestätigte ich ihren herausragenden Status, »aber wie läuft denn dein Rollenspiel ab?«

»Ich habe mich entschlossen, das Prozedere ein wenig zu variieren. Mal schlüpft eine meiner Assistentinnen in die Rolle der zitternden, vor Angst fast wahnsinnigen Jungfrau, die vom bösen Schlächtertypen, dein Vermieter im Lackbody mit Stoffauslassungen an den richtigen Stellen, zur Guillotine geschleppt wird, und meine Klienten sind johlende Zuschauer. Mal lasse ich einen von ihnen selbst zum Opfer werden, nicht ohne vorher einen Schauprozess inszeniert zu haben, in dem andere Klienten die lasterhaften Szenen aus dessen Vergangenheit nachspielen müssen. Damit das hohe Gericht, ich an oberster Stelle, anschließend das vernichtende Todesurteil sprechen kann. Mit sofortiger Vollstreckung.«

Ich hörte gebannt zu. »Und dann?«

»Kleines, dann binden wir den Mann aufs Guillotine-Brett, legen den Hals in die richtige Position und dann – Peng!«

Ich zuckte ordentlich zusammen, als mir Doro den finalen Akt beschrieb.

»Ja, aber wie funktioniert das denn? Hast du nun schon versehentlich Köpfe abgehauen oder nicht?«

Doro schnalzte mit der Zunge.

»Natürlich nicht. Die Klinge bleibt in letzter Sekunde

einen Millimeter über dem Hals des Delinquenten, also meines Klienten, stehen.«

»Und was, wenn nicht?«, insistierte ich schaudernd.

»Ich habe deinen Vermieter mal als Erstes gefragt, ob er eigentlich gut versichert ist, und er hat mir seine Hausratsversicherungs-Police gezeigt. Ich denke, das reicht.«

Noch während wir ein interessantes Gespräch über die viel zu große Anzahl unserer Versicherungsverpflichtungen führten, klingelte mein Handy.

»Mit Hedda bin ich fertig«, brüllte Tony durch die Wellen in mein Ohr.

»Was ist denn passiert?«, fragte ich amüsiert nach. »Warum denn auf einmal so förmlich?«

»Dann guck mal sofort in Facebook nach. Und danach rufst du mich sofort an.«

»Was ist?«, wollte Doro wissen.

Ich hob die Schultern. »Keine Ahnung. Tony scheint plötzlich meine kritische Einstellung gegenüber meiner Mutter adaptiert zu haben.«

Doro klopfte mir begeistert auf den Oberarm.

»Eine tolle Idee. Du inspirierst mich doch immer wieder«, rief sie aus.

»Mit meinem Mutterproblem?«, fragte ich ungläubig.

»Ja«, stimmte sie zu. »Eine tolle Vorlage für ein Rollenspiel. Alle ach so wichtigen Leute haben Angst vor ihrer Mutter. Das werde ich thematisieren. Super.«

»Und wer spielt dann meine Mutter?« Das interessierte mich brennend.

»Schau'n mer mal«, beschied Dodo meinen Wissenshunger schnöde, »vielleicht kann ich sie selbst überreden?«

»Untersteh dich«, warnte ich sie, wohl wissend, dass meine Mutter imstande wäre, diese Job-Offerte anzunehmen.

Kurz darauf war ich auf dem Weg zu Tatzi und Bernds Villa. Bernds Anruf hatte mich auf meinem Nachhauseweg erreicht, und ich veränderte meine Route in die Richtung des noblen Stadtteils, in dem sie – noch – residierten.

Bernd öffnete mir unmittelbar nach meinem ersten Klingeln das Prachttor und kam mir schon entgegengelaufen, als ich noch nicht einmal die Auffahrt vor dem Haus überquert hatte. Er riss meinen Wagenschlag auf und zog mich aus dem Auto.

»Moment mal«, protestierte ich. »Ich muss noch abschließen.«

»Brauchst du nicht«, sagte er rasch. »Hier kommt niemand hin.«

»Da kann doch jemand über die Mauern steigen«, weihte ich ihn in meine Sicherheitsbedenken ein, »und dann?«

»Dann drück auf den verdammten Verriegelungsknopf auf deinem Schlüssel und komm rein.«

Er schien stark angespannt.

Als ich die Eingangshalle betrat und mich nach flüchtiger Besichtigung dem Wohnraum zuwandte, wurde mein erster Eindruck bestätigt. Alle Möbel standen am angestammten Platz.

»Ich denke, ihr wollt umziehen?«, fragte ich überrascht. »Habt ihr das Haus noch gar nicht verkauft?«

»Alles Bullshit«, presste Bernd genervt hervor. »Alles ist schiefgelaufen. Ein Riesenblödsinn.«

»Jetzt mal langsam«, bat ich ihn. »Erzähl mir mal deine Version.«

»Wie? War sie schon wieder als Erste bei dir?«

»Ja«, gestand ich.

»Wann?«

»Das ist schon länger her, vor …«

»Ach ja«, meinte er eine Spur ruhiger. »Du warst ja auf dem Schiff. Ist deine Tante wirklich da gestorben?«

»Wie kommst du denn auf solch einen Quatsch?«, fragte ich verwirrt.

»Hat mir irgendjemand erzählt. Du hättest einen tragischen Verlust erlitten. Standest du denn deiner Tante so nah? Das wusste ich gar nicht.«

Ich war fassungslos. Welcher Idiot hatte denn so eine verballhornte Story in Umlauf gebracht? Ich beschloss, das später mit Tony abzuklären.

»Ein Missverständnis«, wehrte ich jetzt beschwichtigend ab. »Erzähl lieber von dir.«

Bernd holte weit aus. Sprach über Tatzis ewige Eifersuchtsattacken, ihren Argwohn, mit dem sie jede berufliche Reise von Bernd begleitete, ihr für ihn so peinvolles Ausspionieren jeder Arbeitsbeziehung mit weiblichen Mitarbeitern.

»Aber was hat es denn mit deiner eigenen Ankündigung auf sich, du würdest wegziehen und einen anderen Job übernehmen?«, versuchte ich, ein wenig Stringenz in seinen Bericht zu bringen.

»An meinem Geburtstag war der Zeitpunkt, als das alles noch klappen konnte. Da glaubte ich nämlich, ich hätte tatsächlich einen neuen Job«, fasste er bitter die damalige Situation zusammen.

»In einer anderen Stadt?«, hakte ich nach.

Bernd nickte zustimmend.

»Und dann?«

»Dann ist alles schiefgelaufen, was nur schiefgehen kann«, berichtete er geknickt. »Tatzi ist Amok gelaufen, hat mich bei meinem Boss verpfiffen, der hat sich mal in der Branche umgehört und mir dann beim Konkurrenzunternehmen alle Chancen vermasselt.«

»Und warum wolltest du überhaupt wechseln?«, versuchte ich jetzt, den Grund allen Übels zu eruieren.

»Weil ich das Ganze hier finanziell nicht mehr stemmen kann. Ich hab mich übernommen«, gab er kleinlaut zu. Solch ein Eingeständnis von einem sonst immer so unverwundbar auftretenden Mann hatte für mich etwas Berührendes an sich.

»Aber das Haus gehört euch doch längst«, gab ich meinen Annahme zu.

»Das glaubst auch nur du«, erwiderte er umgehend. »Ich kann die Hypotheken nicht mehr bedienen. Die Krise, verstehst du?«

Ich nickte.

Und dann hörte ich seine Version von Tatzis Geschichte. Dass er ihr von seinen finanziellen Engpässen nichts erzählen wollte, um sie nicht zu beunruhigen, dass er deshalb tatsächlich über einen Headhunter Kontakt zu anderen Unternehmen aufgenommen hatte, um einen noch besser bezahlten Job zu bekommen, dass seine Assistentin, die von Tatzi in ihrer Eifersucht immer als seine Sekretärin bezeichnet wurde, ebenfalls eine neue Herausforderung suchte und deshalb mehrere Vorstellungsgespräche mit ihm gemeinsam absolvierte.

»Weil wir uns im Doppelpack verkaufen wollten«, erläuterte Bernd.

»Und die gemeinsamen Hotelsuiten?«, gab ich das Stichwort.

»Ach, das hat sie dir auch erzählt?«, bemerkte Bernd mit müder Stimme.

»Ich bin doch früher immer in den besten Hotels abgestiegen und konnte jetzt nicht einfach eine Stufe drunter logieren. Also habe ich geguckt, ob die für Suiten Spezialarrangements anbieten, und da die auch Belegungsprobleme haben, kommen die einem da sehr weit entgegen. Also habe ich die Suiten immer zum Preis eines Einzelzimmers bekommen, habe dann auf dem Sofa im Suiten-Wohnzimmer gepennt und Saskia im Schlafzimmer. So haben wir enorm viel Geld gespart. Sozusagen nach dem Prinzip ›Buy one, get one free‹.«

Unwillkürlich hob sich, ganz ohne mein Zutun, eine meiner Augenbrauen.

»Brauchst gar nicht so zu gucken«, wehrte er sich gegen meinen unausgesprochenen Verdacht. »Da ist nichts zwischen uns beiden.«

»Wenn ich so eine Geschichte in einem Roman lesen würde, würde ich sie nicht besonders glaubhaft finden«, gab ich zu. »Und warum hast du sie dann dauernd angerufen?«, insistierte ich, immer noch nicht so ganz von seiner Unschuld überzeugt.

»Tatzi hat dir ja nicht nur einzelne Arien, sondern vollständige Opern erzählt«, brummelte er ungehalten.

»Du weißt doch nun am allerbesten, wie sie tickt«, brachte ich ihm diese Tatsache in Erinnerung.

»Weil wir uns heimlich über den Stand der Dinge austauschen mussten. In der Firma ging das ja aus verständlichen Gründen nicht. Wenn man uns da dauernd zusammen gesehen hätte, wären doch alle misstrauisch geworden. Und privat telefonieren geht auch nicht. Sie ist verheiratet und ich …«

»Und dann hat Tatzi deinen Chef angerufen …«

»Ja, und jetzt ist alles im Eimer.«

»Bist du gefeuert?«, fragte ich erschrocken.

»Nein, viel schlimmer«, behauptete Bernd. »Er hat mir angeboten, meine Hypotheken weiter zu bedienen, mir dafür aber die Boni zu streichen, ein Verlust, der sowieso aufgrund der Lage eingetreten wäre, hat mein Gehalt eingefroren, es gibt keinen Cent mehr in den nächsten drei Jahren, und ich musste unterschreiben, in den kommenden fünf Jahren nicht zu kündigen. Außerdem hat er Saskia von meinem Aufgabengebiet abgezogen, und ich habe damit keine Assistentin mehr, und zum Ausgleich hat er mir auch die Sekretärin storniert.«

»Aber, außer der Tatsache, dass du jetzt selbst ans Telefon gehen musst, bist du doch mit einem blauen Auge davongekommen«, meinte ich beruhigt.

»Das denkst auch nur du«, stöhnte er, »gleichzeitig droht Tatzi mit Scheidung.«

»Aber das sollte sie doch schon lange mit dir besprochen haben«, erinnerte ich mich an meinen Ratschlag. »Hat sie das nicht getan?«

»Wie denn? Wann denn?«, stellte Bernd die richtigen Fragen.

»Und warum sprichst du sie nicht einfach an?«, fragte ich. »Wie geht ihr nur alle miteinander um? Was redet ihr eigentlich so, wenn ihr euch seht?«

Bernd sah mich ratlos an. »Übers Essen, über den Wein, über die nächste Botox-Behandlung, über den anstehenden Urlaub …«

»Aber das ist doch eine Scheinwelt, in der ihr lebt«, beschrieb ich meinen verheerenden Eindruck. »Bernd, ich fürchte, ich kann dir da nicht helfen. Tatzi ist beratungsresistent und daran bist du nicht ganz unschuldig.«

Bernd hob mit einer hilflosen Geste seine Hände. »Sprich doch bitte nur noch einmal mit ihr. Rede ihr ins Gewissen. Meinetwegen erzähl ihr die Wahrheit. Aber bring sie dazu, die verdammte Scheidung zurückzunehmen. Bitte.«

Ich versprach's, machte ihm aber wenig Hoffnung, dass diese Anstrengung von Erfolg gekrönt sein würde.

Auf dem Weg zu Nessis neuer Secondhand-Boutique, in der Tatzi zwei Mal in der Woche aushalf, legte ich mir eine Strategie zurecht. Eigentlich fiel genau diese Bemühung nicht mehr unter mein Verständnis von Freundschaftsdiensten, aber irgendetwas in mir hinderte mich daran, mein Abnabelungsvorhaben vollständig in die Tat umzusetzen. Wahrscheinlich war ich schlicht und einfach nur schrecklich sentimental.

»Nessi's« prangte in großen Lettern über dem Eingang zur gebrauchten Verkaufswelt inmitten der ringförmig positionierten Läden in einem der nobelsten Wohnrefugien der Stadt. Hier kauften die zu jedem Anlass entsprechend smart gekleideten Ladys ihre kalorienbewusst klein gehaltenen Portiönchen beim Feinkosthändler ein, informierten den Getränkehändler schon Wochen vor anstehenden exquisiten Festivitäten über ihren kommenden Bedarf an ausgesucht adäquaten Spirituosen, und hier fanden sie in einer Parfümerie ihres Vertrauens neben den teuersten Duft- und Creme-Mischungen ausgesucht hochpreisig anmutenden Schnickschnack zur Dekoration der Villen und Penthäuser.

Sanft ertönte eine Klingel, als ich die Tür zum gehobenen Outfit-Paradies aufstieß. Tatzi, versteckt hinter einem runden Garderobenständer, reckte ihren Kopf ein wenig, um zu sehen, welche Sorte Kundschaft gerade eintrat.

»Du bist es«, lautete ihre Begrüßungsformel und sie machte ganz plötzlich ein zutiefst bekümmertes Gesicht.

»Was ist?«, fragte ich sofort angesichts ihrer dramatischen Mimikveränderung.

»Es tut mir ja so wahnsinnig leid, dass deine Mutter gestorben ist. Ich wollte dich schon längst angerufen haben, ganz ehrlich«, beteuerte sie, während sie mit ausgebreiteten Armen auf mich zulief.

»Wie kommst du denn jetzt darauf?«, wollte ich aufgeschreckt wissen.

Sie drückte mich mit einer angedeuteten Umarmung ein wenig an sich und bewies damit wieder einmal ihr äußerst begrenztes Maß an Herzlichkeit, mit dem sie sich als mitfühlende Person ausweisen wollte.

»Sag jetzt nichts«, bat sie. »Dein Schmerz muss ja groß sein. Obwohl«, hierbei sah sie mich ein wenig prüfend an, »du hattest ja nicht das beste Verhältnis zu ihr.«

»Sag mal, woher kommt dieses blöde Gerücht?«, wollte ich jetzt von ihr wissen. »Meine Mutter lebt.«

»Oh«, sie machte ganz runde Augen. »Da hab ich wohl was missverstanden. Ja, sorry halt. Ich hatte gehört, dass du auf dem Schiff einen riesengroßen, emotionalen Verlust erlitten hast, und das konnte ja wohl nur deine Mutter betreffen. Tony oder Jiorgos sind jedenfalls nicht über Bord gegangen, die hab ich letzte Woche noch getroffen.«

Oh Tony, wart nur ab, bis ich dich treffe.

Unsere laute Unterhaltung hatte Nessi angelockt, die sich offenbar in den hinteren, für Kunden unsichtbaren Räumen aufgehalten hatte.

Noch ehe sie Anstalten machen konnte, mir ebenfalls zu kondolieren, wurde sie von Tatzi vorsorglich informiert: »Bei ihr ist alles beim Alten. War'ne Falschmeldung.«

Mit einem »Ach, so« stoppte Nessi mitten im vollen Lauf und wandte sich dem Hin- und Herschieben von dekorierten Pullovern zu.

»Und, wie war dein Urlaub?«, fragte sie angelegentlich.

»Geht so«, antwortete ich ausweichend, ehe ich mich wieder mit Tatzi beschäftigte.

»Du«, begann ich, »ich will mir doch eine neue Wohnung mieten, und jetzt habe ich zwei wirklich gute Angebote. Und du weißt doch, wie das so ist. Ich will mich nicht über den Tisch ziehen lassen. Deshalb, das habe ich mittlerweile gelernt, ist es ganz gut, wenn man mit einem männlichen Begleiter kommt, der sich mit der Materie auskennt«, behauptete ich, ganz gegen meine wirkliche tiefste Überzeugung.

»Aha«, machte Tatzi ein wenig schnippisch, »hast du also doch einen emotionalen Verlust erlitten? Ist dir in Wahrheit dein Lebenspartner abhandengekommen?«

Nessi trat sofort neugierig ein paar Schritte näher.

Ich rief mir sofort, selbstverleugnend, Sinn und Zweck meines Kommens vor Augen und schluckte aus diesem gegebenem Anlass eine sich aufdrängende Bemerkung hinunter und informierte sie stattdessen: »Nein, alles bestens. Aber du weißt ja, er ist gerade in den USA, und deshalb habe ich eine Bitte: Leih mir den Bernd!«

Tatzi wandte sich so plötzlich zu mir um, dass sie fast gestolpert wäre. »Ich soll was? Wie komme ich denn dazu?«

»Ja, schau«, meinte ich sehr angelegentlich. »Ihr seid doch sowieso auseinander, da macht dir das doch nichts aus, ihn mir mal zu überlassen.«

»Warum sollte ich das machen?«

»Tatzi, um mir einen Freundschaftsdienst zu erweisen«, schlug ich mit betont heiterer Miene vor.

Sie schaute angesichts dieses Arguments betreten vor sich hin.

»Und«, legte ich nach, »wie ich sehe, hast du ja sogar schon deinen Ehering abgelegt. Das zeigt mir, dass du mit dem Kapitel Bernd schon radikal abgeschlossen hast.«

»Das war ein Versehen«, stellte sie sofort richtig. »Ich

war so wütend letztens, dass ich meinen Ring genommen habe und ihn in den Schredder geschmissen habe.«

»Ja«, ließ sich jetzt zum ersten Mal Nessi vernehmen. »Ich hab doch so ein Dings hier für den Laden angeschafft, und eigentlich sollen damit Dokumente zerhäckselt werden, aber der ist so irre stark, dass man damit auch kleinere Gebrauchsgegenstände und sogar CDs kaputtkriegt. Das hat Tatzi aber nicht gewusst, und als Bernd hier war, um sie abzuholen, hat sie ihren Ring hinter sich geschmissen und da ist der im Schredder gelandet und da …«

»Wie? Der teure mit den dicken Brillis?« Ich glaubte, mich verhört zu haben.

Doch Tatzi tat noch einen drauf, indem sie jetzt behauptete: »Eigentlich hab ich das extra gemacht. Bernd sollte sehen, was ich von seiner Lügerei halte.«

Jetzt verstand ich ihn noch viel mehr. Angesichts seines finanziellen Engpasses musste ihn das Zerschreddern eines mehrere hunderttausend Euro teuren Ringes bis ins Mark schneiden. Im übertragenen Sinne, wie ich gedanklich hinzufügte.

»Also, dann gibt es ja von deiner Seite keine Einwände. Ich danke dir auch sehr herzlich, liebe Tatzi«, sagte ich. »Du bist eine echte Freundin. Ich habe es immer gewusst. Bussi!«

Als ich den Laden verlassen hatte, musste ich mich immer wieder nachdrücklich ermahnen, mir nicht das Vergnügen zu gönnen, mich umzudrehen, um den entgeisterten Ausdruck auf den Gesichtszügen meiner langjährigen Freundin Tatzi zu genießen. Das, da war ich mir hundertprozentig sicher, hätte den von mir gewünschten Gedankengang in Tatzis Kopf auf jeden Fall in die falsche Richtung gelenkt.

Am zweiten Abend nach unserer Begegnung rief sie mich an.

»Wir haben uns wieder versöhnt«, berichtete sie mir rasch. »Und wir haben viel nachzuholen. Und ... hm, deshalb musst du verstehen, dass Bernd nun leider doch keine Zeit hat, dich zur Wohnungsbesichtigung zu begleiten.«

»Oh«, mimte ich, »das ist natürlich schade, aber ich freue mich ja, dass ihr alle Missverständnisse ausgeräumt habt. Was war denn nun eigentlich der wirkliche Grund für euer Zerwürfnis?«

Als Tatzi mir auf diese Frage antwortete, nahm ihre Stimme wieder den vertrauten, immer ein wenig überheblich wirkenden Klang an: »Wir haben uns halt das genommen, was jetzt jeder haben will. Die Krise.«

# 16

Erschöpft saß ich im Coffeeshop und verschluckte mich gerade an meinem Chai Latte. Noch während ich den sich anschließenden Hustenanfall in den Griff zu bekommen versuchte, stürmte Tony an den Tisch. Mit einem Knall stellte er sein Notebook auf den Marmorbelag, ehe er mir ausgiebig auf den Rücken klopfte.

»Pa…aasst … schon«, krächzte ich.

»Gut«, meinte er mit grimmiger Miene, »aber pass auf, dass du dich nicht gleich wieder in Schnappatmung wiederfindest.«

»Wii…ee…hick…so?« Mein Husten war in einen Schluckauf übergegangen.

»Buh!!!«, machte er.

»Hick«, lautete meine Reaktion auf seinen Versuch, mich durch Erschrecken zur Räson zu bringen.

»Ach, egal«, befand er, während er seinen Computer einschaltete. »Hast du nun bei Facebook nachgeguckt, oder nicht?«

»Bin ich noch … hick … nicht zu gekommen«, berichtete ich wahrheitsgemäß, »ich bin so viel … hick … knurps … dauernd unterwegs.«

»Trinken Sie mal einen Schluck kaltes Wasser«, riet mir eine Frau vom Nebentisch. »Das hilft immer.«

Tony eilte an den Tresen und kam mit, einem vollen Glas zurück.

»Nun mach schon, damit wir weiterkommen«, verlangte er ungeduldig.

Ich tat, wie mir geheißen und stellte fest, dass mein Schluckauf sich nicht mehr meldete.

»Danke schön auch«, sagte ich wohlerzogen zu der Dame, die daraufhin murmelte: »Das war ja nicht mehr auszuhalten.«

»Hier, guck«, forderte mich Tony auf. »Und was sagst du?«

Ich schaute auf die von ihm aufgerufene Seite.

»Bilder«, beschrieb ich meinen Eindruck.

»Und?«, drängte Tony. »Wer ist drauf zu sehen?«

»Hick!« Der Schock hatte meine Atemwege wieder aus der Balance gebracht.

»Das ist ja furchtbar«, kommentierte die Tischnachbarin dieses erneute Geschehen, nahm ihre Kaffeetasse und stellte sich schimpfend an den Tresen.

»Das bin ich, und das da bist du«, verifizierte Tony die abgebildeten Personen.

Mit schreckgeweiteten Augen sah ich mich auf diversen Fotos in reichlich verfänglichen Situationen. Mein Gesicht in einem Dekolleté vergraben, mit entgleisten Gesichtszügen aus einer Magnumflasche Champagner trinken und an einem Oberschenkel den dort gut sichtbaren Straps mit den Zähnen entfernen.

»Das ist ... knurps ... ja entsetz...hick...lich«, stammelte ich.

»Das kann man wohl sagen«, stimmte Tony mir zu. »Und ich?« Er deutet mit dem Finger auf weitere Bilder, und ich sah Tony und Jiorgos in wirklich peinlich übertriebener Schmusepose und schließlich beide mit irrem Ausdruck auf allen vieren krauchend.

»Peinlich«, wertete ich schließlich beklommen.

»Aber das schlimmste Foto von mir ist das«, meinte er. »Danach kann ich mich bei niemandem mehr blicken lassen. Ich muss auswandern.«

Ich traute mich kaum hinzuschauen. Als ich mich schließlich überwand und einen Blick riskierte, sah ich – Tony mit schweißnassem Gesicht. Wahrscheinlich war es kurz nach seinem kräftezehrenden Auftritt entstanden.

»Aber das ist doch nicht schlimm«, gab ich meine Bewertung ab.

»Ich schwitze«, formulierte er anklagend.

»Ja, und?«

»Das tue ich nie. So würde ich mich niemals blicken lassen. Was glaubst du denn, warum ich immer meine superteuren, schweißaufsaugenden Kosmetikblättchen bei mir habe? Meinst du, zum Schreiben? Und meinen Puder? Ich bin fertig. Ich bin ruiniert durch dieses abstoßende Bild.«

»Hick«, quälte mich mein Schluckauf nach dieser seelischen Bankrotterklärung.

»Wer hat das denn reinge…knurps…steee…llt?« wollte ich wissen.

»Deine Mutter natürlich«, lautete seine Auflösung des Rätsels.

»Die…hicks…ist doch nicht bei Faceb…ook«, protestierte ich.

»Nein? Dann guck mal hier hin«, forderte er mich aufgebracht auf.

Das Einzige, was ich zur nötigen Urheberverifizierung fand, war der Name »Zsa Zsa«.

»Zsa…aha…Zsa?«, fragte ich stockend.

»Jawohl, ein Pseudonym«, klärte mich Tony auf. »Und jetzt guck auf das Bild.«

Ich klickte auf die Vergrößerungstaste. Nach dem Bruchteil einer Sekunde baute sich das Bild auf. Ich sah eine ausgelassen lachende, junge Frau im Petticoat-Kleid, die sich gerade erfolgreich bemühte, einen Hula-Hoop-Reifen um ihre Taille drehen zu lassen. Irgendwie erinnerte mich das Foto an das meiner ... Mutter. Natürlich. Das war eine der Abbildungen aus den lange verschwundenen Zeiten, in denen sie als junges Mädchen ausgelassen durch ihre Welt tanzte. Und das mich inspiriert hatte, mir den Trimmreifen zu kaufen, den ich schon lange nicht mehr in Gebrauch genommen hatte, wie mir gerade siedend heiß einfiel.

»Aber das ist doch kein Schwarz-Weiß...knurps...Foto«, gab ich noch zu Bedenken, was Tony mit einem »Das ist nachcoloriert« entkäftigte.

»Und wieso Zsa...aaa...Zsa?«, stellte ich meine nächste Verständnisfrage.

»Frag nicht so dumm«, maßregelte er mich. »Das passt zu ihr wie ich zu dir.«

Sein Beispiel ließ keine Widerrede zu.

»Und was machen wir jetzt?«, fragte ich ängstlich. Nicht auszudenken, wenn die Fotos im Netz blieben.

»Sie anflehen, die Fotos zu löschen«, antwortete er.

»Da...aas musst du machen«, wehrte ich jegliche Zuständigkeit ab. »Ich kann es im Moment nicht ertragen, mit ihr zu telefonieren.«

Tony stierte vor sich hin.

»Weee...ee...lcher Depp hat ihr das mit Fa...aa...cebook überhaupt beigebracht?«, fragte ich ihn.

Tony senkte schuldbewusst den Kopf. »Ich.«

»Wieso denn das?«, verlangte ich zu wissen.

»Sie hat sich halt dafür interessiert. Und ich hab's ihr

erzählt. Nachdem ich ihr die Teilnahme bei Stayfriends.de nähergebracht hatte, wollte sie halt wissen, was es noch alles gibt. So ist das gekommen. Man kann ältere Semester nicht von den Fortschritten der Kommunikationswunderwelt abnabeln.«

Das Bild gefiel mir.

In diesem Zusammenhang fiel mir wieder etwas anderes ein.

»Saa…aag mal, hast du die beknaaa…aackte…hicks… Story vom Ableben eines nahen Verwandten v…ooo…n mir in die Welt gesetzt?«

Tony sah mich verständnislos an.

»Taa…aa…tzi und Bee…rnd und…Nessi haben mir kondoliert.«

Tony verzog das Gesicht.

»Irgendetwas musste ich doch erzählen. Ich hab halt gesagt, dass du auf dem Schiff einen emotionalen Zusammenbruch hattest, weil du einen dramatischen Verlust erlitten hast«, gab er zu. »Und da ich dich nicht reinreißen wollte, weil du so ein Theater veranstaltet hast, nur weil dein uraltes Plümmeltier verschwunden ist, habe ich den Grund lieber nicht verraten. Ich kann schweigen, weißt du, wie ein Grab. Ich reiß dich nicht rein.«

Aus fassungsloser Überraschung über so viel verquaste Logik, allerdings auch gerührt über seinen Versuch, solidarisch zu sein, blieb jeder Hickser bei mir aus.

»Tony, Tony«, sagte ich matt, »warum musstest du denn überhaupt etwas erzählen?«

»Weil ich gefragt worden bin. Und wenn man angesagt bleiben will, muss man ein bisschen was anbieten.«

»Aber ihr als die Supremes wart doch schon der Knaller«, rief ich ihm ins Gedächtnis.

»Konnte ich aber nicht beweisen, weil ich keine Fotos habe. Die hat Zsa Zsa gebunkert.«

Nachdenklich schaute ich auf die Fotogalerie.

»Guck mal, der Busen, in dem ich da verschwinde, ist dein Fake-Modell, und das Bein, an dem ich den Straps annage, ist deins.«

»Ja, schön, nicht?«, fragte er ganz versonnen.

»Das Foto von mir?«, fragte ich entsetzt.

»Nein, mein Bein.«

Während mich in den nächsten Tagen die neugierige Ungeduld plagte, wann endlich Tonys Nachricht kam, Mutter habe alle peinlichen Fotos bei Facebook gelöscht, kommen würde, erreichte mich ein Angebot. Unterbreitet von einem der wohl hundert Makler, die ich in den vergangenen Monaten in meinen Veränderungswunsch eingeweiht hatte. Auf dem einzigen, übermittelten Foto seiner E-Mail war nur der geschickt gewählte Ausschnitt von einem festlich gedeckten Esstisch zu sehen, darauf lachsroséfarbene Schnittblumen in einer Vase, umgeben von Weingläsern.

Darunter wurden im extrem klein gedruckten Text die üblichen Metaphern gewählt, wie »hochherrschaftliches Anwesen, Charme, Atmosphäre, komplett erneuertes Luxusbad«, getoppt allerdings von Begrifflichkeiten wie »Sie leben wie in einer Residenz« und »Sie werden verwöhnt von einer Fünf-Sterne-Ausstattung«.

Ich musste mir schließlich widerwillig eingestehen, meine Neugierde war geweckt. Ich rief den Anbieter an.

»Sie werden aus dem Staunen nicht mehr herauskommen«, versprach er mir, und da ich diesen Zustand kurz vor Jahresende doch noch einmal erleben wollte, verabredete ich mich zu einer Wohnungsbesichtigung.

Der Makler, der vor dem wuchtigen Haus schon auf mich wartete, hatte sich die Haare zeittypisch zu einer Glatze abrasiert. Dass er mit der Erneuerung dieser Prozedur allerdings ein wenig in Verzug geraten war, zeigte die Anmutung eines Drei-Tage-Barts auf seiner Platte. Mit seinem figurbetonenden dunkelgrauen Zweireiher zeigte er Mut zur Taille, die Ringfinger an beiden Händen waren siegelringgeschmückt.

»Und jetzt halten Sie schon mal die Luft an«, forderte er mich gut gelaunt bei der Fahrt im Lift auf. Dieser Aufforderung kam ich ohne weiteren Widerspruch nach, denn die Abmessungen des Aufzugs waren so begrenzt, dass ich mir eine Erweiterung meines Brustkorbs schon aus Platzgründen gar nicht leisten konnte.

Vor der Wohnungstür machte er mich zunächst mimisch per Fingerzeig und Kopfnicken auf das Vorhandensein einer Überwachungskamera auf dem Flur und der neben der Tür angebrachten Code-Sicherheitstafel aufmerksam.

Ich trat ein.

Ein Entree, geschmückt mit einem großen Ölgemälde, das Kaiser Wilhelm darstellte, einem Biedermeier-Sessel und zwei Türen, empfing mich. Von dort führte mich der Makler in einen Wohnbereich, in dem schwere Eichenmöbel die Wände verdeckten, ein großer Glastisch auf einem steinernen Sockel ruhte und eine Übereckcouch in mattem Grün nur einen kleinen Teil der Einrichtung ausmachte.

»Das ist ja möbliert«, stellte ich schließlich scharfsinnig fest.

»Natürlich«, stimmte er mir freudestrahlend zu. »Habe ich das nicht gesagt?«

Nein, hatte er nicht. Und als ich den Rest der Wohnung in Augenschein nahm, wurde mir von ihm das Designerbad mit exquisiten Wasserhähnen und verschiebbaren Wänden sowie das Vorhandensein eines Safes, »von dessen Lage noch nicht einmal ich aus Sicherheitsgründen informiert worden bin«, angepriesen. Nachdem ich mich laut japsend erschreckt hatte, da er auch vergessen hatte, mich vor der Anwesenheit eines grimmig blickenden, lebensecht wirkenden angemalten Steinbernhardiners im grün möblierten Schlafzimmer zu warnen, verabschiedete ich mich verstört. Nicht ohne noch aus Verständnisgründen zu fragen: »Wo sollte ich denn in dieser vollmöblierten Wohnung mit meinen Möbeln hin? Hatten Sie sich da auch etwas ausgedacht?«

»Aber natürlich«, versicherte er mir strahlend. »Die können Sie doch gut einlagern.«

Zu Hause angekommen, ließ ich mich in meinen weißen Sessel fallen. Versonnen sah ich mich in meinem Wohnzimmer um. Es war doch entschieden von Vorteil, so stellte ich zufrieden fest, seinen Lebensraum das ganze Jahr über mit weihnachtlichen Requisiten aufzuhübschen. So fiel es in diesen Tagen gar nicht weiter auf, dass ich mich in dieser Xmas-Saison nicht hatte aufraffen können, meine Deko-Kisten aus dem Keller zu holen. Eigentlich hatte ich mir doch ein ganz nettes Refugium geschaffen, stellte ich schließlich fest, als eine Idee in meinem Kopf Gestalt annahm.

Kurz entschlossen holte ich meinen Timer aus dem Arbeitszimmer und ging nacheinander alle Seiten durch, um längst in meinem Handy gelöschte Telefonnummern herauszusuchen. Schließlich begann ich eine Nummer nach der anderen anzuwählen, und als ich fast am Ende des Gesprächsmarathons angekommen war, drückte ich in meinem Nummernspeicher auf die einzig verbliebene, altvertraute Verbindung zu Tony.

»Sie hat's immer noch nicht getan«, gestand er mir statt

einer Begrüßungsformel. »Die gruseligen Fotos sind noch zu sehen.«

»Ist doch jetzt auch egal«, tröstete ich ihn. »Über die Feiertage haben die Leute gar keine Zeit, um sich Zsa Zsas Pornobilder reinzuziehen.«

»Jetzt hör bloß auf, stell dir doch mal vor, mein Chef klickt da rein«, zeichnete er ein Horror-Szenario.

»Tu ich lieber nicht. Du, ich hab ganz was anderes vor«, unterbrach ich seine Albträume.

»Erzähl«, forderte er mich, von seiner Neugierde abgelenkt, auf.

»Ich geb eine Silvesterparty. Auf meiner Terrasse«, kündigte ich stolz an.

»Wie? Open Air?« fragte er nach.

»Genau so«, bestätigte ich seine Vermutung. »Das wird ein Spektakel der besonderen Art.«

»Ist ja klasse«, bekam ich seine Höchstnote.

»Und was gibt's zu essen?«

»Da hat mir Tatzi gerade eben bei unserem Telefonat Verhaltensmaßregeln verpasst«, berichtete ich ihm höchst amüsiert.

»Hummer und Champagner?«, vermutete Tony.

»Weit gefehlt«, korrigierte ich ihn. »Sie hat mich instruiert, den neuesten Schrei zu zelebrieren. Ein ›Depression Dinner: less food, more fun‹!«

»Das ist ja dekadent«, urteilte Tony.

»Ja«, stimmte ich zu, »und deshalb wird's jetzt auch gemacht. Es gibt Schmalzbrote mit Schnittlauch und dann, wie sie es nannte, ein typisches ›Arme-Leute-Essen‹ – Bratkartoffeln mit Würstchen.«

»Aber das gibt es doch immer bei dir«, lautete Tonys enttäuschte Bewertung.

»Eben deshalb bereitet es mir einen Heidenspaß, genau das zu kredenzen, was sie früher so naserümpfend bei mir verschmäht hat.«

»Wie hat sie denn ihren Vorschlag jetzt begründet?«, wollte Tony wissen.

»Taktvoll wie immer«, sagte ich grinsend in den Hörer. »Sie hat diese neueste Entwicklung bei den Schönen und Reichen, die neue Bescheidenheit plötzlich als ultimativen Kick für sich zu entdecken, mit den Worten kommentiert: ›Du kannst doch froh sein, dass nun auch wir deinen kulinarischen Tiefstand erreicht haben.‹«

»Bösartige Schlampe«, lautete Tonys, zugegebenermaßen nicht ganz von der Hand zu weisende Einschätzung ihrer Person.

Am letzten Tag des Jahres druckte ich einen Zettel aus, auf dem ich die Mitbewohner davon in Kenntnis setzte, dass ich eine Party veranstalten würde und ich sie deshalb schon im Voraus um Nachsicht bat für den Fall, dass es ein bisschen lauter werden würde. Den befestigte ich an der im Erdgeschoss angebrachten Pinnwand für hausinterne Mitteilungen.

Kurz vor dem Eintreffen meiner Gäste klingelte mein Telefon.

Mein Vermieter.

»Es ist verboten, an Silvester auf der Dachterrasse zu feiern«, schnaubte er los.

»Das ist mir aber neu«, entgegnete ich. »Wozu ist denn eine Dachterrasse da, wenn man darauf nicht feiern darf?«

»Da können Sie sich im Sommer drauf aufhalten, aber nicht im Winter. Heizstrahler sind behördlicherseits verboten. Also auch das Feiern in der kalten Jahreszeit unter freiem Himmel«, behauptete er kategorisch.

»Steht nicht in meinem Mietvertrag«, konterte ich.

»Völlig ohne Belang«, lautete seine Entgegnung. »Ich hab hier das Sagen, und wenn ich Ihnen mitteile, dass es verboten ist, dann ist das so. Basta.«

Mir schoss ein verwegener Einfall durch den Kopf.

»Wenn Sie mir heute die Party vermasseln, rüttel ich Sie von Ihrem selbst gebastelten Denkmal runter«, kündigte ich an.

»Was soll der Blödsinn?«, wollte er wissen.

Ich ließ es mir nicht nehmen, ihn zu informieren. »Wenn Sie Ärger machen, dann mache ich Ihre Mieter mit einem Anschlag am Schwarzen Brett mal auf ihr Hobby aufmerksam.«

»Welches Hobby?«, fragte er verblüfft.

Ich holte tief Luft, ehe ich mit großem Nachdruck formulierte: »Liberté, Égalité, Fraternité!«

Stille.

»Wollen Sie das heute etwa auch noch grillen?«, rastete er dann schier aus.

Mein Gott, das konnte man ja nicht ahnen, dass der Klotz auch noch so ungebildet war und dezente Hinweise auf seine Französische-Revolutions-Rolle in Doros verruchter Domina-Welt missdeutete.

»Wie kommen Sie denn auf grillen?«, fragte ich deshalb verblüfft.

»Frater-Dingsbums heißt doch Froschschenkel auf Deutsch«, behauptete er.

»Ganz so falsch liegen Sie nicht«, lobte ich ihn. »Mit Schenkeln hat das in Ihrem speziellen Fall schon was zu tun. Aber eher mit den Ihren in Leder-Latex-Kluft. Ich sage nur: ›Kopf ab!‹«

Er rang hörbar nach Luft.

»Wollen Sie mich etwa erpressen?«, fragte er gefährlich leise.

»Ja«, antwortete ich fröhlich und legte auf.

Eine Stunde vor Mitternacht drang unser Stimmengewirr in die Nacht. Wegen des feinen Schnees, der sich unter unseren Füßen gesammelt hatte, trugen wir Fellboots, Gummistiefel und Skistiefel. Ansonsten hatten sich meine Freunde in feinsten Abend-Zwirn geworfen, einige mit Skiunterwäsche statt feiner Dessous, um sich gegen die Kälte einer Silvesternacht zu schützen.

Sie waren alle gekommen.

Nessi mit ihrem Maxi, Tatzi und Bernd, Hanni und ihr Manni, Melli, Elli, die mit einer ganzen Stange Zigaretten angerückt war, Iris, Gundi samt Anhang, Conny mit Jürgi, Doro, Tony mit Jiorgos und sogar Sunny.

»Was sagst du?«, hatte ich sie angesichts dieser Ansammlung von Menschen gefragt. »Habe ich jetzt deiner erlauchten Meinung nach erfolgreich den Sprung aus meinem abgeschotteten Leben ins pralle geschafft?«

»Du hast dich nur von deinem großen Plan, dich aus alten Beziehungen zu lösen, um neue zu finden, feige sang- und klanglos verabschiedet«, hatte sie mir kühl beschieden.

»Aber eigentlich, und das wollte ich schon längst mit dir besprechen, glaubte ich immer, ich sei ein Alleiner«, vertraute ich ihr an.

»Sind wir das nicht alle?«, würgte mich Sunny lakonisch ab.

»Wo ist denn dein Holder, der Mann deines Herzens?«, hatte Tatzi unseren Exkurs unterbrochen.

»Bei seiner Mutter in der Schweiz«, informierte ich sie,

was von meinen umstehenden Gästen mit einem bedauernden »Ach, wie schade« aufgenommen wurde. Tatzi hingegen konnte sich ein zweifelndes »Der ist aber ein bisschen viel unterwegs, findest du nicht? Bist du denn so gar nicht eifersüchtig?« nicht verkneifen.

»Und wo feiert deine Mutter?«, hatte Tony schnell gefragt.

»Mit Bernd II. auf einer Kreuzfahrt in der Karibik«, hatte ich ihn unterrichtet.

Fünf Minuten vor zwölf ertönte mehrmals meine Türklingel.

»Doro, jetzt erlebst du meinen Vermieter mal in normaler Mission«, rief ich, ein bisschen angeschickert von einigen Gläsern Sekt. Den Kauf von Champagner hatte ich mir dem Motto gerecht verkniffen, was von Tatzi mit einem angewidert klingenden »Man kann das Sparen auch übertreiben« kommentiert worden war.

Ich drückte auf den Türöffner, eine Aktion, die von einem lauten Klopfen an der Terrassentür beantwortet wurde.

»Da steht schon jemand direkt vor der Tür«, klärte mich Bernd überflüssigerweise auf.

Mit großem Schwung öffnete ich meine Haustür und stand schwankend vor zwei Uniformierten.

»Ha«, platzte ich raus. »Hat mich der Hulk tatsächlich angezeigt?«

»Niemand ...«, startete einer der beiden Polizisten einen Versuch, mich über den Grund ihres Kommens zu informieren.

»Sind wir zu laut?«, rief Manni von hinten.

Der Polizist schüttelte verneinend den Kopf.

»Dann weiß ich, was los ist«, formulierte ich mit sektschwerer Zunge. »Er will mich verhaften lassen, weil ich ihn erpresst habe.« Eine eigentlich schwer wiegende Vermutung, die jedoch bei mir einen mittleren Lachanfall auslöste.

»Ich glaube, Sie haben ein bisschen was getrunken«, vermutete einer der beiden Polizisten jetzt mit nachsichtiger Miene.

Ich trat einen Schritt näher an ihn heran.

»Sie kenne ich doch«, rief ich schließlich aus. »Sie sind die beiden Bullen, die mich auf der Straße angehalten haben …«

»Na, na«, machte der ältere beschwichtigend.

»Na, klar, die meinen Führerschein sehen wollten …«

»Sag jetzt nichts«, forderte mich Bernd, zu Hilfe eilend, auf. »Du hast dir nichts zuschulden kommen lassen.«

Er pflanzte sich beschützend neben mir auf, was ich trotz meiner alkoholvernebelten Sinne positiv registrierte.

»Das ist ein Missverständnis«, erklärte jetzt der jüngere der beiden Polizisten. Er trat beherzt auf meine Terrasse und nestelte dabei an seiner Uniform herum.

»Der hat ’ne Knarre«, schrie jetzt Elli panisch auf.

Allgemeines Gejohle meiner Freunde war die Folge.

»Ich kenne garantiert Ihren Vorgesetzten«, brüllte jetzt Bernd vorsorglich, was Sunny auf den Plan rief.

»Jetzt lass doch mal dein Großkotzgehabe stecken«, verlangte sie von Bernd, während sie ihn zur Seite schob.

»Herr Wachtmeister, was liegt an?«

Wieder einmal zeigte sich, dass Sunnys achtunggebietendes Auftreten jedem Respekt einflößte.

Unsere Freunde beruhigten sich, die beiden Polizisten nahmen ehrerbietig die Mützen ab und der jüngere begann, seine Uniformjacke aufzuknöpfen.«

»Das ist ein bestellter Striptease«, jubelte Doro bei diesem Anblick. »Was für eine Superidee.«

Allgemeines Klatschen, Gejohle und Gejuchze waren die Folge.

»Um Himmels willen«, versuchte jetzt der ältere Beamte, dem Tumult Einhalt zu gebieten.

»Wir wollen nur etwas überbringen«, versicherte er voller Panik angesichts der vielen kreischenden Frauen.

»Was denn?«, rückte Sunny jetzt wieder als ruhender Pol in den Mittelpunkt.

Der jüngere Polizist, der bei dem allgemeinen Gebrülle »Ausziehen, Ausziehen!« verschreckt seine Uniformjacke zusammengerafft hatte, zog jetzt einen Gegenstand darunter hervor und hielt ihn mir hin.

Ich traute meinen Augen nicht. In seiner Hand saß Burli. Aus großen Augen schaute mich mein geliebtes Schnüffeltier an, vorwurfsvoll schien mir sein Blick. Ich sank unwillkürlich auf die Knie und fing bitterlich an zu weinen. Fast zögernd griff ich nach oben und ließ mir meinen geliebten Gefährten nahezu feierlich überreichen. Um mich herum bildeten meine Freunde, vorsichtig näher kommend, einen Kreis, neugierig, was meinen Emotionsausbruch ausgelöst hatte.

Was sie sahen, war ein kleiner Bär, der an einigen Stellen seines fellverschrammten Körpers geflickt geworden zu sein schien.

Ich hob Burli vor meine tränenverschwommenen Augen und fragte ihn: »Was hat man denn mit dir gemacht?«

Irgendjemand schien der Anblick des zerliebten Plüschbären so berührt zu haben, dass er dessen Blessuren, erlitten im Laufe einer langen, wechselreichen Beziehung zu seiner Besitzerin, hatte heilen wollen. Das eine, schon lange ausgefranste Beinchen war wie von Zauberhand neu gefüllt und mit vielen kunstfertigen Stichen repariert worden. Das linke Ohr, das durch heftiges Knuddeln längst seinen Stand verloren hatte, war mit Hilfe stützender Materialien wieder in die Höh gereckt worden. Und der Hals, durch fortwährendes Anfassen an seiner Fellumhüllung längst mürbe geschubbert, war mit einem bunten, kleinen Schal wieder stabil verknotet. Aber die bemerkenswerteste Veränderung war die Tatsache, dass der fremde Samariter Burlis schon so lange fehlendes Auge durch ein neues ersetzt hatte und dieses nicht die braune Ursprungsfärbung besaß, sondern in einem strahlenden Blau schaute. Und diese nun unterschiedliche Farbgebung beider knopfrunden Augen verlieh Burlis Blick einen skeptischen Ausdruck, so, als sehe er seine bisher so heile Welt mit einer etwas misstrauischeren, aber auch abgeklärteren Wahrnehmung.

»Wo haben Sie ihn her?«, schluchzte ich in Richtung der Polizisten.

Der jüngere räusperte sich kurz, ehe er seine unverkennbare Rührung mit Hilfe seines Beamtendeutschs zu verbergen suchte: »Eine Person namens Zsa Zsa hatte ein Bild dieses abhandengekommenen Bären ins Internet gestellt und gebeten, dass sich der ehrliche Finder melden möge. Da eine nicht unerhebliche Belohnung ausgelobt worden war, ist dies tatsächlich geschehen. Und dann hat diese Person namens Zsa Zsa die Polizeibehörden gebeten, für den Weitertransport zu sorgen. Sie sagte uns, es sei eine Aktion auf Leben und Tod. Und deshalb«, er schien nun selbst angesichts dieser unglaublichen Geschichte seine Tränen nur mühsam zurückhalten zu können, »wurde dieser Einsatz mit erhöhter Priorität durchgeführt.«

Ich rappelte mich hoch und fiel ihm ansatzlos um den Hals.

»Sie sind der beste, netteste und menschlichste Polizist

auf der ganzen Welt«, rief ich und drückte ihm einen Kuss auf die Wange.

»Na, na«, machte der ältere verlegen.

Zwischen Lachen und Weinen bat ich beide zu bleiben. Nachdem der ältere auf die Uhr gesehen hatte, entschied er: »Unser Dienst ist jetzt zu Ende. Ein Gläschen dürfen wir schon trinken.«

Nun verfluchte ich meinen Sparzwang und wünschte mir, ich hätte kistenweise den besten Champagner aufgefahren, den mein Lebensmittelladen zu überteuerten Silvesterpreisen angeboten hatte.

Doch den beiden schien, genauso wie meinen wild durcheinanderredenden Freunden, die Güteklasse der Alkoholitäten völlig gleichgültig zu sein.

Ich registrierte noch aus den Augenwinkeln, dass meine Freunde nun Tony und Jiorgos bestürmten, ihnen doch lückenlos zu erklären, warum ich so außer Fassung geraten war angesichts des Anblicks eines schäbigen, kleinen Stofftiers.

Ich jedoch hatte mich mit Burli in eine Ecke meiner Terrasse zurückgezogen, um ihn in aller Ruhe, im Schutz der dafür notwendigen Abgeschiedenheit, demütig um Verzeihung für meine Nachlässigkeit in seiner Beaufsichtigung zu bitten.

Burli schaute mich verstehend an.

In diesem Moment begannen die Glocken zu läuten.

Der Null-Uhr-Taumel begann.

Doch ehe ich mich wieder meinen Gästen zuwandte, dachte ich voller Dankbarkeit an meine Mutter. Zum ersten Mal nach so langer Zeit voll unzähliger Irritationen und Missverständnissen hatte ich sie uneingeschränkt, aufrichtig und grenzenlos lieb. Und wer hatte schon eine Mutter, die in den Spagat springen konnte, bei Facebook ihre Identität samt Geburtsjahr wegmogelte und twitterte, ja, auch diese zeitgeistige Verirrung Heddas hatte mir Tony vorhin kurz eröffnet.

Die aufsteigenden Feuerwerksraketen erhellten den Himmel mit gleißendem Licht. Krachen und Knallen übertönten das Lachen meiner Freunde, die mit ihren Gläsern anstießen und mit lautem Rufen immer näher kamen. Als stünde ich auf der Reling eines berühmten Schiffes, trat ich an die Brüstung meiner Terrasse, breitete die Arme weit aus und rief in die farbenfroh glitzernde Nacht: »Hedda, du bist die Königin der Welt.«

Burli nickte.